塔羅女神探

之名伶劫

TAROT FEMALE DETECTIVE

暗地妖嬈 著

作者介紹

AUTHOR

暗地妖嬈

本名章苒苒。著名小說作家、影評人、專欄作家。

暗地妖嬈擅長布構懸疑推理故事，開民國懸疑推理小說之先河，將民國風情與驚悚懸案巧妙結合，炮製出風格獨特的中國式推理小說；其故事張力十足、氣韻詭異華麗、人物個性鮮明、文筆流豔，新書上市便獲得高度認可。其中《閨蜜的戰爭》一上市即連續加印，並有多家影視機構主動爭取版權。其出版的每一部作品均得到影視公司的高度關注，被視為知名編劇六六之後的新生代影視劇女王作家。

已出版作品 PUBLISHED WORKS

二〇一一年二月

出版民國推理懸疑小說《盛宴》

電影版權已售出

二〇一一年五月

出版民國推理懸疑小說《藺鎮奇案》

電影電視劇版權同步售出

二〇一一年七月

出版民國推理懸疑小說《名伶劫》

二〇一二年七月

出版長篇職場懸疑小說《客服兇猛》

二〇一二年十一月

出版長篇都市情感懸疑小說《閨蜜的戰爭》

影視版權已售出

二〇一三年七月

出版民國推理懸疑小說《幽冥街秘史》

人物介紹 INTRODUCTION

杜春曉

故事主角，是個菸癮重、喜愛玩塔羅牌的奇女子。解決藺鎮奇案後，將荒唐書鋪移至上海，開始了她上海灘看浮屍的生活。

夏　冰

杜春曉的未婚夫，個性斯文親切。辭去保警隊的工作後與春曉搬遷到上海，當起私家偵探。對於春曉的一切，他想知道卻又不敢詢問，只能將所有愛戀都埋在心底。

唐　暉　《申報》報館記者，長相帥氣，總能讓女人投懷送抱。

施常雲　濟美大藥房二公子，因殘殺兄長被捕入獄。

邢志剛　夜總會百樂門的老闆，城府極深。

燕姐　百樂門大班，很照顧旗下舞女們。

小蝴蝶　百樂門紅牌舞女，無故失蹤。

秦亞哲　洪幫二當家，到處尋找失蹤的小蝴蝶。

畢小青　秦亞哲的第五房太太，卻心儀一戲子。

上官玨兒　知名電影演員，與唐暉有段不能說的秘密。

琪　芸　二線女演員，一心想登上第一女主角。

斯蒂芬　紅石榴餐廳的老闆。

埃里耶　法國偵探，為解決連續命案到處查訪，進而認識杜春曉和夏冰。

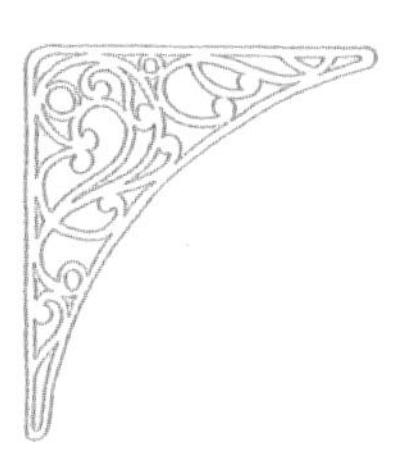

目次 CONTENTS

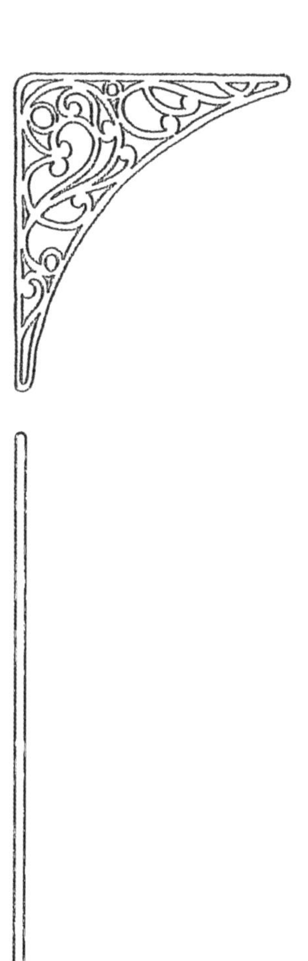

楔子

「又來了！又來一具死屍哩！」

杜春曉站在黃浦江邊，手裡捏著半塊啃過的燒餅，嘴裡的碎渣隨口水噴出，沾滿灰呢洋裝領口，毛衣袖子上也是絲絲拉拉，斷成幾截的線頭隨風飛舞。幾個老姑婆捂著嘴作驚恐狀，討飯的小赤佬穿著墊滿報紙的破皮鞋在旁邊又笑又跳，看似膽壯的男子亦畏畏縮縮躲在後頭伸頭張望。

「你猜裡頭哪幾個是包打聽？」杜春曉拿手捅捅夏冰的手臂，她的嘴脣被秋燥折磨得皮開肉綻，只好不斷舔拭。

夏冰指了指離江邊石墩最遠的一個小矮子，那人皮膚乾黃，鴨舌帽壓得極低，將一雙眼睛都遮了起來。他再指指杜春曉，食指都要戳到她額頭上來了。她因追求洋氣，特意在「紅玫瑰」剪了個齊瀏海的學生頭，可惜疏於打理，髮端已七翹八翹，原本該變得年輕的一張臉反而倍顯蒼老。

杜春曉捉住他的食指，狠狠的「呸」了一聲，繼續看江上漂過的屍體。

那些屍身都白澄澄的，在水面載沉載浮，緩緩往下流漂去，雙腿微微分開，長髮披於兩側，如水藻般四散。因是背面朝上，只能看到兩瓣青白的屁股蛋子，亦分不清男女。

但杜春曉掏出一張女祭司牌，笑道：「都是短命的男鬼啊！連日來見那些『鳥兒』也見得忒多了。」

夏冰當即紅了臉，怒道：「妳的意思是，妳見多了『鳥兒』，過了癮了，所以也想我看看別的？」

「看別的什麼？」她突然將充滿菸熏味的嘴貼近他耳邊，賊笑起來。

他沒有回應，只是扶了一下眼鏡，脖子已憋成熟蝦色。

不曉得為什麼，自從來到上海後，杜春曉雖然還是不修邊幅的模樣，卻平添幾分性感，是他在青雲鎮不曾領略過的。她似是天生屬於花花世界，再怎麼無所謂，都能融入那道風景裡，反而在那水鄉小鎮上顯得突兀。他就是愛她這個欲求鮮明又知足常樂的樣子，一些陰暗的底子卻藏得很深，如她手中的牌一般變幻難解。

二人來上海的最初半個月裡，唯一的樂趣便是站在黃浦江邊看死屍。因租的房子就在石庫門弄堂裡，房東成日懷疑他們不是正式夫妻，卻苦於抓不到證據，只得看在錢的面子上租了，但還是囑咐隔壁的李裁縫替她看著，彷彿已將他們判定為「狗男女」。

所幸杜春曉並不在意，反倒隔三差五去找那裁縫聊天、蹭報紙看，由此得知黃浦江上浮屍群起，已成一道「壯麗」觀景，這豈有錯過之理？所以幾次拉了夏冰去看。

十多天以來，江上漂過的浮屍已達五十七具，均是清晨七、八點左右由上流一路往下，赤身裸體，正面或朝上或朝下，精瘦乾癟的肋骨根根豎起。

杜春曉每日將死神牌攥在手心裡，秋風一打轉，法國梧桐樹葉便紛紛落地，給霞飛路上的露天咖啡座添麻煩。夏冰手裡捧著熱飲，卻遲遲忘了下口，只等杜春曉開牌。

「既然這裡死屍成災，不如你也做些私家偵探的生意？你看這張，正位的正義牌，可是要你行俠仗義。那逆位的皇后，可是說你將來與女人交道打得多些，發紅顏財，好得不得了！還有還有，未來牌竟是正位戰車，可喜可賀，那黃浦江裡的浮屍案，就待你這半路殺出的勇士來破了。」

杜春曉這一通信口開河，說得夏冰熱血沸騰，當即便要去辦理私家偵探的牌照。只是法租界規矩不多，卻都要用錢來打通的，何況洪幫勢力龐大，要拉幾個包打聽都得看他們臉色，想到這一層，他不禁面露難色。

杜春曉自然清楚他的顧慮，忙笑道：「翻翻你褲袋裡，那是什麼？」

夏冰一翻褲袋，竟掏出一紮鈔票來，正欲追問，她卻按住他道：「莫問來路，反正也不太見得光。」

夏冰聽了，啞然失笑：「但凡妳能坦白說來路不正的，必是永世都追查不出源頭來，我自然不問。只是關於那樁浮屍案，我若能破，那就成了上海灘驚天動地第一奇人！咱們才來到這裡，都還是最受排擠的外來人，哪裡有本事做這樣的……」

話音未竟，杜春曉已將戰車牌結結實實的貼在他嘴脣上：「少廢話，把證辦出來，早些開張。還有那浮屍的事兒，遲早少不得落在你我頭上，準備準備不會有錯。」

夏冰只得吻住那張戰車牌，再不說半句質疑。

杜春曉亦是滿心期待，歷代能找私家偵探辦事的，多為富家太太查丈夫有無出花腔，抑或姨奶奶擔心被棄、紅舞女為早日攀上高枝欲摸清金主底細之流，怎能不與女子交道打得多？那可是實打實的搖錢樹。至於說他們能破了浮屍案，便完全是她個人的臆斷了。

只是看著那些屍首均是蓬頭垢面，沒一個修剪過頭髮，且十多天來，從未有家屬來認過屍，唯一的解釋便是那些死人均是乞丐、流浪漢，早斷了六親的。而這些人的生死素來被他人置之度外，巡捕房的人從不會放在心上，反倒是江湖來路的偵探低調輕便，最宜接手。

「書呆子，我那荒唐書鋪，可是要與你的偵探社並開的，要曉得裝神弄鬼騙算命錢也是門生意！」

「這裡哪有人曉得妳會這鬼把戲？」夏冰滿臉不屑。

「那大嘴巴的李裁縫曉得不就行了？」

杜春曉的鼻頭皺成獅狀，雙眸明亮如星，一瞬間便成了毫不煞風景的自信「美人兒」。

第一章 顛倒的唐暉

燕姐每呷一口茶，夏冰的頭髮便一陣發涼，怕她隨時會把碗盅子砸到牆上。

這茶是杜春曉買來的，最次的茶葉，外加杯子一直被她拿來泡煉乳，洗得也不夠乾淨，所以換了正常情況下，他斷不會拿出來待客。只這一次，人來得突然，且是偵探社開天闢地頭一樁生意，所以一切都是匆忙的。

杜春曉一直趴在旁邊的長條皮革古董沙發上假裝打瞌睡，兩條腿高高架在扶手上，但眼睛卻是半睜的，因這女客著實吸引住她了。

燕姐穿梅紅色洋裝配同款緊身半裙，一雙鮮紅高跟鞋上鑲滿水晶，那水晶與胸前一只天鵝形狀的別針大小雷同；頭上戴一頂黑底無簷帽，三根油亮亮的翎毛直沖雲霄，濃亮捲髮束得牢牢的；半彎瀏海下，一對細紋環繞的眼睛是帶毒的，掃射之處無不遁形，因嘴唇邊的皺褶已呈散射狀，口紅順著紋路往外蔓延，所以喝茶都極不方便。

然而夏冰還是誠惶誠恐，燕姐畢竟讓他開了張，且那買賣做得不小，要他找一位綽號「小蝴蝶」的紅牌舞女，只說原名關淑梅，今年剛滿十九，身材苗條，說話帶蘇北口音，但因是歡場老手，上海話也講得頗靈光，一般人不太聽得出來。照片攤在夏冰眼前，果然是紅唇黛眉的靈秀女子，妝也不濃，兩個酒窩深深凹陷，彷彿要把人摁進裡頭醉死。

「就是她。找著了，只告訴我們她在哪裡便好。先付三百元定金，人找到了再付三百，儂看好哇？」燕姐眉宇間愁浪滾滾，付錢倒是爽氣的。

「我看看照片。」杜春曉到底忍不住了，忽地從沙發上坐起來，三兩步走到夏冰的辦公桌前，拿起了照片。

燕姐並不介意，逕自從手袋裡拿出香菸來抽，杜春曉藉機要了一根，兩個女人由此互望一眼，瞬間因共同喜好而互生好感。

「她是何時不見的？之前可有提過要回老家，或者結婚之類的事？可有情人？」夏冰盡量顯得正式，眼鏡架子都配了最新款的，雖然戴上以後相貌並沒有變得好看一點。

「半個月前，突然有一天不來上班了，到她住所去找，也不見人，大衣櫥裡有些行頭都不見了，還有幾雙鞋沒有了，像是臨時有事出了遠門。不過你也曉得，百樂門的姑娘不是說來就來，想走便走，賺了錢翻臉不認人是不行的。再說了，幾個老闆點名要她，就算她不來，總要有個交代的咯？」燕姐一提到「交代」二字，吸煙力度亦不由得加重。

「失蹤前可有什麼異常情況？比如為了男人，或者有露過要上岸的口風？」夏冰還是極認真的扶了一下眼鏡，手裡的小本子不停在記。

燕姐冷笑，拿眼角瞟他：「你哪裡懂什麼上岸？以為真是想上就能上的？這也要看處境的好不好？這小賤人背了一身的債，她想逃掉，債主也不讓她逃的呀，所以趕緊尋到她，告訴我在哪裡便成，其他就不要問了。」

正說著，杜春曉已將簇新平整的一副塔羅牌遞到燕姐跟前，笑道：「咱們這裡還附贈占卜算卦的業務，您要不要來一卦？免費。」

燕姐一見那牌，笑得更開了：「這東西我從前陪洋人玩過，倒有些準的。」

「要算什麼？」

「這還用問？」燕姐復又斜著身子坐下，饒有興趣的看著杜春曉。

還是二十二個「老朋友」，燕姐駕輕就熟的洗過牌，推給杜春曉。杜春曉將牌分成三疊，再合攏起來，順時針方向擺直、靠邊，抽出四張，布菱形陣。

過去牌：逆位的力量。

「嗯，果然都是窮孩子出身，早晚要幹見不得人……哦不，拋頭露面的營生。」

杜春曉剛剛說到這裡，燕姐衝著那力量牌噴一口煙，接嘴道：「哪裡就見不得人啦？姑娘看著挺摩登的，腦筋還這麼封建？」

杜春曉也不還嘴，實話一出口便有些窘了，只得繼續翻牌。

現狀牌：正位的月亮，正位的惡魔。

杜春曉道：「這個牌出現得巧了，說的都是一個『騙』字。月亮主陰，亮得很也虛得很，有些女人使詐的意思。惡魔牌更是凶多吉少啊！說明目前那位蝴蝶姑娘正遇險境，也許……」

「也許什麼？」問的人卻是夏冰，他已用手掌將面孔擠得如麵包一般。

「也許並非自願出走，而是被人強行帶走也未可知。」

杜春曉揭開未來牌：正位的命運之輪。

「這位太太，幫您找這個人，價碼得加倍。」

空氣一時間竟有些凝固，三人都不講話，夏冰急出一頭汗，怕生意就此飛了。杜春曉則是財迷心竅，一門心思打算晚上去對街的西餐館吃生牛排。反倒是燕姐，看似在做一番決定，半晌後點了頭，打開皮包，又拿出一紮鈔票，推到杜春曉手邊。

「姑娘拿好，這事兒就拜託妳了。」

意思明確，找人的事如今已成了杜春曉的任務。

燕姐起身，一陣陣花露水香味摻雜著萬寶路香菸的辣味掃過夏冰鼻尖，包得緊緊的屁股上下彈跳，可依稀辨出當年做彈性女孩（注一）時的風采。

「沒想到妳這亂說一氣，倒還給咱們加菜了！」夏冰拍手大笑，把幾卷錢並在一起。兩人如今的日子的確艱難，只是誰都不曾拆穿，杜春曉時常每天只吃一頓，剩下的錢用來買菸。

「虧得她頭一次委託這樣的事，到底沒經驗，說話老露些關鍵的口風。」她笑嘻嘻的披上一件皺巴巴的風衣，準備和他出去打牙祭。

「是什麼口風？」他當場便有些窘，卻還是忍不住要問個明白。

她笑道：「你沒聽見她剛剛講了『行頭』兩個字？說小蝴蝶家裡也不見人，行頭也少了幾身。這行頭可是夜總會裡上班的時候才穿上身的，若是臨時要不聲不響出個門，哪裡用得上這麼隆重的衣裳？必是選那輕便家常的帶去才是。」

他點頭附和：「話是沒錯。可萬一這燕姐也是說謊呢？」

「只有兩種可能，一是說了謊，其實她曉得小蝴蝶是自己跑了，但不知人跑去哪裡，只好找我們幫忙，說少了行頭的事兒是現編的；二是她講了真話，那麼小蝴蝶肯定遇了險，還有人為掩蓋事實，將她的住處偽裝了一番，卻不料露了這樣的破綻。」

「那妳剛剛又怎麼跟燕姐說小蝴蝶是遭人綁架了呢？還講得這麼肯定。」

她大大咧咧的一笑，回道：「因為鞋子。她說鞋子少了幾雙，只有女人才會注意到鞋子，她若不是去鞋架上看過，是想不到的，現編也編得有些過細了。」

夏冰當下無話，只得拉起杜春曉直奔西餐館而去。

小蝴蝶的住處也在弄堂裡，雖說秋高氣爽，但頭頂的晾衣竿縱橫交錯，一排排尿布、長衫、馬褂、旗袍都濕答答的展示出來，空氣裡都能聞到潮氣。

一進門，便見那些家具都是紅木製的，只可惜上頭銅鏽密布，每個抽屜打開均是一股濕抹布味。那個放置所謂行頭的衣櫥一打開便霉氣撲鼻，裡頭金紅粉黛擠得滿滿當當。杜春曉往裡撈了一圈，窸窸窣窣掉下幾串假珍珠，再轉回去摸一把窗臺，也是水淋淋的。

夏冰忙把房東叫來，對方是一乾癟老頭子，五十上下，佝僂著背，穿棗色短褂並散腿褲，

手舉一個細如酒杯的茶壺。聽那房東講，這位女房客沒回家整有十五日，最後一次見著她時，她喝得醉醺醺，三更半夜把門敲得震山響，說是鑰匙丟掉了。他無法，只得起床給她開門，還順帶倒了次夜壺。

「是她一個人回來的？」夏冰撿起從衣櫥落出來的一對珍珠耳鏈，若有所思。

「一個人。」房東說得斬釘截鐵，「不過她敲門的時候，我有聽到汽車開過的聲音。你也曉得的，幹這一行的總會有點那個事兒，也不是頭一次了，我沒在意。不過給關小姐開門的辰光，看到她是一個人，我還吃了一驚，心想怎麼今朝出鬼哪，有生意還不做。結果第二日夜飯都沒見她出來，往常這個辰光她會出來吃個夜飯的呀。」

杜春曉從窗口把腦袋縮回，狠狠瞪了房東一眼，怒道：「夏冰，快塞給他幾個洋錢，讓他講點兒真話！」

「唉唉唉！這位小姐怎麼講話的啊？儂哪裡曉得我沒講真話？」房東將茶壺往胸前一靠，當即紅了脖子。

夏冰忙塞給他五元，笑道：「這娘們兒是個痴子，莫理她。您再好好想想，那天究竟聽到什麼動靜啦？」

房東撇了撇嘴，拎起茶壺，把鈔票壓在壺底，訕訕道：「好像那天……我沒看真啊，不過似乎有個男人跟在她後頭進去了，沒看真，只恍惚看了一眼，沒看真，真沒看真！」

杜春曉忽地從窗臺竄回來，將一張被秋日曬得油光光的面孔逼近他：「那個男的長什麼樣兒？穿什麼衣裳？」

「看不真，只是頭上戴了帽子的樣子，他一張臉都埋在陰影裡頭，所以……」

「我說這位爺，下回撒謊的辰光可不要講聽見汽車聲，就這麼條窄弄堂，縱有車子也是停在老遠的街面上，你睡得不管糊不糊塗，都是聽不見的。」

說畢，她便推著夏冰出去了，一到外邊便抬起頭，透過晾衣竿上排得浩浩蕩蕩的濕布重重喘了幾下。

夏冰好奇，問她是怎麼了？她皺著眉攤開手心，喃喃道：「你個呆子，這個活兒凶多吉少，接下來你一定要小心！」

手心裡，是一枚剛剛落在地上的假珍珠耳墜。

一隻灰雀從晾衣竿上蹬起，展翅高飛而去，在空中劃出一道淡黑的弧影。

…※…　…※…　…※…

邢志剛早在兩年前就打算把百樂門轉給燕姐，他甚至想過一分不要，只是將他的畢生心血交予她，了一樁心願。可她偏生不要，說邢老闆身上貴氣逼人，是聚財的，底下那幫姐妹才能

安心跟著他混，把舞廳一轉，財運也跟著轉走，哪裡使得。

他緊緊摟住她，想把自己整個兒都摁進她身體裡去。燕姐卻掙脫出來，將右手掌攤開，笑道：「看見沒?我掌心薄，許多東西抓不住的。」

他當下心裡便有些疼了，將她抱得更死。

她就是這樣，喜歡在他面前表現得無欲無求。到了這個年紀的女人，唯一能拴住男人的法寶就是「認命」，消極態度往往凸顯往昔風華，更容易惹人聯想。她的弱，是蘊藏了強的，所以比她小十歲的邢志剛會這麼樣寵她、順她。儘管她曉得他和其他幾個紅牌私下都多少有些瓜葛，然而她也不大會動氣，抑或是假裝不動氣，因知動氣也沒有用，叱吒十里洋場的不是美人便是男人，這是定理，她早已到了輸不起的階段了。

關淑梅……

這名字一經腦中躍出，燕姐便心慌得很，那對甜絲絲的丹鳳眼、深如幽冥的酒窩，都是她的噩夢。邢志剛曾講過，這樣的女人留在百樂門，終究是個禍害，要清便及早清了。可她無論如何都開不了這個口，因還指著她招攬貴客。她像是天生做這一行的，從舞姿到點雪茄的儀態都顧盼生輝，嗲腔嗲調，於是認了許多「乾爹」，這些「乾爹」就是百樂門的飯碗，所以她咬牙切齒的保住了她。

「儂就是小女人肚腸，百樂門來來去去多少小姐了?哪個紅牌走了這裡就坍了?再找好的來嘛！」

邢志剛時常這般嘴硬，她卻不理。一來小蝴蝶的「乾爹」裡有洪幫二當家秦亞哲，是惹不起的主；再者小蝴蝶雖驕縱，倒也不是背地裡耍陰謀的主，比幾個笑裡藏刀的二流貨色要實誠得多。只可惜脾氣太火爆，三天兩頭鬧出事體來，把時常跟她比風頭的紅牌小姐米露露腮幫子都抓破了，還死不肯認錯，氣得邢志剛當場要她「滾蛋」，被燕姐硬著頭皮攔下。

小蝴蝶當時眼神噴火，恨不能咬斷邢老闆的喉嚨，她顫聲道：「叫我滾蛋？虧儂講得出口！儂就沒記著我一點好兒？」

這話說得邢老闆面色發白，原本尖細的面孔越發拉得長了，怒回：「儂小蝴蝶給我什麼好處，我心裡能不記得？只是這些好處也是我用本錢砸出來的，儂要敢講我邢志剛欠妳的，今兒把妳身上所有行頭留下，再斬下一隻手一隻腳給我，也算淨身出門了！」

一席話，講得小蝴蝶沒有辦法找臺階下，只得掩著臉邊號啕邊被人拖出去了。

事後燕姐要勸邢志剛，被他止住，道：「我曉得剛剛都是氣頭上的話，不過小蝴蝶這個女人我不喜歡，妳一定要想辦法把她弄出去，否則百樂門怕是今後都不要有安耽日子過了。」

「儂跟我裝傻？儂又不是不曉得她跟秦爺的關係！再說她只是脾氣差了些，心眼兒還是乾淨的，沒那麼多彎子。」

「妳懂什麼？正因為她跟秦亞哲有那一層，且肚裡還沒那麼多彎子，才會不安耽！早走早

少個禍害！」邢志剛一針見血，當下將燕姐打醒。

孰料次日，小蝴蝶竟沒來上班，燕姐起初當她是昨兒「戰鬥」負傷，在家養幾天也是情有可原，便沒追究，還差人送了一籃水果去，可水果當天卻被退回來了，說是敲不開門。第二晚小蝴蝶仍不見蹤影，邢志剛鐵青著臉把燕姐叫到辦公室，她進門便瞅見靠大座鐘旁那只保險櫃大開著，裡頭散落了幾張紙幣。

「猜猜，誰幹的？」邢志剛看到她一臉錯愕，竟轉怒為笑。

她沒有回答，只默默坐到沙發上，點了一根菸，手指不停發抖，半晌才抬頭問道：「那個東西……也不見了？」

他點點頭，點燃的雪茄擺在碩大的水晶菸灰缸上，因拉著百葉窗，房裡半明半暗，將他的側臉曲線勾描得異常漂亮。

有些男人，天生有陰鬱之美，教女人萬劫不復。

她別過頭去，努力不看他，怕看得多了徒生情慾，只好低聲道：「我會找到她的！」

「砰！」

她耳邊掠過一絲凜冽寒風，隨即聽見有什麼東西爆裂了，那只造型優雅的菸灰缸在牆上碎花四濺，亮晶晶的落滿她的肩膀和膝蓋。

「那就辛苦儂了。」

邢志剛笑容溫婉得好似從未發過怒，讓她恍惚以為那只菸灰缸是自己無故飛來，然後撞成齏粉。

……※……　……※……　……※……

唐暉已累得直不起腰來，那些蓬拆小姐（注二）雖然個個玲瓏嬌俏，聯合起來卻也是一股「洪流」，把他這樣的七尺男兒衝撞得找不著北。

自「七七事變」之後，日本人在上海的氣勢越來越囂張，學生示威抗議之風亦越演越烈，連各租界夜總會的舞女都紛紛打著「愛國」的旗號參與其中，白日振臂高呼，夜晚繼續在鶯歌燕舞裡討生活。自然的，那些巡警也不是真心要阻攔，便由著隊伍前進，只等著大車子過來後隨便抓幾個回去交差。但在此之前，幾個租界都擠滿了環肥燕瘦的風塵女和學生，破洞絲襪與夢巴黎香水的氣味直撲腦門，他被她們纏繞在中間，旗袍與羊毛外套的摩擦音嘶嘶作響。

相機在他手裡已有些吃重，再怎麼努力都舉不到眼前，只得半蹲著，讓無數乳房、大腿從鏡頭前晃過。他突然感到窒息，只見前邊一對渾圓的胸部正在逼近，卻不懂得讓道，竟直挺挺的壓上相機。他暈眩的不只是腦袋，還有腳底……所以，當他的額頭頂住那團軟綿綿的東西時，還聞到古怪的菸草味。

黃慧如牌香菸？竟還有人抽這個牌子！

他模糊的想著，眼睛已睜不開。醒來時，人躺在路邊的公寓樓底下，一臉濕漉漉的自來水。陽光溫柔的刺扎著眼球，他只得又閉上，面頰卻挨了重重一個耳光。

「喂！吃完豆腐也要給錢的！」

這聲音又啞又刺，激得他不由得撐開眼皮，見眼前的陽光已被抹乾淨了，只一團黑漆漆的東西，邊緣還帶一圈亮線，仔細看才認出，是自己的相機被一個面容灰頽的女人捧在手裡。他瞬間變得有些窘迫，掙扎起身，翻摸西裝口袋裡的皮夾子，所幸還在，便從裡頭抽出一張紙鈔遞過去，想拿回相機。

「太少。」

她瞄了一眼鈔票，竟沒有接，只顧埋頭擺弄相機，拿鏡頭四處對焦。

唐暉這才發現，她既不美也不妖，與那些舞女不是同一個氣質的。雖然為了凸顯「貧寒」，遊行舞女們大多素顏上陣，然而骨子裡的風塵與甜美還是在的。哪裡像眼前這位敲竹槓的，灰頭土臉，舉止都是硬邦邦的，與洋裝領子上的菜湯汁一樣教人難受，只是胸脯出奇挺拔，與她毛裡毛糙的短髮相映成趣。

「妳要多少？」唐暉當下有些動氣，心想自己本就是為妳們這些人的飯碗助威，倒要起錢來了，怪道被人看不起！正欲罵上幾句，卻被那不知好歹的女人摁住。

「教姐姐我白相（注三）這個，就不怪你吃我豆腐了，好伐？」

一口生硬的上海話從她嘴裡說出來，倒也不怎麼難聽。只是唐暉心疼那相機，怕被她搞壞，只得點頭道：「把它還我，我就教妳怎麼白相。」

那姑娘倒也爽氣，將相機往他懷裡一塞，兩人同時站起，唐暉比她高出整一個頭。他原本個子便高，被無數親戚姑婆讚過「玉樹臨風」，只是俊朗外皮對他這個做記者的來講，是毫無用處的，跑新聞的最好是長相低調、不惹人注目，才能「拍人於無形」。自己人高馬大，最易遭人防備。

誰知那姑娘竟笑了，點住那相機道：「你得留個地址給我，我剛剛拍了張照片，改天得到你那裡沖印出來。」

「不是說妳不會白相？」

「會一點。」

姑娘伸手跟他要地址，唐暉只得將《申報》報館的地址寫在採訪簿上，撕下那頁紙給她。

「這位小姐尊姓大名？」

「免貴姓杜，杜春曉。」

唐暉對杜春曉的拍攝技術實在不敢恭維，然而卻被那張洗出來的照片勾起興趣。裡頭的女

子面目模糊，穿著一身月牙袖過膝旗袍，裙底印了荷花圖案，因做出奔跑的姿勢，一條曲線纖長的小腿伸在外頭，依稀可辨頭髮亦是精心修整過的，吹得起伏有致的中短髮在風裡飛揚。後頭有一條大橫幅，隱約寫著「打倒日本侵略者」、「反抗就是力量」之類的字眼，想是遊行隊伍正大舉壓進，唯獨這名女子，走在隊伍前頭，卻像在逃跑。

事實上，唐暉那次因中途暈厥過去，未拍到太有價值的東西，只得拿了幾張淡貨去交差。所幸他文筆風流，寫出的報導倒也細膩深刻，甚至提及了國內反日呼聲背後一些極為蹊蹺的現象，諸如東洋間諜在其中的作用，呼籲提防混在中國人裡的某些日本軍部派來的細作，甚至將矛頭直指有滿族皇室血統的「魔女」川島芳子，文章果然是筆筆到肉，犀利見骨。

杜春曉便是拿著登有唐暉報導的《申報》來尋他的。他正用咖啡吊精神，見到她便放下杯子，把照片遞了過去。她拿出牛皮袋裡的照片看了一眼，嘴角不由得莞爾：「嗯，總算有了些希望。」

「照片裡的人是誰？」唐暉到底忍不住要問，亦是職業病。

她剛要啟口，卻從懷裡掉出一張長方形的紙片來。他幫她撿起，上頭一個形容枯槁的男子被單腳吊起，頭髮垂順及地，周邊圍一圈殘萎的玫瑰藤，是非常詭異的圖案。

「哎呀！倒吊男！」她搶過那牌，驚呼，「這位俊哥兒小心了，幾天之內必有災禍上身。若想避災，明天抽空到石庫門弄堂子，找一個姓李的裁縫。他隔壁那個小門廳，進門能看見種了石榴花的，就是我家。到時我替你解解這個劫。」

這個話倘若從別的女人嘴裡講出來，唐暉必定當是自己的「花容月貌」又惹來桃花繽紛，然而杜春曉這一說，倒讓他無端的有些認起真來。尤其是她臨走前還特別交代一句：「想要命，就早些來。」

因其身上煙薰火燎，氣味撲鼻，一聞便知是不重情慾的隨性女人，唐暉當即笑回：「若我過去，妳能告訴我照片裡的女人是誰嗎？」

她板下臉，嗔道：「你識不識相啊？救你命呢，還跟老娘討價還價？！」

「老娘」二字蹦出口，令唐暉越發有了興趣，看來石庫門是無論如何都要走一趟！

夏冰與唐暉面對面坐著，很是緊張，因唐暉人高馬大，一進門便擋住陽光，不似記者，倒像打手闖入。

而唐暉見夏冰一派細瘦謙和，當下便有些猜不透他與杜春曉的關係。親弟？表弟？抑或哪裡雇來的包打聽？直到杜春曉蓬著頭從裡屋走出來，光腳趿著布拖鞋，手裡夾了半根菸，將一件皺巴巴的湖綢睡衣遞給夏冰，唐暉才驚訝於這二人的情侶身分。

「來得夠早呀！」杜春曉坐在舊沙發上，將菸頭摁滅在茶几腿上。

一副塔羅牌已整整齊齊放在案頭，像個精美陷阱，只等獵物上門。然而，她沒有給唐暉算

命，卻是擺了兩張照片在他跟前，說道：「她們是同一個女人，百樂門的小蝴蝶，自古紅顏薄命，所以她現在……不見了。」

唐暉將兩張照片放在一起對比，一張像是直接從舞廳門口撕下來的紅牌舞女大頭像，另一張便是他幫杜春曉洗出來的街頭遊行照片，裡頭面目不清的女子還是一副奔跑姿態，只是細看之下，便覺得模糊的五官也已扭曲成倉皇的神色。

「唐先生對這個美人兒可有什麼印象？」杜春曉慢吞吞的啜了一口冷掉的咖啡。

「沒見過。這樣的美人，我見過就一定有印象。」唐暉搖搖頭，將照片推回去。

杜春曉又喝了一大口咖啡，甜苦氣直衝喉管：「怪不得我姆媽(注四)講，上海男人不但小家子氣，還特別不老實，原是真的！」

他沒有回應，卻對夏冰笑了一笑。

「話說，她給你暖被窩也不是一回兩回的事了，怎麼就只當不認得呢？雖說用你那臺相機拍的照片糊了，可另一張卻是畢清肆爽(注五)的呀。嘖嘖嘖，怪道人家說長相好的男人薄情。」杜春曉不依不撓，當場拆穿唐暉的「西洋鏡」。

唐暉只得抓抓頭皮，笑道：「我跟淑梅的事是老早以前的，哪裡曉得她如今失蹤了，想是回老家了吧。」

杜春曉剛要接話，卻被夏冰搶下：「真是奇了，你跟百樂門的大班倒也口徑一致。」他當下掩掉了「正是燕姐把你出賣給我們」那一句，只等看唐暉如何應付。

唐暉苦笑一下，從茶几上的一疊塔羅裡抽了一張，丟在桌面上——女祭司。

關淑梅那張巴掌大的面孔彷彿正向他逼將過來……

「你莫要動。」

她總是按住他的胸口，騎著他，用脣瓣輕咬耳垂，兩隻桃子一般圓熟的乳房上下擺動，彷彿隨時會流出蜜汁。他當初便是浸泡在她的蜜汁裡，才會變甜變酥，理智被全盤推翻。

那時他幾乎沒有一日不縮在她的住處，每天凌晨兩點到百樂門門口接她下班，夜再冰涼如水，都澆不熄熱情。有一次碰上邢志剛的車子緩緩從身邊經過，車窗裡那張繃緊的面孔轉向他，眼神如蛇信舔拭神經，令他無端戰慄。

「不要再打她的主意，她不是你要得起的。」

邢志剛一句話，將他牢牢鎖住，欲望竟奇蹟般的被對方嘴裡吐出的每一個字擊碎。只是出於男人的尊嚴，他沒有退縮，反而要她要得更勤，直到對方心滿意足的討饒才肯放過。即便如此，他和她心裡都清楚得很，這種「露水情緣」到底不會長久，還未等到邢志剛正式找人過來警告，他便主動撤退了。

當然，更重要的是，他在這個辰光認得了上官玨兒……那能輕易要男人性命的上官玨兒。

「咚咚！」

杜春曉終於不耐煩起來，敲了敲桌面道：「那唐先生可記得關小姐交往過其他什麼人？你最末一次見她是何時，在何地？」

「半年前我與她分手，之後只一起喝過一次茶，便再也沒見過。妳也曉得，我一個窮記者，實在養不起這樣的女人。」

「可牌告訴我，是唐先生一直在用關小姐的錢啊。」杜春曉揚了揚那張女祭司，「你看，女人做主、女人承擔未來，只可惜明月溝渠，白費心思了。」

唐暉這才面色緊了起來，似有一把剪刀將他的心尖鉸下了一塊，那個痛由內而外緩緩蔓延，起初不覺得，下意識的摸一下，才發現滿手鮮血。他曉得，這份情，大抵是永遠都在的。

杜春曉送唐暉出門，走出石庫門的辰光，嘴裡的牙籤還叼著，短褂領口的鈕釦也鬆著。唐暉覺得她稀奇，便多看了幾眼，她笑道：「你心裡又有人了？」

「是。」他不否認，這份坦誠令他雙眸如星，氣勢逼人。

杜春曉不由得有些喜歡上他的多情。有些男子，愛一百次都視作「真心」，不像另一些，永遠拿女人當遊戲裡的棋子。

「我知道為什麼有那麼多女人喜歡你了。」她莞爾。

「我自己也知道。」

他毫不掩飾，孩子氣的仰起頭，陽光落在他額上，眉毛都鍍了一層金，方暴露他迷人的稚氣。她這樣看著他的側影，極想認真的為他占一占牌，拿些真本事出來。可唐暉的未來，如他的過去一般深不可測，她於是對他的秘密有了濃厚興趣。

「從明朝開始，不惜一切代價跟蹤唐暉，沒必要再做其他多餘的事。」

杜春曉對夏冰下了一道死命令，只是所謂「多餘的事」，已決定由她自己去做。

…※…　…※…　…※…

米露露吐得死去活來，像吞了一隻活章魚，將五臟六腑都絞爛了。不知為什麼，當晚的兌水威士忌竟也壓不住了，將她燒得面紅耳熱，大抵是小日腳（注六）來了，半瓶便被打倒，亦算破了記錄。她少不得想念起小蝴蝶來，她酒量差到極限，於是練就了一套超凡的「推酒功」，竟屢戰不敗。

她們兩個還要好的時候，小蝴蝶亦曾承諾要教她，結果來不及兌現便已拳腳相向，女人的友誼便是這麼不牢靠的。

她一面吐，一面覺得胸口有什麼東西在刺扎皮膚，以為是內衣上的鋼絲圈，便抬手去整，卻摸到一個硬硬的長方塊，方記起是秦爺走前塞進裡頭的一疊鈔票。她將它掏出來，用力吸了一口新鮮空氣，忽然一隻手搭上她的左肩，嚇得她寒毛豎起，遂回頭去看，竟是燕姐。

「進去坐一會兒，等一下邢老闆有話講。」

「哦。」她胡亂應了一聲便往裡走，心裡已有了七、八分底，鐵定是為了那小騷貨的事體，要逼問到每個人頭上來，尤其是她的「仇家」，必定是不肯放過的。

一想到邢志剛，米露露心裡便發慌。他對她這樣的紅牌，面上永遠都是柔的，嘴角保持向上的弧度，彷彿那裡便已兜著他的心肝了，但她曉得他的骨血仍是冷的。

她剛從湖南過來上海的辰光，在百樂門賣雪茄，渾身上下都是土的，只是前凸後翹很惹眼，少不得要被客人捏幾把。某日，邢志剛將她叫到辦公室，只問她願不願做舞小姐，她迫不及待的點頭。他笑了，說：「妳只一樣還未達標，要趕緊補起來。」

她起初還聽不懂是哪一樣未達標，直至邢志剛把保鏢旭仔推到她跟前。

旭仔是廣東人，在那邊一個賭場出老千被抓，原要砍下一隻手的，虧得他頭腦機靈，連夜躲在糞車裡逃出，流落上海。旭仔不難看，只是一條肉疤從左額角蜿蜒至嘴唇右邊，異常明顯。除此之外，他依舊是個漂亮男子，身材短小精幹，頭髮梳得整齊油滑，領帶還用珍珠別針固定，與其他幾個渾身酒臭的大個頭不一樣。

旭仔有些難為情，但似乎已做好準備。米露露頭皮即刻發麻，曉得要承受什麼事，於是急道：「這個我自有打算！」

「什麼打算？」邢志剛的巴西木菸斗裡吐出的煙有一股濃香，緩和了繃緊的眼角。

「若我找到一個大客人，價錢會賣得更好一些……」

她話音剛落，便結結實實吃了邢志剛一掌。

「露露，妳拎不清（注七）是伐？這裡是舞廳，客人來跳舞白相的，不是妓院！我哪有閒工夫管妳賣出什麼價錢？我只要今後無論哪個男人摸妳，妳都不要皮肉緊繃就好啦！燕姐還要給妳添行頭，妳曉得要花多少錢？賺不賺得回來還是問題，妳就挑三揀四起來？妳當旭仔沒有女人，要做妳這樣的貨色？」

一番話，把米露露的自信全盤擊垮，她忍住不讓眼淚落下，主動拉住旭仔的手走出去了。走到一個隱秘的包廂處，旭仔掙脫她的手，一臉尷尬的整了整領帶，說道：「米小姐放心，我不會把妳怎樣的。」

「你果然看不上我？」她氣得渾身發抖，鼻尖憋得通紅。

旭仔忙拉過她的手握住，他指尖溫溫軟軟，完全不似那些皮糙肉厚的練家子：「妳誤會了，事實上，再怎麼好的女人，都跟我旭仔沒有緣分，邢先生剛剛是逗妳呢。」

但米露露很快便曉得邢志剛沒有逗她，當晚百樂門打烊後，她被兩個蒙面男子鎖在更衣室內折磨了一夜。

次日清晨，她在化妝間內找到一把利剪，要與邢志剛拚命，他卻對她笑道：「妳果然跟普通女人沒有兩樣，還跟我計較貞操這回事。」說罷，讓燕姐領了她去試行頭，裡邊有兩副耳環

上竟是貨真價實的藍寶石，據說是邢先生賞的，當下便把她的羞憤壓下一半來。

梳頭試妝的辰光，燕姐在她耳邊嘀咕了一句：「其他幾個小姐都是來去自由，邢先生從不過問，他獨獨點化了妳，是認準了妳有資本，可以做搖錢樹的。」

邢志剛的能耐與城府，從此讓米露露銘心刻骨。

可不巧的是，居然有一個女人比她先上位，那便是關淑梅。所以她恨她恨得要死，處處要壓過對方，卻又每次都略遜一籌。論面孔身段，她都要比關淑梅強一些，可這個小蝴蝶笑起來風情萬種，兩個酒窩嫩嫩的，怎麼都討客人喜歡。

所以曉得小蝴蝶不見了，她開心得連夢裡都笑醒，亦是旭仔提醒她：「不要太過囂張，否則必定會有人疑到妳頭上來。」

她明知後果，卻還是抑制不住喜悅，心裡一痛快，酒便喝多了，醉意也跟著來。

但邢志剛一個眼神便把她從雲裡霧裡拉了回來，那眼神裡帶了刀刃，彷彿要將她切開。她已意識到眾人怎麼看她，旭仔今天的腰身也比平常略粗一些，是帶了傢伙的。她只好坐下，從包裡掏出一包菸，抽出一根來，旭仔忙上前替她點上。她重重吸了一口，仍覺寒氣逼人，雞皮疙瘩在裸臂上結結實實浮起一層。

孰料邢志剛一點兒也沒有要嚴刑逼供的意思，只是關照她最好能留住小蝴蝶從前的幾位大客，她冷笑道：「像秦爺這樣氣派大的，哪裡是我這種小人物留得住的？邢先生還是另尋託付比較好。」

邢志剛皺眉道：「他是不見得會喜歡妳，可難不成妳自己就不能爭點兒氣？小蝴蝶失蹤了那麼長時間，再拿她回老家做理由恐是搪塞不過去了，只能講她不做了，去哪裡不知道。只要穩得住秦爺，什麼都好講。」

「穩不住呢？」她搓了搓指甲蓋，心鼓其實已敲得怦怦響。

「哎呀，你這是為難我們露露哪。」燕姐突然上來打圓場，「邢先生自己也是男人家，還不曉得男人是怎麼回事兒？越得不到的越想要，容易得的縱使是稀世珍寶也就放一邊了。露露先前也不曉得討好他多少回了，沒一次有用的，他是認死了小蝴蝶……」

「行。回頭給秦爺送張帖，說我請他吃頓飯。」邢志剛長嘆一聲，像是放棄打米露露的主意，要親自出馬擺平這樁事。

這般慎重的場面，倒讓米露露心裡犯了嘀咕，不過是一個小姐跑了，客人何去何從隨意便是，哪裡還需要舞廳老闆擺一桌的道理？

不過，這個疑問，竟還是一個新來的「香菸妹」替她解開了。

這香菸妹每日來上班都是頹著一張臉，草草抹了些胭脂口紅，老遠便能聞到一股廉價香氣，挨近了更是細看不得，唇膏時常染紅了門牙，略咧嘴笑一笑便嚇煞一桌客人。米露露向燕姐投訴過許多次，都被駁回了，只說：「人家春曉也不容易，以後會熟絡的。」

香菸妹似乎是不曉得自己的諸多短處，也不在意幾個小姐的白眼，只管沒心沒肺的往那些出手闊綽的客人跟前湊，幸虧長相平平，也擺不出勾引男人的媚態來，構不成威脅不說，反讓米露露她們覺得丟了百樂門的顏面。

有一回，秦爺玩得勉強還算盡興，米露露也豁出去，竟上臺唱了首《假惺惺》，下來後便看見燕姐被他叫過來，正講得起勁，心裡料定他是要帶她出場，於是刻意擺出扭捏的姿態走過去。這時，那喚作春曉的香菸妹突然半路殺出，拿出一副古裡古怪的紙牌，說是能算人凶吉。米露露當下氣得幾乎要吐血，欲將她趕開去，秦爺卻按住她道：「真的什麼都能算？」

「什麼都能。」春曉唇上的口紅已抹去大半，整張臉也跟著斑駁不堪。

「這裡有位彈性女孩，我很喜歡的，妳曉得哇？」

秦爺其實並非米露露喜歡的類型，身材過分高壯，濃眉大眼，面相頗凶，五官線條雖乾淨俐落，卻異常剛毅，且毛髮旺盛，連耳孔裡都滋生許多曲捲花白的體毛，教她頗為抗拒。

這樣的男子，是會在女人堆裡惹爭議的，有一些看著他會目眩神迷，另一些卻退避三舍，米露露不巧正是後一種，因此再怎麼賣力演出，那份虛假終究還是逃不過他的眼，而小蝴蝶似乎是真心愛他，所以才能贏過她。

「我不曉得，可是我的牌卻曉得呢。秦爺要試試看嗎？」春曉脆生生答道。塔羅牌在兩隻手裡翻來覆去，旁邊幾個舞小姐都僵著臉，只等米露露發作。

可惜米露露礙於燕姐，也不好講，只能硬著頭皮坐下，笑道：「這個倒滿有趣的嘛，要不秦爺算算看？」

「沒想到春曉還有這一手，今朝正好算一算看。」燕姐出人意料的坐到秦爺身邊，軋了這個鬧猛(注八)。

「那妳且算一算，我喜歡這裡的哪個小姐？」秦爺將米露露拉到膝蓋上抱著，洗起牌來。秦爺要算的頭把牌，杜春曉自然盡在掌握。恰好翻出一張現狀牌是月亮，可解成「舊情人」的意思，只是她偏偏添油加醋，講小蝴蝶是「滿場飛」，沒個定性，失蹤也屬正常。秦爺顯然面上有些不高興，她忙攤開未來牌，是逆位的命運之輪，方笑道：「秦爺放心，您這位紅顏知己的去向，您自己清楚得很，可是藏著掖著逗我們玩呢。」

「妳可是亂講了，我若曉得小蝴蝶在哪裡，還天天來找？」秦爺面露錯愕的神色，顯然對杜春曉的說辭感到意外。

「秦爺現在不知，不出幾日便會知了。上海灘有多少人是繞著您秦爺走路的，您都找得到，何況一個小蝴蝶？」

秦爺怔怔看了她一會兒，爆發幾聲大笑，將杯裡的伏特加一飲而盡，道：「妳叫什麼？膽子夠大。」

「我？賣菸的。」杜春曉收拾好牌，站起，走路的辰光屁股一扭一扭的，像是知道背後有

幾雙眼睛盯著。

動用秦爺的力量去找小蝴蝶，比夏冰雇十個包打聽都來得省力，這是她早已算計好的。

……※…… ……※…… ……※……

這些日子，夏冰其實也並不輕鬆，因唐暉是個跑新聞的，哪裡都去，黃包車錢反正能報銷。他卻是不行，樣樣要自己來，每天的飯錢都貼進車資裡去了，苦不堪言。

尤其是杜春曉近期突發奇想，又花去大半存款，從舊貨市場買了幾個書架回來，重開荒唐書鋪，將他活活愁死。因知這樣的書鋪必定無人光顧，無非到後來演變成她裝神弄鬼的幌子，跟在青雲鎮那會子一樣。

關乎荒唐書鋪的再次開張，杜春曉也是做足準備，便是晚上外出遊蕩，白日裡昏睡。李裁縫只得拿了一籠蟹黃小籠包過來拍門，直將她從床上敲起來為止。

李裁縫之所以急著找到她，只因前一日過來裁衣的客人著實古怪，是一個面目清爽、眼角皺紋疏淡的婦人，一看便是在哪個大戶人家做貼身傭人的，拿來的衣料色澤鮮麗得很，游龍走鳳，有些花俏得過分，他一時拿不準要做什麼款式，婦人卻說只要一件短短的女褂便可，尺寸做大一些，不必考慮是否合身。

婦人走後，李裁縫摸捏那料子，越看越覺眼熟，想起這分明是做戲服用的，繡線沒一處斷根，盤花雲紋都有一股特殊的精細感，便越發覺得詭異，索性找杜春曉解解這個惑。

杜春曉睡眼矇矓，起來望了一眼那料子，便發起脾氣來，罵道：「我可是你的包打聽？三天兩頭過來尋我問這些有的沒的，你若還要開門做生意，有些事體少知為妙！譬如這一個！」

「這一個又怎麼不能讓我知道了？」

李裁縫撣了撣衣袖上的灰，小指翹得老高，拈那盤子裡的瓜子來吃。他四十歲不曾娶妻，只痴迷量體裁衣兼打聽八卦，小日子過得舒坦卻也望不見未來。

不過，杜春曉時常敬佩這些活得隨意的人，未按常人的路子由生到死的走，那份痛快與壓力，非常人可以諳透。所以李裁縫油亮緊緻的皮膚因長期塗抹一種護膚霜而幽香撲鼻，手指如雞爪一般靈巧尖利，超凡的細緻令他異於旁人，也是杜春曉欣賞的古怪。

「你瞧瞧！」杜春曉翻出一張隱者牌，放在衣料上頭，「隱者，就是見不得人的，必是哪家的太太跟戲子有私情，兩人也不知發了什麼瘋，竟拿戲服做定情物，那女人拿回之後丟也捨不得，留又不敢，只得讓自小帶過來的奶媽拿到你這裡來改成女褂，便於收藏。你可明白了？」

「哎呀呀！」李裁縫忍不住拍手喝彩，「到底還是要找妳這丫頭解一解，否則還當是誰發了痴呢。」

「說得沒錯，是有人發了痴，也不曉得下場如何。戲子無情，婊子無義，何況那太太迷的還是宋玉山。」

「妳怎麼曉得是宋玉山？」李裁縫一個瓜子嗑在牙縫裡，竟忘記吐出來了。

杜春曉捏起衣料道：「一看就是唱武生的行頭。按你的講法，那娘姨模樣的女人又是面目極稱頭的，必定在大戶人家做事。姨太太要養個小白臉，也自然去梨園行最出風頭的那幾個裡邊找，宋老闆如今可是紅人兒，不找他找誰？」

李裁縫噗哧一笑，駁道：「那可就不一定了，妳顯然不懂那些女人啊，吃些新鮮花草也是有可能的。」

「只可惜，新鮮花草穿不起這樣的東西。」

正說著，夏冰面色煞白的走進來，杜春曉坐起身來問道：「有蟹黃小籠包，吃不吃？」

「不吃。」他氣鼓鼓的坐下。

李裁縫見他有脾氣，便抽身告辭，不撞這個火性了。

「跟蹤唐暉這事兒，我做不來了。」夏冰每次發作之前，總是先下個決定，表示八頭牛也拉不回來了。

只可惜這一招平素只在自己爹娘身上管用，杜春曉是不理的，徑直走上前踢了他一腳，喝道：「給出一個理由，便不用做了！」

「行的！」他果然也來了脾氣，扶了扶眼鏡，正色道：「他整天跑新聞，根本不可能與小蝴蝶還有什麼來往，跟了也是白跟。」

「他這幾日跑了哪些新聞？」

「濟美大藥房的兄弟相殘案，還有上官玨兒的新片《香雪海》新聞發布會現場……」

「等等，他不是時事記者嗎？怎麼還去管電影圈的事兒？」

「這個……」

「這個」到後來，夏冰還是乖乖尾隨唐暉，杜春曉也依舊夜夜混跡百樂門，做毛手毛腳的香菸妹。只是替秦爺算過牌之後，聲名大噪，再無人敢對她翻白眼，米露露還時常請她宵夜，只求她算一算她的前程。

做這一行的女子，多半都盯著前頭看，因過去與現在都是水深火熱，不想被人點破罷了。不過，令杜春曉鑽進百樂門不想出來的另一個重要原因，是她生意太過興隆，大大小小的舞女都來找她算命。她也不貪心，算一次收五毛錢，紅牌收一元，與當初在青雲鎮的出價不可同日而語，可到底不再耽誤她每天吃巧克力、喝紅茶了，這樁秘密夏冰是不曉得的。

找杜春曉算牌的幾位彈性女孩裡，有一位名喚朱圓圓，唇紅齒白、身段曼妙，看上去尤其驚豔，可恨略帶些結巴，話講不利索，但有些客人便好她的嬌憨，倒也不曾吃過「陽春麵」。

朱圓圓找杜春曉算命，也是付一元的，因同個事體她要算好幾遍，像是懷疑，存心要砸她場子，又像是不甘心，彷彿以為今天與明天不一樣，運道也會跟著變。

杜春曉憐她單純可愛，每次都揀些中聽的話講給她，但心裡也隱隱預感，所謂「傻人有傻福」是撒謊騙人的句子，尤其朱圓圓那幾位熟客，看她的眼神裡都是奸邪，沒一個是真懷憐香惜玉之心。

「春曉姐，給……給我算一算嘛，算明年我……我是不是能嫁人？」

不知為何，杜春曉竟有些羨慕她滿心的陽光。不過她時常擺出怪異的坐姿，只拿屁股尖兒挨著凳子沿一丁點，略碰一碰便齜牙咧嘴的，便知是昨兒被帶出場的客人蹂躪得狠了。即便如此，朱圓圓臉上也總是樂呵呵的，下了班仍要呼朋引伴去吃個夜點心，像是慶祝當日沒有客人打她主意一樣，所以杜春曉給朱圓圓算牌都是語重心長，說些警醒的話。

朱圓圓像是不太滿意，偶爾會嘟起嘴回道：「我……我哪裡就……就只能及早收了做舞女的場呀？妳看蝴……蝴蝶姐，就……是等在這……這裡，到底……到底找著好男人了。」

「妳怎知她找著好男人了？」

朱圓圓一說到小蝴蝶，一對眸子都點亮了，笑道：「當……當然知道，她……她就是……找著好男人了，所……所以走了。」

杜春曉即刻抓住那一絲希望，追問道：「妳又瞎說什麼？都講她是被壞人拐騙跑了，妳倒好，還替她安排好『天仙配』了！」

「春曉姐啊……」朱圓圓得意的聳了聳肩，「妳……妳算這個牌再神，也……也算不出來的。蝴蝶姐……不是失蹤，她……她就是跟愛她的男人跑……跑了！」

「哦？那妳說說，那個男人是誰？」

「是濟美大藥房的二……二公子施……施常雲！」

注一：彈性女孩，老上海指的跳舞女郎，彈性為「DANCE」的諧音。

注二：蓬拆小姐，老上海對跳舞小姐的俗稱。

注三：白相，上海話，意指「玩樂」。

注四：老上海方言，指親生母親。

注五：畢清肆爽，上海老話，意指「清清楚楚」。

注六：小日腳，上海方言，指狀態不好的日子。

注七：拎不清，江淮官話，形容一個人做事沒有條理，弄不清形勢。又做「拎勿清」，寧波、上海一帶方言，指再三解釋不理解，腦子反應慢；引申義有不識時務的意思。

注八：軋了這個鬧猛，意指「湊個熱鬧」。

第二章

施常雲的世界

唐暉貼了一個月的薪資，總算見到了施常雲。

拘留間比他想像中要乾淨一些，青磚牆縫裡露出一道道灰白色水泥，空氣裡都是腐爛的鹹津津的氣味，一隻蜘蛛在右牆角的網上懶洋洋的垂下一根吊絲，那絲在施常雲頭頂晃動，他似乎渾然不覺。

「下次記得給我帶一塊巧克力，在這裡什麼都沒得吃。」

施常雲讓唐暉驚訝的地方不是他的鎮靜，而是從容。臉上每一條肌肉都散發出雍容感，好像不是蹲獄，卻是在花寨裡打茶圍一般；手腳都是閒的，整個身體都在有節奏的抖動，一副剛剛抽完大煙後的鬆散模樣。

他也不是特別好看的男人，起碼第一眼是無法吸引女人的。太瘦削，肩膀薄窄如刀刃，雙頰天然塌陷，黑眼圈裡都是深淵的迷霧，嘴唇自然微啟，拱成珠狀，頭髮鬆垂的披在額前。

他的脆弱是顯而易見的，可正是這樣的人，一個月前手持利斧在陽臺上對著喝紅茶的兄長施常風連砍四十七下，活活將對方砍成肉醬。兩隻胳膊只吊連了一丁點皮肉，腦漿順著陽臺雕花鐵欄杆的間隙蜿蜒流淌，滴落在施太太額上，她發出的慘叫幾乎將傭人的耳膜震破……

然而，即便鬧出如此大的動靜，施常雲還是逃過二十來天才被捕。因其父施逢德怕小兒子若伏法處刑，施家便要斷後，於是鋌而走險，將大兒子血肉模糊的屍身偷偷送去停屍房，只說是得了急病死的。

可惜，他光顧著買通仵作，偏生忘記自家廚子當時就在花園後邊的綠蘿架下聽壁腳，結果不出三日，上海灘每個包打聽都曉得美濟大藥房的凶案始末，施常雲哪裡還逃得過。後來老頭子幾次三番想自己頂罪，無奈現場目擊證人太多，根本行不通。

被抓當晚，據說施常雲正與一位不知名的交際花在楊子酒店鬼混，揪出來的辰光都是光著屁股的，只披一件睡袍。那女子始終捂著臉，不大看得清真面目，大抵是記者亦不在乎，所以只有少數幾張報紙上有她的身影。

譬如《申報》社會版刊的頭條上，登的照片便是施常雲被反綁雙手，頭髮橫七豎八的翹起，拿墨鏡遮了臉，看不出驚慌失措的神色。右下角一個被巡捕勒住脖子的女人，從對方胳膊上方擠出四分之三張臉孔，長髮披面，也是朦朧得很，隱約可看到輪廓變形的口紅。

一張場面熱騰、又極惹人眼球的照片，讓那記者得了一筆豐厚的獎金。

那條血淋淋的新聞曝光時，唐暉正在做上官玨兒的獲獎電影《董小宛》的推介，整個人已恨不能融化在片場中搭設的風月裡。

上官玨兒敷脂裹粉的面頰上不見一絲瑕疵，與仙女無異，兩顆雪亮的眼珠子流轉曼妙，嘴唇亦似嗜血一般鮮濃，笑靨如花，還是帶毒的，生怕人家看不到她深入骨髓的嫵媚……

當真是與小蝴蝶完全不一樣的美！

唐暉一時間竟想得有些痴了，已忘記面前坐著的殺人凶犯。

「你又怎知我下次還會再來？」回過神來之後，他連忙問了一句，生怕被對方看出他心不在焉。

施常雲笑了，臉瞬間收縮成棗狀：「因我自然不會一次把事情全告訴你，殺個人很累的，來龍去脈要講很久。」說畢，露出一排白森森的牙，讓唐暉背後發毛。

「誤會，我不是來問你那件凶案的。」

「哦？」施常雲挑了一下眉尖，表示意外。

「我是問你打聽一個人的。」

「誰？」

「小蝴蝶。」

施常雲的表情明顯不如先前那樣自在，似是隨著空氣流動而凝固了，竟不再回應。唐暉自覺事情蹊蹺，也不緊逼，只淡笑道：「沒事，你若不想講她，也可以談談那案子。」

他曉得施常雲自入獄以來，便緘默至今，誰問均不開口交代作案細節，可能是施老爺子託人過來暗示過他不要亂講話，所以各大報刊絞盡腦汁想從這位冷血殺手嘴裡套出些細節來都是徒勞。唐暉雖不負責跟蹤報導這樁血案，職業習慣卻令他充滿好奇。

「你又怎知我會告訴你這個？」

「因你剛才就好像要告訴我。」

「沒錯。」施常雲緩緩將身體前傾，因失眠導致的黑眼圈在他斑駁的皮膚上尤其明顯。他沉聲道：「對於小蝴蝶喜歡的男人，我都會給他開個後門。」

「她在哪裡？！」牢獄的空氣瞬間繃緊，令唐暉喉管發澀，只能啞了嗓子問道。他不知道施常雲怎麼會認得他，但有一點已經清楚，那便是這凶手在玩弄他的情緒。

「她在哪裡我不曉得，但我曉得她可能已經得到什麼下場了。」

唐暉並未應和，自尊心讓他下意識的想要擺脫心理遊戲的陷阱，但施常雲似乎看得穿他。他目光如閃電，一下便刺穿了對方的精神意志。

「因我家是開藥房的，所以小蝴蝶時常問我一個問題，哪些藥可以吃死人，哪一些卻怎麼都吃不死。可我從來不告訴她，曉得為什麼嗎？」施常雲恢復一臉笑意，皺紋爭先恐後占領他的眼角，「因為她當時也許只是好奇問問，但下一次可能就會用實際行動來驗證我的話是不是真的。這就是女人，看似柔順無害，實則個個都有謀財害命的本事，你信不信？」

「可如今殺人的那一位卻是你這個大男人啊。」

「哈！」施常雲一聲尖笑撕破了緊繃的空氣，「你年紀輕輕懂什麼？有些事情都是表裡不一的。比如我哥吧，平常看起來強悍得很，對我指手畫腳、呼來喝去的，每次我跟爹要錢，他都要敲邊鼓，讓老頭子不要給。我砍他的時候，他嘴裡竟叫得像個娘們兒似的！那種嗓音從來沒聽過……」

「還有他的血，人家說血都是熱的，可是濺在我臉上的時候只是有那麼一點溫罷了，氣味也不好聞。我哥素來標榜自己熱血有為，當血從皮膚裡噴出來的時候，他自己也應該嚐到了，一點都不熱呀。唉……」

這一聲嘆，把唐暉從莫名的恐懼裡拉了出來，他曉得自己不能輸給眼前的死囚，於是清清喉嚨，回道：「這麼說，殺人很有快感？所以你把小蝴蝶也殺掉了。」

「您言重了。」施常雲的下巴越發尖長起來，「小蝴蝶這樣的女人，殺了倒也是好事，只可惜，想殺殺不掉啊。」

「什麼意思？」

「意思就是，她如今人不見了。我才給她交過一年的房租，在萬福樓打了一對蓮花墜嵌紅寶石耳環哄她高興，她倒好，一聲不響便不見了。想把花出去的血本要回來也斷不可能，還得變著法兒哄老爺子高興，唉……還好進這兒來了，許多事兒都賴過去了，哈！」

「你的意思是，小蝴蝶在哪裡你也一無所知？」唐暉知他話裡有幾分摻假，當下也不戳穿，只想看他要調戲他到什麼辰光。

對方果然眼露興奮，笑道：「也不能這麼講，你跟她有情，難不成她跟我便只是一堆袁大頭砌出來的墳牌子嗎？自然也是有情的，所以呢……」

這個停頓裡，竟摻雜一股悽楚的蕭瑟之氣。

「這丫頭還是逃不出男人的手掌心，自古以來，用情太深的女子，將來終究都不會圓滿，她也是一樣。」

「你既知道她那麼多事，那索性將她從苦海裡救出來，我替你辦這個事情。」

「沒有你替我辦，自然後頭還會有人來，你不是頭一個過來主動請纓的，只不過，相對那個人，我更信你。」

唐暉原想問早他一步的人是誰，可轉念一想，怕又是施常雲故意編出來哄他玩的，便也假裝沒有興趣，硬是不問，只一個勁兒追問小蝴蝶的下落。

「好，你且替我去江蘇路一家叫『蘇美』的鐘錶行一趟，找老闆高文取一個藤條箱。」

「我要怎麼跟他講？」

「只說要取一個藤箱便可，其他什麼都無須講。取來之後，不要打開，再來這裡一趟，告訴我箱子有多重、發出什麼聲音。到時，我自會告訴你小蝴蝶的下落。」話畢，施常雲眼裡竟閃過一絲絕望的落寞，喃喃自語道：「但願我還能活到那個時候。」

此時唐暉才注意到，從頭至尾施常雲身邊竟無一個看守監督，他們的言談完全不受限制，這大抵是施逢德用大筆鈔票打點出來的結果。

在唐暉的印象裡，鐘錶店分為兩種，一種是奢靡華貴，處處瀰漫貴婦香的；另一種則是陰沉詭秘，陳舊如錦灰堆。

但高文的鐘錶店卻超出這兩類，只能以「簡陋」二字形容，不足五十平方米的店面，門前掛著發黑的銅招牌及一只玻璃罩面發黃的鐘錶，裡頭三座擦拭乾淨的櫃檯，和一面掛了幾十個款式各異的掛鐘的牆壁，滴答聲、發條運轉的咯咯聲此起彼伏，如老人遲鈍的骨骼發出的動靜，於是顯得越發陳舊。

唐暉驚訝於這樣的店居然還能維持經營，鐘錶從款式到價錢似乎都不足以吸引客人，只是異常整潔的環境令他產生了些許好感。

與唐暉預料的一樣，已是下午三點，鐘錶店裡還是沒一個客人，陽光透過明淨的玻璃窗落滿櫃檯，給每只懶洋洋的鐘錶都鍍上了金邊。

站了半日，無人迎接，即便店面小，看起來還是空蕩蕩的。他只得在看似收銀驗貨的櫃檯邊來回踱步，看到櫻桃木櫃檯有一半被攔了出來，上頭放一個漆面油光水滑的小箱櫃，裡邊幾層小抽屜半開，露出一些精巧的金屬零件，像是維修鐘錶的工作檯。

「想買什麼？」

一個沙啞如鋸木的聲音從那工作檯後頭冒出來，嚇得唐暉不由得往後退了兩步，方看清探出半個身子來的人。

半禿的腦袋上圍了一圈銀白的髮，面皮倒是紅撲撲、脹鼓鼓的，一隻眼上夾著片圓眼鏡，用力一睜，便落下來，帶著銀鏈子垂在胸前。雖然對方老到毛髮變色，卻依然能判斷出是個中國人，手背與襯衫領口露出的皮膚還是黃的，口音也不古怪，正宗上海人。

「你們老闆呢？」

「老闆日日在這裡，還要我們這些人做什麼？小夥子哪儂這樣拎不清的？」

老頭沒好氣的將檯面上的工具逐件收進一個看似沉重的木頭匣子裡，那匣子扁平修長，幾個暗格裡還鋪了紫色絲絨，一看便是舶來品。

唐暉倒也沒有嫌惡那夥計，年紀大的人多半如此，喜歡以過來人的身分藐視一切，彷彿開天闢地以來便是他們懂得最多、最能感悟人生真諦，於是讓自己變冷，抑或變得瑣碎。

「能否幫我通傳一聲？就說我有重要的事體找他，明兒下午這個時候，請他一定要在店裡。」

「這幾天老闆都不會在，你不用來。」

老頭的回應裡沒有半絲猶疑，終於令唐暉有些氣惱了：「你告訴他，可一定要來，性命攸關的大事啊！」

這一講，反而講得令老頭笑了出來：「小夥子，如果是關係性命的大事，你怎不到他家裡頭去找？」

「那老師傅，儂曉得老闆家住在哪裡哇？」他不得不忍住氣問了一聲。

孰料老頭將臉一沉，回了三個乾脆俐落的字：「不曉得。」

唐暉愣了一下，只好拿出從前要採訪上官玨兒而拚命買通她管家的勁頭來，笑道：「老師傅啊，您幫幫忙啊，真有急事體的。」邊講邊將一張鈔票推送過來，「您拿去買包香菸吃。」

老頭斜睨了一眼鈔票，冷笑道：「要不要我給你錢，你幫幫忙不要再來煩我？我今天一天還沒開張，等一下要吃夾頭的，你還來添亂！」

言下之意，是要他買東西。唐暉嘆口氣，只得胡亂選了一塊看起來不太貴的銀殼懷錶。問多少錢，老頭頭也不抬便張口要八十元，嚇得他肉跳，少不得求道：「那今朝我錢沒帶夠，你幫我留住，明天我來取，可好？」

「好的呀。」老頭點頭道，「那我也明朝告訴你我們老闆在哪裡。」話畢，便將工具又從匣子裡一件件拿出來，像在刻意炫耀自己有門手藝。

只可惜，次日來的不是唐暉，卻是杜春曉。孟伯一見杜春曉，便擺出更寒心的臉色來，因從她的邋遢穿著上已估摸出她錢包的分量。

杜春曉也不言語，只趴在工作檯上看他擺弄一塊女式腕錶，一個齒輪按進去又彈出來，他反覆摁了幾次，終於不耐煩起來，抬頭瞪了她一眼，吼道：「妳不買東西便不要搗亂！」

「嘿嘿……」看出孟伯的煩躁緊張，杜春曉壞笑幾聲之後，將一張毛孔粗大的臉更挨近了孟伯一些，說道：「原本我是拿著八十元過來跟你買老闆的消息，不過如今看看用不著了，你還是直接告訴我高文的下落，否則吃虧的是自己。」

「妳個女人家嘴巴倒是交關（注九）利索啊！跟昨天那個小夥子講過咧，老闆這幾天都不在，哪裡去了不曉得，你們不要來煩！」

「你要再不講，我叫巡捕過來問你。」說畢，杜春曉轉身欲往外走。

孟伯面色蒼白的抓住她的手腕，顫聲道：「小姑娘，飯可以亂吃，話不好亂講。我們又沒犯法，妳叫巡捕來做什麼？」

杜春曉的腔調此刻已變得有些邪門，笑道：「找老闆哪！人命關天的事體，你這個做夥計的倒是一點都不急，也不怕下個月沒工錢拿嗎？一定有可疑！」

「能有什麼可疑？妳不要找事！」孟伯已額上冒汗，忙拿出一塊大絲綢帕子來擦了兩下。

「我不找事，是我的牌在找事。」杜春曉不知何時手上已夾了一張魔術師牌，惡聲惡氣的說道：「這牌告訴我的事體可不少呢！」

「哦？告訴妳啥事體？」

「告訴我你們幾個店內的夥計正變著法兒算計你們老闆，所以他去了哪裡，只有你們最清楚！」

「妳又瞎講什麼？」孟伯突地站起身，匣子落地，銀晃晃的工具嘩啦散落。

此時櫃檯後的一扇小門開啟，跑出來兩個穿黑色緊身背心的男子，均是瘦長個子，神情緊張，鬢角一律剃到泛青。

「要不去裡面談談？這位小姐。」說話的那位唇邊有一顆痣，眼睛轉得厲害，像是個能出主意的人。

「不用進去談了，把你們老闆的下落告訴我便可。」

「憑什麼要告訴妳？」孟伯一拍檯子，掌下發出一記悶響，旁邊一個吃空的碗也跟著震顫了幾下。

杜春曉誇張的打了個哈欠，菸熏味從嘴裡噴湧而出，遂一屁股坐在櫃檯上，單手扠腰，喃喃道：「因為你不講，恐怕女兒性命也難保。」

孟伯當下面色如紙，握緊拳頭良久，方才鬆開，一字一句道：「好，我告訴妳老闆怎麼了！」

唐暉到死也弄不懂杜春曉使了什麼法術，讓那難纏的老頭講了實話，只是杜春曉回來時還不住拍著心口，嘴裡只叫嚷著一句話：「嚇死我了！」

夏冰眼皮也不抬一下，只管將一碗雪菜肉絲麵端到她跟前，她停止叫喚，用麵堵住嘴巴。

「妳怎曉得是幾個店夥計暗算了老闆？又怎知那老頭有個女兒？」唐暉問。

杜春曉把屁股底下壓得熱烘烘的牌抽出來，丟在茶几板上，塞滿麵條的嘴裡含糊道：「都是牌的功勞嘛。」

「你縱使問死了她，她也不會講實話。」夏冰扶了一下眼鏡，神情裡充滿憐愛，像看一隻頑皮的寵物。

杜春曉當然不會講，她一進店便看到堂內收拾得過分乾淨，門面卻是疏於打理的模樣，顯然沒有招攬顧客的意思，裡頭的鐘錶均是過時的款式。孟伯手腳也明顯不利索，卻還在假裝修整鐘錶，要維持這樣門可羅雀卻無人起疑的狀態，必定是心裡有鬼。何況她來回走過好幾次櫃檯，每道縫隙都用手拈過，一塵不染，絕非一個眼睛不好的老頭子能幹的漂亮活兒。

再者，有客人上門要找老闆，夥計百般阻撓等於擋財，還刻意拉高商品價格趕自己生意，行為明顯有蹊蹺。最重要的是，孟伯那條擦汗的湖藍色絲帕子有些女氣，而櫃檯上那個空碗塗了同豐麵館的字樣，只能吃館子的男人大抵無妻，加上帕子那麼新，老頭那麼老，只能搏一記，賭他有個已出嫁的女兒，於是脫口而出，竟也歪打正著。

但事後一想，倘若他是有個年紀輕輕的風騷相好也未可知，不過專注於精密器械的男子，往往已將情慾轉移到那上頭去發洩了，多數也未必好那一口。她這麼往細裡一思量，背上瞬間浮起一層冷汗。

而這些秘密，杜春曉是打死都不肯告訴別人的，否則手裡的塔羅牌便沒飯吃了。

……※……　……※……　……※……

高文與那只藤箱已抱在一起兩天三夜了，地下室濃重的煤炭味熏麻了他的鼻腔，所幸一扇老虎窗依舊開著，每日尚能照到兩個小時的陽光。而背心貼身口袋裡突出的懷錶多少給了他一點安全感，只要時間在流逝，就能沖淡焦慮與危機。

真的能沖淡嗎？

高文內心的忐忑已提升到頂點，他忍不住伸展了一下雙腿，碰到裝淡水的銅壺，那壺發出「咚」的一聲，把好不容易積攢下來的寧靜又擊碎了。

高文想起在蘇格蘭老家的少年時代，家裡後院有棵粗壯的蘋果樹，每到秋天，他都會待在上面採摘最小的果實去砸那些飛鳥。有一次不巧砸到正在除草的父親，他用平靜的口吻「請」他下來，要他進廚房拿一把斧頭，然後當著他的面把這棵樹砍掉。當晚，他只能拿著半塊硬麵包睡在衣櫃裡，也是這樣的幽黑，恐懼無時無刻不在包圍他，鬼魂從角落裡鑽出來撕咬他的皮膚，令他渾身發痛。

所以，高文此後無論躲在何處，都要求給予一個形狀具體的可供透氣的地方，比如一扇

窗、一個能望見天空的孔洞。所以夜晚總是最難熬的，他彷彿飄浮在宇宙盡頭，形狀不明的野獸正張開嘴等著將他吞噬。

他裹著毯子，拚命把頭仰高，月光從老虎窗上灑下薄薄的一層，這才是最好的撫慰。可是……月光突然被黑影取代，他瞬間陷入伸手不見五指的境地，然後頭頂響起的「咯咯」聲越發刺耳。

這是什麼？有怪物在咬窗格？

高文在胸口劃了五、六遍「十」字之後，終於聽到「殼朩」一聲，一股冷風灌入，月光照在一顆亂髮怒張的頭顱上，一記嘶啞的女聲隨即飄入。

「高文先生，我們來了……」

那「女鬼」從老虎窗上伸下一雙黑漆漆的長臂來。

一瞬間，高文直覺頭皮已炸裂，內心已尖叫一萬次，喉嚨卻被卡住，只能瞠大眼眶看厄運降臨。

直到「女鬼」的雙腿也跟著垂下，在空氣裡劃動幾次，如暢遊夜海一般自在，遂「嗖」的一聲躍下，膝蓋與腳尖幾乎同時著地，又很快站起身，笑嘻嘻的盯著他看；緊接著又躍下另一個人來，精瘦，穿灰毛衣黑長褲，下來時還「唉喲」一聲，有什麼東西跟著掉落，於是他伏地摸索了好一會兒才拿起來，放在毛衣收身下襬上擦一擦，架到了鼻梁上；第三個人的影子尤其高大，因為身材的關係，略有些笨手笨腳，所以下得極慢，還須第二隻「鬼」幫忙托一把。

「這裡有照亮的家什沒？」那「女鬼」齜著牙，蓬頭垢面看不清五官。

高文勉強站起，摸到先前用背部死死壓住的開關，拉亮電燈。

地下室剎那有了暖意，月光已不如先前那般耀目了。只見「女鬼」儼然是活生生的凡胎，穿著明顯短了半截的女式對襟西服，內配紫羅蘭色襯衫，已被澄黃燈光渲染成不尷不尬的古怪顏色。胸前釦子繃得緊緊的，腰部又異常鬆垮，是能讓男人浮想聯翩的軀體，卻沒有刻意突顯出來；牙上的菸斑怵目驚心，竟還咧著嘴在笑。

她身後那兩個年輕人，卻是完全不同的兩個典型，一位高大俊朗，氣宇軒昂，另一位則斯文靦腆，骨瘦如柴，但眼睛卻活得很，短短一分鐘內已將地下室打量了好幾遍。

高文老闆的憂慮就掛在臉上，所以杜春曉只略微戳了一下，他的部分秘密便抖摟出來了。

「我不認為這事有什麼好說的，五個月前，有兩個俄羅斯人到我店裡來，說要賣一批珠寶，我看了一下，那些玩意兒成色並不太好，所以沒有收，但還是借了他們一筆錢。過了三個月，我要求他們歸還借款，他們答應了我要還的，卻遲遲沒有兌現。我知道事情不對頭，便找了一個朋友幫忙，妳知道，是那種跟黑道有些關係的朋友，希望他們能幫我把錢要回來。後來……」

高文握緊手中的杯子，舔了一下嘴唇。他的住處並不隱蔽，就在鐘錶店對面的一幢二層樓

房裡，外牆砌了灰禿禿的水泥，顯得很不起眼，家具也不太奢華，都是價格適中的胡桃木打造的，地毯也是非常結實的混紡料，一看便是典型的守財奴式裝潢。在這樣的地方喝茶，老能聞見一股抹布沒洗乾淨的油味。

「後來他們果然把錢還回來了，毫無疑問是我那朋友幫的忙。」他艱難的噍了一口茶，一對灰眼珠黯淡無光，「但是……在拿回錢的當晚，我打烊回家的路上被人襲擊了，有兩個人在弄堂裡堵住我，還亮出了傢伙，我起初以為只是普通的搶劫，妳知道的，上海的小癟三很多。但很快我就發現他們雖然不說話，只發出嗯嗯的聲音，卻都身材異常高大，很像先前欠債的俄羅斯人。我知道他們不會罷手的，所以委託我的朋友幫忙把他們找到之後再警告一下。朋友建議我先躲兩天，把生意交給手下的人打理，我不放心，所以把店關了，只委託孟伯每天送飯給我，清理地下室……」

「可是真奇怪啊，孟伯還是開著店，直到今天。」唐暉忍不住插嘴。

高文縮了縮肩膀，不再說話。

杜春曉笑道：「那是因為不能關。」

「為什麼？」唐暉與夏冰同時問道。

唯有這個時候，兩個人才露出一樣的表情。

「因為孟伯背著他的老闆在做別的營生。」她拿出一根菸，點上，極自然的架起大腿，擺了個看起來極風騷的姿勢。

「早告訴妳不要再去百樂門了！」夏冰突然吼了一句，杜春曉忙將架起的大腿放下。

「進店之前，我在對門麵館坐了半個鐘頭，因是吃飯時間，見店夥計端了七、八碗麵過去了，這麼一家小店，哪來如此多的店員？於是過去瞧了一下，櫃檯上的空碗竟只有一個，算上之後跑出來動粗的那兩個傢伙，也不過三個人，其他的麵送去哪裡了？」

「送去哪裡了？」

「那就只有高文老闆給咱們說說這個理兒了。」

「哼！」高文狠狠往桌上捶了一拳，怒道：「必定是店後頭那家賭花會的！」

高文講的賭檔，設在蘇美鐘錶店後面一個隱秘的偏宅裡頭，屬洪幫地盤，因當初洪幫的小頭目過來找高文商量，欲讓賭客從他的店門出入，以避人耳目，作為條件，每月的保護費全免。孰料高文一口回絕，寧交保費，亦不願與賭檔有摻和，洪幫當下也不為難，竟收了錢去了。如今看來，他們必是從孟伯那裡開通了新門路，趁他如今躲難的時候，幫著賭檔望風。

「如此說來，你的夥計這麼算計你，你是一點都不知情？」夏冰疑心病比較重，追問道。

高文面色鐵青的搖搖頭。

「這可奇了，你縱然不曉得這個事，那先前幫你要債的黑道上的朋友又是誰？」杜春曉倒是一針見血。

「對不起，無可奉告。」

「別以為你不說我就不曉得了，我可是會……」她情急之下又要掏塔羅牌出來鎮場面，卻被唐暉打斷。

「好了！我們談正事！高文先生，我們這次來，是要向你取一只藤條箱。」

「誰要你們來的？」高文即刻臉色煞白，比先前還緊張一些。

「施常雲。」

高文沉默半晌後，站起身，打開酒櫃，從裡邊拿出一瓶伏特加，對瓶便喝了一大口，瞬間面皮呈現不自然的粉紅，嗆鼻的酒氣從他身上每個毛孔裡誘出。

「好，我現在便去拿。」

「我跟你一起去。」夏冰站起來。

走進地下室花不到一分鐘時間，但夏冰在後頭盯住高文的背影卻似有一個世紀之久，因他覺得這個洋人有些古怪，卻又講不出哪裡不對。但有一點是可以肯定的，只要杜春曉主動向一個人要求算牌的時候，便是看準了對方心裡有鬼。

地下室因剛剛出來時忘記關燈，尚有一片油膩膩的光攤在地磚上。高文的皮鞋踩出「咯吱咯吱」的聲音，像是鞋底被挖空了一塊之後踩出的音效。夏冰隱約覺出動靜有些異樣，只得死死盯住他。

「你們要的是這個吧?」高文果然從角落裡踢出一個扁平的東西來,用右腳直接往外頭掃,彷彿不敢用手碰。

夏冰走過去意欲提起,卻被高文壓住手,低聲道:「我勸你不要拿,真的。」

「替朋友辦事罷了。」

夏冰推開高文的手,彎下腰來,剛將藤箱提起,已知道不對勁,想要回過身來,早來不及了。右耳猛地灌入一股勁風,後腦勺隨即發熱發麻,思維瞬間被抽得精光,最後的知覺來自於左面頰擦地引起的撞擊,他的顴骨和眼鏡與地磚重重相撞,遂陷入黑暗之中……

事後,杜春曉只說了一句話:「得跟百樂門多要些經費。」

高文逃脫的地方正是那扇老虎窗,窗口搭了個長梯便爬出去了,藤箱自然也不翼而飛。

「他真的是用腳把箱子掃出來的?」杜春曉反覆問他這個問題。

夏冰用冷毛巾捂著腦後的腫塊,沒好氣的點點頭:「都說了七、八遍了,難不成我會看錯?」

杜春曉忙上來拍拍他的肩膀,道:「也不是講你會看錯,只是這箱子他既然這麼寶貝,死活不肯交給我們,又為什麼連用手碰都不願意?要曉得,人通常只對自己厭惡或者覺得髒的東西,才會用腳來挪移。可是……那東西他又不想給我們看,所以要把你打暈,將東西拿走。可

見箱子裡必定是一件他很怕、很厭惡，卻又不能讓我們知道的物件。對了，唐暉，你之前講，施常雲跟你要那藤箱幹什麼來著？」

「說只要告訴他箱子有多重，裡邊發出什麼聲音就可以了，他不要看到這個箱子。」唐暉清了清嗓子，滿面愁容的盯著早上剛買到的《申報》。

上面登的竟是上官玨兒已做了某大老闆的情婦，二人時常在各大夜總會出雙入對，極其親密的消息。這篇報導是他的一個同事寫的，用詞並不刻薄，甚至有些冷淡，彷彿對娛樂圈的風月已司空見慣，卻是字字都在戳他的心尖兒。

杜春曉一把抽過他手裡的報紙，抽出一張來擦了擦剛吃過燒餅的油嘴。她用的正是那張娛樂圈版面，擦完後還揉成一團丟到地上。

不曉得為什麼，唐暉沒有動氣，竟還覺得有些痛快。

「如此說來，那東西是人見人厭，卻又充滿誘惑力……」她半張著嘴，表情突然定格在空氣裡，姿勢都是硬的，彷彿被點了穴，只能僵著。

夏冰也不管她，只顧縮在藤椅上喝豆漿。唐暉則陷入自己的傷心事裡，完全顧不得杜春曉的異常。

「哈！」杜春曉突然一拍大腿，用尖笑把兩個男人的游離狀態徹底割碎，「箱子裡一定是碎屍！」

夏冰嘴裡的鹹豆漿「噗」的一聲噴在了胸口。

這一驚人的推斷，杜春曉不但告知了夏冰與唐暉，還特意到監管房知會了施常雲。施常雲聽後，那尖刀一般的面孔又縮成一團，喃喃道：「莫名其妙……」

「這個『莫名其妙』可是因箱子裡的東西與你想的不一樣？」唐暉雖滿腹心事，卻還是問得很急。

「完全不一樣……」施常雲剝開巧克力吃了一顆，「我也在琢磨這個事。」

「怎麼個一樣法？又怎麼個不一樣法？」

「既然高文能用腳把箱子掃出來，說明箱子不太重，一具屍體絕對藏不起來。也可能只是部分，如果是部分的話，那麼……另一部分呢？」施常雲說畢，將巧克力吞下。

杜春曉瞬間有些喜歡這個人，於是笑回：「說得極對。不過今朝我們過來，可不是關心那只嚇人的箱子，也許裡頭只是裝了些討人厭的文件帳本也不一定……」

「哈哈！」施常雲大笑，「什麼討人厭的文件帳本會裝在藤箱子裡？」

「因為你把箱子寄放到他那兒的時候，沒想過他會偷偷打開。」杜春曉此刻菸癮發作，卻又不想給施常雲留下壞印象。她在英國唸書的時候便曉得，那些爵士時代女郎手夾一根香菸展示奢頹的小把戲，其實並不討男人歡心，反而令他們心生畏懼。

「怎會？人的好奇心是無止境的，即便像高文那麼膽小怕事之輩。」施常雲把巧克力包裝盒推到一邊，嘆道：「所以那東西一到他手裡，我還以為會很安全，誰知道……」

唐暉還是一頭霧水的看著兩個人互打啞謎。

「施少，咱們就不繞這個彎子了，你委託的任務我們已經完成，也該把小蝴蝶的行蹤告訴我們了吧？」杜春曉突然轉了話題，事實上亦是正題。

唐暉這才驚覺，早已把小蝴蝶的事忘得一乾二淨，他這是怎麼了？難道真是對她已完全沒有情了？連他自己都覺得男人果然心腸要硬一些，貪婪程度也要大一些。

「我不知道。」施常雲突然神情嚴肅道：「更何況你們根本就沒有完成我交代的事。」

這一句話讓所有人陷入沉默，唐暉因對方失信而氣惱，一時講不出話來。杜春曉卻抬頭看著天花板，額上的抬頭紋一道深過一道，像瞬間老了十歲。

唐暉到底忍不住，高聲道：「施先生，我們當初說好的，做人要講誠信！」

「這位小兄弟，你是不是有點兒天真了？」施常雲當即沉下臉來，「若要說誠信，我爹當初答應給我的五千大洋怎麼後來沒給？只不過憑我哥一句話，他老人家倒是說收回就收回。還說什麼對我們兄弟倆一視同仁？哼！一視同仁的話，怎麼買塊錶都買得不一樣呢？憑什麼我的錶殼兒就沒鑲紅寶石呢？你說為了這個，我是不是該在我哥腦袋上多劈兩下？我早就知道誠信如今已經不重要了，到最後都是各人自掃門前雪。老爺子也不過是為了延續香火，才肯砸那麼多銀子下去救我，你以為……」

施常雲已完全失控，嘴巴不停的開合，唐暉聽不清他講些什麼，只得尷尬的看著杜春曉。她卻依舊盯著天花板，半日回過神來，站起身，徑直往外邊的過道裡走，唐暉忙跟著出去。

秋涼如水，唐暉看到杜春曉抽絲的袖口已用髮夾卡緊以防風，她似乎並沒有添新衣裳的打算，鞋子還是尖頭磨禿的那一雙，頭髮蓬鬆的堆在後腦勺上。

「還沒問到呢，怎麼就走了？」他餘怒未消，追上來問。

「我要再去一次鐘錶店。」

「不是要打探小蝴蝶的事嗎？問不到她的行蹤，何必還要去插手高文的事？」唐暉話一出口，自己都有些臉紅，這實在有損一個記者的職業素養。

所幸杜春曉並不在意，反而回過頭來，咧嘴笑道：「可能施二少之前以為知道，但聽說了藤箱的事體後，他推翻了從前的想法，反而變得不知道了。如今咱們恐怕只有把藤箱的下落查明白了，才能找到小蝴蝶。」

蹊蹺的是，那一日蘇美鐘錶店的門是關著的，還掛了大鎖，貼了封條，隔壁幾家店內的夥計並幾個路人站在那裡指指點點，亦不離開。杜春曉忙給麵店夥計手裡塞了一元，打聽情況。據那夥計講，是今早十點多孟伯來開鋪，一進店門便跑出來，拖著他呼救，說是老闆不行

了。他擱下要送的麵碗趕過來看，只見高文倒在地上，雙腿縮緊，兩隻手張牙舞爪的僵在半空，眼睛瞪得老圓，像要從眼眶裡跳出來，頭髮均被血浸濕了。

「聽上去像是被人活活打死的。」杜春曉點頭道。

「可不是嘛！」夥計吞了下口水，顫聲道：「估計我後邊幾天不要想睡著覺了。我其實記不得老闆當時什麼樣兒了，只知道兩隻手那個姿勢，還有那雙眼，好像直盯住我看，又像是盯住什麼妖魔鬼怪，嚇死我了！」

「這聽起來又像是被刀子捅過了。」

「妳可甭嚇我啊，他怎麼死的我不清楚，只是滿地全是血，我還弄了一腳呢！」夥計抬起左腳面，鞋底上和鞋幫上果然有黑糊糊的印子，「妳瞧，這鞋我得去換了。」說畢，便急匆匆走了。

唐暉只得抓抓頭皮，道：「我去向同事打聽一下這個事體。」

「向同事打聽，還不如向那夥計打聽來得痛快。」

「為什麼？」

「因他不但發現了屍體，很可能還目睹了凶殺的全過程。」杜春曉有些洋洋得意的晃了一下腦袋。

「妳怎麼看出來的？」

「腳上沾的血跡都乾了，肯定不是兩個小時之前染上的，何況你看鐘錶店到這門口，一路上都沒見什麼腳印留在水泥地上，倘若留下了，恐怕他早被巡捕房的人帶走了。這說明……」

「說明他報警之前清理過現場！」唐暉恍然大悟。

「還說明，接下來得讓夏冰帶傷上陣，盯一盯那夥計。」

……※……　……※……　……※……

好幾天之前，邢志剛便已有些沉不住氣，他無法直視米露露那張魯鈍美豔的面孔，更不能多聽一次燕姐的聲音。這兩個女人本是他的財富，可不曉得為什麼，他如今有種欲將她們捏在手心揉碎的衝動。

「反正事情講得很清楚了，小蝴蝶應該能找著，但是死是活難講。你也不用為難我和露露，我們都很苦的，只有讓男人欺負的分，不過到頭來大家都難過，又何苦來哉？」

這番話，燕姐已是出口了七、八遍，話中有話，攪得他心煩意亂。他不是不敢動燕姐，只是隱約有些不忍，小蝴蝶那張細眉細眼的粉臉已在他夢中出現無數次，均是嘴角掛血還笑嘻嘻的，伸出一隻白慘慘的手來撫摸他的頭頂，嗲兮兮道：「你有可能放過我嗎？」

放過她？

邢志剛冷笑，哪裡有這麼便宜的事？

秦爺與他喝酒的辰光曾經講過一句話：「那些把得寸進尺看作理所當然的人，一定要趕盡殺絕。」

他不想對誰趕盡殺絕，卻可以在必要時刻用「趕盡殺絕」來保命。

「小蝴蝶……」他低聲喃喃道，手上的雪茄正發出濃烈的香氣，令他在迷思裡越陷越深，正在這時卻聽聞兩下輕巧的敲門聲。

「進來。」

旭仔打開一條寬一些的門縫，踏進一隻腳來，低聲通報：「秦爺來了。」

他頭皮瞬間發麻，卻只得掙扎著坐起身子，秦爺已大步流星走進來，一雙銅鈴般的大眼先行在房內掃了一圈，笑道：「怎麼這麼暗？」

邢志剛方嗅到自己襯衫上那股酒味，他尷尬的拿起桌上的酒瓶，想找個乾淨的杯子斟上，對方卻做了一個制止的手勢。

「什麼都不用講了，人，我也在找，找得到，大家都好，找不到，你曉得什麼後果。」沙發在秦爺屁股底下發出尖叫。

「找不到也沒辦法了，頂多拿我的命去抵了咯。」燕姐不知何時已走到門口，聲音從縫裡鑽進來，竟是斬釘截鐵的氣勢。

秦爺站起來，逕自將門打開。燕姐穿了一身純黑洋裝，扣了金百合胸針，高跟鞋跟像要在地面上戳出洞來。

不知為什麼，邢志剛居然偷偷鬆了口氣，驚覺自己確實離不開她的。

「妳當妳的命值這個價？」秦爺果然語氣緩和不少。

她便是有這個本事，無論韶華去留，都有辦法讓男人安定。

「我知道自己不值，但事情已經出了，拿誰出氣都不是辦法，只能用別的法子來彌補。」

「還有什麼法子？」秦爺追問的口吻不抱一絲希望。

邢志剛亦只黑著臉，不出一聲。

燕姐整了整羊絨緊身裙微微凸起的小腹部分，走到邢志剛跟前，自皮包裡取出一管口紅，在桌上寫下三個字，遂轉身離去。

秦爺探身一看，笑了。

…※…　…※…　…※…

倘若上海灘還有人能不經施常雲本人同意，自由出入看守所強行「探望」他的，便只有秦亞哲。

除了出庭之外，施常雲平時都很閒，他也曉得案子會一拖再拖，直拖到眾人將他完全遺忘，終有一日，《申報》記者和那古怪的女人都會棄他而去……

怎樣才能不被他們拋棄呢？施常雲一連幾天都在思考這個問題，所以面對洪幫的二當家時，竟有些心不在焉。

「你若把那東西給我，我想辦法把你弄出去。你放心，必定比你爹砸錢的法子有用。」

秦爺談條件素來是開門見山，於他來講，那不是與對方商量，而是決定抑或命令。可他忽略了，如今自己面對的是一個極可能判死刑的重犯，對於沒有未來的人來講，跟他談條件往往是徒勞。

「秦爺跟一個死人要東西可是說笑了，反正我是沒什麼能給你的。」

「施少，我曉得你現在是心無罣礙，但人再無罣礙，也有弱點，所以把東西交給我，你身上的罪孽還輕一些。」秦爺破天荒的講話繞了些彎子。

施常雲抬頭看了一下牆角結網的蜘蛛，喃喃道：「這麼說你也不知道小蝴蝶的下落……」

「是。」秦爺點頭道，「我們都找不到小蝴蝶。」

「那就繼續去找，不要想從我這裡拿到一丁點好處。」施常雲冷笑，「秦亞哲，別人當你是二當家，我還不曉得你什麼貨色？事體已經是這樣了，何不讓大家都安生一點？」

秦爺的臉已灰重如灌了鉛，只是身板紋絲不動。

「怎麼？想殺我？殺呀！我的命早該沒了。或者……要讓我嘗點兒苦頭？那也成啊！我施二少什麼苦頭沒吃過？死前受點兒磨難也是應該，對不對？」

「不要嘴硬！」

秦爺站起身來，他覺得施常雲已經瘋了，心裡有些埋怨燕姐的主意，尤其背後還響起一連串錯亂的胡話。

「來殺我呀！快來呀！再不殺可就來不及了，因為我快被拉出去斃了！啊哈哈哈哈哈哈哈……」

……※……　……※……　……※……

唐暉坐在休息室裡，看眼前的美人兒對鏡化妝。

美人兒手持眉筆，已描畫了有半個鐘頭，畫了擦，擦了畫，光禿的眉宇上有些紅了，她再用指尖揉一下，將皮膚下的血液化開一塊，然後再繪。因辰光太長，她偶爾從鏡子裡對他微笑一下，似歉意，又似蜜意。她的頭髮已梳得油亮，做頭師傅用挑子在腦後拉出蓬鬆的捲花兒來，恰巧碰住一丁點旗袍硬領，兩只吊墜耳環是不起眼的珍珠，戴在她耳垂上卻光彩叢生。

你看不出她的年紀來，只覺兩邊的顴骨是三十歲的，唇又是十七、八的，趿著繡花布拖鞋的兩隻腳後透露著二十出頭的風情，脖頸因被硬領圍住，無法作證，然而她時時轉一下面頰，檢查粉施得是否勻稱，那一回首、一勾頭，竟又有些四十歲的滄桑。

倘若換了杜春曉在場，必然能識破她到底幾歲吧！

他一動不動，腦子裡已轉到「雲深不知處」了，她千萬不能對他笑，一笑便似凶器，將他的心臟戳到陣陣刺痛。從前不曾有這樣的女子會讓他無故痛楚，總覺得能看著她，已是損了她，倘若碰了，不定會有怎樣的毀滅！

「你要吃茶，還是咖啡？昨兒有人送了一點過來，巴西咖啡豆。」上官玨兒對他翻江倒海的內裡渾然不覺，抑或是習慣了，於是視而不見，只溫溫笑著。

他搖搖頭，喉嚨其實是乾的，但又怕飲茶飲到失態，還是作罷。

「小顧，去把紅茶拿過來，我們要喝一點。」她不理他的反應，放下眉筆，攏了攏頭髮。他這才發現她已上妝完畢，兩道眉又彎又細，對稱得恍若天生。小報上傳上官玨兒化妝要費四、五個小時，大半便費在那眉眼上了。

於是二人吃了一點茶，唐暉把杯子裡的檸檬片嚼在嘴裡，她看到，皺眉道：「你還真不怕酸。」

他忙不迭嚥下，神情即刻窘迫起來：「已經養成習慣了。」

「這麼說，你家裡必是有錢的吧？」她訕訕笑道。

他不答，只喝了一口茶，清香的茶水在嘴裡蕩漾，因孤兒身分終令他難以啟齒。

「怎麼？有心事？」

總是她在問，他卻句句無法給出答案，這大抵便是面對心愛的女人時無法從容的表現。他瞬間有些恨自己不夠坦蕩，只得垂下頭，勉強道：「沒……只是最近有個朋友失蹤了，到處找不到。」

她往腕上噴了一些香水，端詳鏡中已變得有些虛幻的容顏：「也不要太擔心了，若煩出病來，誰給我寫《香雪海》的報導呢？」

「上官小姐過獎了，那麼多人寫，自然不在乎少我一個。」

「不，你寫得好，我放心。」

這一句講出口，他情緒反而有些黯淡，因知道她已覺察了他的情意，於是便加以利用。可他又無從指責這行為，她本身便是個戲子，要靠利用別人及被人利用來討生活的。

「再說……」她往臉上掃了最後一層脂粉，淡淡道：「若失蹤的是你的女人，就等在原地好了，她若覺得還是你好，自會回來。」

他似被閃電擊中，一時間竟失了神。

……※…… ……※…… ……※……

張熾抬著五碗麵走過半條街，去給麻將館送餐，步子軟塌塌的，好似幾天沒有睡覺。事實上，他的確是夜裡沒有睡好過，總覺得那外國人的一對灰眼珠正在暗處時刻監視。

「不要聲張！要不然儂要吃夾頭的！」

孟伯在他耳根子上釘下的那句話，至今想起還會略感刺痛，連帶他身上難聞的老人味一道從記憶深處飄來，將張熾逼得幾近窒息。儘管他至今不曉得要吃什麼「夾頭」，但從孟伯充血的眼球裡，他看出了一點有性命干係的端倪，於是幾乎是軟著腿摔出門去的。

麻將館一如既往的鬧猛，香菸味讓張熾不由得憋了一口氣，漲紅了臉挨個兒數桌子，找到後就擺麵收錢。卻被遞茶水的夥計一把拎住，罵道：「做啥一天到晚來這裡送麵？趕我們的生意是哇？」

同豐麵館的老闆確是有一套的，讓夥計一到飯點便去各個賭場轉一圈，看看有沒有要吃麵又懶得起身的。原本這買賣該是便宜了賭場自家的，無奈生意太好，早顧不過來，於是裡頭一般只備些乾點心，吃不出味道來的。尤其鐘錶店後頭賭花會那一家，更是忙得沒時間，便也沒有攔著，但麻將館是個女人開的，難免小氣，便讓自家夥計偶爾上來為難。

所幸張熾也見慣陣勢，反而嬉皮笑臉回道：「你們還看得上這點兒小錢？真是笑話。」

「今朝不是跟你講笑話，在這裡壞我們生意，老早要受罰了！」

「要罰去罰我們老闆，你們老闆娘又不敢過去理論，活該被欺負。」張熾只得硬著頭皮回道，心裡正急於回去交帳。

孰料對方竟一把抓住他的領口，絲毫沒有姑且的意思。

「兄弟，這可不好玩了，要做啥？」他隱隱有些生氣，正欲提醒那傢伙還欠著他幾元大煙錢，還來不及出口，便被拖進麻將館後頭的弄堂裡去了。

弄堂裡有一個人正等著他，瘦高、溫和，眼鏡片後的一雙眼卻是極賊，再回頭看，麻將館的夥計已不知去向。

「小哥兒莫要慌張，只是跟你打聽個事兒。」

「我不知道！我什麼都不知道！」張熾看到來人便已猜到七分，所以對方話一出口，他便急著要逃。

夏冰忙摁住他的肩膀，往他衣袋裡塞了兩塊大洋，笑嘻嘻道：「你既已知道我要問什麼，不如早些告訴我，大家都別難做……」

話未說畢，張熾已將袋裡的大洋掏出來丟在地上，哭喪著臉回道：「這位大哥，您就甭為難我了，我不過一個店夥計，能知道什麼？我得回去交帳了，要不然老闆該給臉色看了，不好。」

「也行。」夏冰鬆了手，抱臂靠牆，「我這就跟麻將館的老闆娘聊聊你的事情。」

「我有什麼事體呀?」張熾只得停住腳步,冒出一頭冷汗。

「還有什麼?你跟這裡的夥計串通一氣偷客人錢的事體咯。」

張熾恍悟緣何那夥計會把他賣了。

同豐麵館後邊的廚房有一個雜物間,老闆當初雇傭張熾的辰光,承諾是「包吃包住」,孰料進去了才知是住那樣的破地方。所幸張熾也無牽無掛,住便住了,變著法兒與周遭幾個店主混熟了關係,將來好方便高就。老闆倒也拎得清,知他機靈,每個月多多少少都額外賞些給他,硬是將他留下來了。

不過張熾胃口大,小錢哪裡滿足得了,於是說服鐘錶匠孟伯疏通路子,讓他暗中在賭花會的地方軋了一腳。

但是那天三更半夜被孟伯從雜物間裡叫出來,還是頭一遭,張熾也不計較,只當是有好事上門,樂呵呵的出來見人。但一看孟伯在路燈下一臉倉皇便知不對,於是隱隱有些懊惱起來。

「我們老闆死了。」孟伯顫聲道。

「死就死了,與我何干?您老人家也趕緊退隱在家享清福吧。」張熾刻意擺出滿不在乎的態度,想緩和一下孟伯的緊張。

「死得太嚇人,這次你要幫忙。」

張熾自然知道這個時辰叫他出來,必定是那洋鬼子死得不正常,只得嘆了口氣,問:「他人呢？」

「店裡。」

高文猙獰的死狀確實將張熾嚇了一跳，要退出來已來不及，因孟伯打著手電筒，恰照在水泥地上那幾個怵目驚心的血印子上。

「這事兒得叫巡捕房來辦呀，叫我有什麼用？」張熾強作鎮定，腿卻早已軟了。

「不成！」孟伯的神色即刻陰戾起來，尤其在手電筒光的照射下，越發可怖，「是老闆在門上留了字條，叫我到店裡一趟，我到了這裡就看見他死了，巡捕查起來，必然會疑到我頭上來！」

「那你要怎樣？」

「把這裡清理一下，沖掉咱們的腳印，再報警。」

於是張熾拿了提桶與刷子過來，他一句話都不敢多問，因心裡隱約覺得孟伯就是凶手，所以這層窗戶紙若一戳破，怕自己小命難保，不如老老實實將現場清理過，逃出自己一條命來再說……

正與夏冰交代事體的辰光，二人都不曉得，孟伯已懸空垂吊在高文藉以逃脫的老虎窗上，舌頭伸得老長，全身僵硬如岩石。

⋯⋯※⋯⋯　⋯⋯※⋯⋯　⋯⋯※⋯⋯

施逢德最近很喜歡繫長領帶，自十年前妻子過世之後，他便不太繫領帶，傭人手腳粗笨，且他總不願意讓身分卑微的婦人親近身體。

但上官玨兒除外。

他從不認可她的高貴，在心底裡只排到「戲子」的程度，既珍稀又平庸，而上官玨兒的平庸，必是他這樣歷經滄桑的男人才體會得出來，年輕氣盛的熱血男兒與好色體衰的老頭子是分辨不清其成色的。而她就是有那份魅力，貼近任何人都自然至極，他們願意讓她觸摸，受她奚落或調笑，以為那便是福氣。

如今兩個兒子均離他而去，施逢德竭力壓抑內心的失落，他雖每天簽支票出去，以確保常雲能在獄中一切安好，然而內心早已放棄他了。他曉得這樣的日子不會長久，尤其大兒媳近日裡已有些不正常，每日在陽臺上一站就是幾個鐘頭，不梳洗換裝，只捧著常風的遺像遠遠對住天邊一縷呆滯的雲。他隱約預知這個家已碎了，他辛苦多年建下的基業也正逐漸土崩瓦解。

「逢德，我想替你生個兒子。」

上官玨兒在他耳邊講了這樣一句，似是伸出一隻手將他從深淵裡拉出來了，唯獨害怕外頭仍是漆黑夜空，霧茫茫找不到方向。感動之餘，他也倒吸了一口冷氣，這個女人的刁滑讓人無處可藏，只能乖乖鑽入那些設計好的陷阱，且是對她滿懷感激的。

於是施逢德在花園路給上官玨兒買了一幢宅子，淺灰色的牆面，花園亦是小的，只夠擺一缸魚，種一牆綠蘿。二樓的彩色琉璃門灰撲撲的，一看便是先前有人住過，金棕色芙蓉花紋的牆紙東掉一塊、西掉一塊，唯大晴天時，陽光烘暖了窗欞上的迴旋形木紋。而睡房裡只一面落地穿衣鏡並一座大衣櫥，法式四腳床還是上官玨兒自己從原來的住處搬過來的。一樓騰出兩個房間，給她姆媽住，這個名義上的姆媽實際是承擔了娘姨的職責。

「滿好的，謝謝儂啊，施先生。」她還是操一口香糯的吳儂軟語道謝，只是將「逢德」改口「施先生」，已表達了所有不滿。

所以這個「施先生」聽得他心驚肉跳，卻也是無可奈何。養了她，又彷彿還欠著她，這是美人兒的特權。

施逢德竟真覺得有愧，忙買了一件水貂皮大衣給她，她也是溫溫笑著收下，連試都不試，只說：「你送的，必定合穿。」

他知她是有些鄙夷，但常雲的事比什麼都要緊，要再砸多少錢下去到底也沒有數，所以手不知不覺的緊了。

施逢德斷想不到，此後還有一個人送了一份「厚禮」給上官玨兒。

施家大兒媳朱芳華一踏進公公的溫柔窩裡，便恢復了一些氣色，她特意用刨花水抿了頭皮，摘去黑紗，只著一件素色旗袍。碰見一位五十上下的婦人，穿質地頗好的短夾襖，正坐在門前剝豆夾。

「小姐，找誰？」婦人一頭花白的髮在枯淡的光線下了無生氣，臉上還維持著一種僅接待不速之客用的客氣。

「上官小姐在家嗎？」朱芳華啞著嗓子問道。

「她出去工作了，很晚才回來。有什麼要交代的事我替您轉達？」婦人仍是好脾氣應對。

朱芳華在心裡悄悄嘆一口氣，將東西遞給婦人：「這個東西，有人託我來交給她的。」

「是什麼呀？」婦人接過，提了一下，滿臉的好奇，「還鎖上了，鑰匙呢？」

「東西就放在她那裡，打不打開都不重要。」朱芳華看著婦人已拿在手裡的藤箱，突然露出如釋重負的表情。

……※…… ……※…… ……※……

唐暉坐在施常雲對面，一臉的受寵若驚。他怎麼都想不到施常雲會託人送函將自己請到這裡，像是有滿腹的秘密要抖摟出來，而且他很聰明的帶了一盒巧克力過來，讓對方眉開眼笑。

「唐先生，你知道什麼叫『壞』嗎？」

「什麼？」

施常雲伸了個懶腰，突然變得眼淚汪汪起來：「把自己的利益建立在別人的痛苦之上，那就是壞。不過……也有一些好人同樣會這麼做，以為是行了善事。」

「施少有話不妨直說。」唐暉突然有些後悔了，這瘋子叫他來，必是有極度不妥的事情相求，可要不要答應卻是他的自由。

「聽說我嫂子已經瘋了，可有這事？」

「嗯。」唐暉勉強點點頭，他並不曉得施家大奶奶的近況，只是假裝知道來套他的下文。

「哈哈！果然啊……不過你別以為女人就比男人脆弱。」施常雲突然壓低嗓門，「其實她們一個個厲害著哪！」

唐暉只是看著他，沒有回答。

施常雲覺得有些無趣，道：「我被巡捕房帶走的那天，身邊還有個女人，你知道的吧？」

「知道。」

「她就是小蝴蝶，你也知道的吧？」

唐暉語塞，因他確實不知。

「這件事，麻煩你寫出來，登在報上。」

「為什麼？」

「為什麼？因為你是記者啊！記者不就是要對我們這些小市民公開真相的嗎？何況這小賤人現在失蹤了，也許你這一登報，會收到她的一些消息也不一定。何樂不為？」

何樂不為？

杜春曉亦是這麼鼓勵唐暉的。只有夏冰曉得，她只不過想看看捅了馬蜂窩之後的效果。

「寫得香豔一些、懸疑一些，把故事都往狠裡說，瞧瞧有什麼反應。反正這事兒亦不會登在頭版，但一定會被關注。我只是奇怪……」她屈起手指奮力梳了梳雜亂的短髮，「孟伯被吊死在那兒之前，究竟有沒有殺自己的老闆。」

「這事兒與施二少託我做的事有干係？」

「必然是有的，那只藤箱說明高文與施少有聯繫，而施少說被捕之前正和小蝴蝶在一道，隨後小蝴蝶也不見了。要知道，皇帝牌一旦倒轉，正位的皇后牌未曾出現，那麼就要在女祭司與男祭司之間找找出路……」

杜春曉眼神發亮，將塔羅牌裡的皇后、惡魔、男祭司與女祭司列出，再把皇后牌壓在男祭司之上，「假設小蝴蝶的失蹤與施少有關，而高文的死肯定也和小蝴蝶有關係，這三個人，像是招惹了同一件事，至於是什麼事……可能還是那箱子的問題。」

她將女祭司與皇后牌疊在一起，皺眉道：「那只箱子哪兒去了呢？高文死了，孟伯也死了，巡捕大抵也將屋子翻了個底朝天吧？」

「聽說沒有那只藤箱子，店裡也找過了。」夏冰忙接了話。

「所以箱子在哪裡呢？找到箱子是否就能找到小蝴蝶？或者……」她盯著唐暉看了好一會兒，「施二少用如此殘忍的手法殺死兄長的真正原因。」

她將惡魔牌握在手心裡反覆把玩，似是要摩挲出一些真相來。

「唉……」唐暉突然長嘆一聲，「若不是被小蝴蝶的事兒耽擱住了，我倒是心裡記掛著另一宗呢！」

「可是黃浦江上每日漂來的浮屍？」杜春曉眉開眼笑，似是突然提了什麼高興的事。

唐暉點頭道：「可不是嗎？起初還淪為一樁奇談，眾說紛紜，如今再無人關心，然而死人卻不見少。」

「死人是不見少，倒是街上的流浪漢怕是消失了許多吧。」

「也罷，反正這條新聞是跟不了了，我回去把東西寫了，等著明兒見報！」他邊講邊快步往外衝去，可見已心急如焚。

……※……　……※……　……※……

月竹風已頭痛欲裂，半個身子倒在沙發上，杯裡淺淺一層威士忌發出古怪的藥味。在英國居住了七年都沒讓他喝慣洋酒，大抵講出來也無人信，於是只得硬著頭皮把辦公桌邊酒櫃裡的那幾瓶都收拾掉，隨後便能在裡頭放書了。

他的天真與小氣，時常讓手下人又愛又恨，他們背地裡笑他，又敬他，這些情緒他自己也是知道的，只當作聽不見。老闆就要做得「永遠糊塗」，方得長久。

然而今天，他已將唐暉那篇《驚爆內幕！美濟大藥房血案竟與失蹤舞女有關！》的文章來回看了七、八遍，直起身來的時候已覺尾骨疼痛，只得歪在那兒，直到電話鈴將他催醒，是妻子打來的。

「小敏在等你哪，今朝不要加班了，好哇？」

他自然曉得今天是女兒十歲生日，公事包裡那副包裝漂亮的水晶雕國際象棋，聚滿他對小女兒的期望。他走出辦公室的時候，恰與沒頭蒼蠅一般亂竄的唐暉撞上。

「風風火火的做什麼？跑到好東西啦？」

即便要回家，他還是忍不住被記者的忙碌身姿吸引過去，他從前便是這麼樣過來的，所以反而對這樣的情形倍感親切。

坐上汽車的時候，月竹風心裡還有些空落落的，尤其想到小妾桂芝皮笑肉不笑的神色，及正妻刻意隱瞞的哀怨，情緒竟不自覺的陰沉起來。

管家老何開門的辰光，臉色已不太自然，一是不習慣妻妾同桌吃飯的古怪氣氛，尤其桂芝挺起的大肚皮，令她看起來有些耀武揚威的意思，更教老何替大太太抱不平。

「老何，從今往後二太太就是自家人了，怎麼你還老綳著一張臉？我欠了你薪水了？」月竹風自小讓老何帶大的，所以講話難免會直一些，這恰是真誠相待的表現。

「老爺說哪裡話？我服侍周到還來不及呢。」老何接過月竹風的大衣，剛要退下，腰間撞到一把手槍，回頭看去，卻是小敏拿玩具槍頂在那裡，嘴上發出「碰碰」的聲音。

雖是女娃，卻偏偏愛玩男孩兒的遊戲，這多少讓月竹風覺得有些欣慰。

「小敏！不要玩了，爸爸回來了，去吃蛋糕呀！」雪梅從房裡快步走出來。她細心妝扮了一番，軟羊皮的米色高跟鞋強行拉直了她的背，走路都多了些氣勢。

月竹風一把抱起小敏，徑直走進飯廳，見桂芝已坐在那裡，正吃碟子裡的什麼東西。桌上一個雪白的大蛋糕插了金色蠟燭，走近一些才發現右側缺了一塊，露出黃色的芒果芯子。

小敏遂大哭起來，嘴裡叫著：「蛋糕破了！破了！」

桂芝笑道：「不好意思呀，老爺，我餓得受不了，所以先吃了一塊。你也曉得，我肚裡孩子不能忍的呀。」

雪梅氣得怔怔的，於是綳住臉將小敏抱在肩上哄起來。月竹風瞪了桂芝一眼，卻不講話。

他在報社裡成日不停說話或者聽話，回到家早已不想多吐半個字，只求能用他的嚴肅儘快平息事態。

「好啦好啦。」桂芝捧著大肚皮，吃力的站起身來，衝雪梅肩上的小敏笑道：「是阿姨不好嘛，不過阿姨給妳準備好東西了。喏，等一下拆開來看看呀？」

「她現在哭成這樣子，什麼都玩不了，我先把她抱進去哄一哄，你們吃。」雪梅怕失態，意欲離開這裡，卻不想身後重重響起一記拍桌聲，她以為是月竹風要發作，回頭看去，竟是那小妾。

「怎麼？不過吃了一塊蛋糕，哪裡就恨成這樣？妳當我是願意到這裡來啊？還不是月老闆你求我來給你再生個兒子嘛！」

「妳給他生什麼不關我的事，我惹不起你們。」雪梅自牙縫裡擠出一句話來，她是大家閨秀，平素最吵不得架。

「這個『你們』是什麼意思？老爺，你聽聽……」

「滾！給我滾！」月竹風終於發出一聲怒吼，整個餐廳都似在不斷震盪。

「叫誰滾？我還是她？」桂芝再次挺了挺大肚皮，逼問道。

月竹風沒有吭聲，卻操起一只瓷盤往桂芝頭上飛去，瓷盤迅速劃破空氣撞在餐桌對面牆壁掛著的油畫上，綻開一朵碎花。

「好！月竹風，算你狠！」

桂芝裹緊了血紅的羊毛披肩，疾步往樓上走去，她曉得照這樣的情形發展，自己必定會下不了臺，不如先假裝收拾行李要搬出去。反正懷著月竹風的骨肉，也不怕他不追她回來！

所以回到房內，桂芝也不忙整理衣裳，反而側身躺在床鋪上，欲醞釀一下情緒之後擠幾顆眼淚出來，以博同情。

孰料還未哭泣，便聽得下邊幾記詭異的「卜卜」巨響，緊接著又是小敏歇斯底里的號啕，快將她的耳膜震破。她的心臟一下緊縮起來，卻忍著不下樓，只將耳朵貼在房門上聆聽。號啕聲戛然而止，剩下雜亂的足音在餐廳內迴盪。

不能下去！她已嗅到一絲血腥的氣息，本能反應令她迅速躲在床底下，用厚厚的硬綢床罩將身體蓋住。

黑暗中，她隱約聽見月竹風臨死前的一記嗚咽。

月竹風的葬禮盛大是一定的。他的頭顱被轟得只剩下半顆，妻女胸口與腹部各中一槍，跟著當場喪命，似乎女兒臨死之前還被折斷了脖頸，想是當時要止住她的哭聲而為。無論怎麼修復，這三位死者都無法讓人瞻仰遺容，老何只得命人將三個蓋封的棺木放在靈堂上。

桂芝一動不動，跪在那裡，肚皮安穩的擱在腿間，面上凝結著罕見的堅毅與隱忍。

唐暉站在月老闆的棺木前，已舉不動相機，心痛得要死過去，同時恨不能將施常雲從牢裡拖出來碎屍萬段。尤其桂芝垂頭向他致謝的辰光，越發心如刀絞，怎麼都無法面對那三張遺像。

「秦——爺——到！」

老何在門口發出撕心裂肺的吼聲，驚醒了一直沉在冰水裡的桂芝，她抬了一下頭，眼球裡布滿血絲。

秦亞哲踏進靈堂時孤身一人，手下均在門前候著，亦算是盡了禮數。此時周邊一片沉默，館報的人正努力壓抑住內心的驚訝，因都不曉得月竹風是何時與洪幫的人打過交道。

「凶手！殺人凶手！」桂芝突然站起，一手捧住肚皮，一手指著秦亞哲的面孔，那身雪白孝服隨風揚起，將她裝飾得如鬼魅一般，臃腫身形早已被震怒掩蓋，竟顯得楚楚可憐起來。

秦爺面無表情的下跪磕頭。

桂芝被兩個人攙著，已哭倒在那裡，眼淚鼻涕由五官自素服領口拉出幾道晶亮的長絲，雖已精疲力竭，嘴卻是不停的道：「凶手！殺人凶手！凶手！還命來！還命……」

正當眾人一頭霧水之時，老何趕上前向秦爺行了個禮，道：「二太太傷心過度，又懷了身孕，腦筋有點不清楚，還望秦爺海涵。」

「不妨事。」秦亞哲整了整衣袖，站起，口吻相當客氣，讓老何懸著的一顆心隨即放下。

然而老何的這種「放心」，半個鐘頭之後便消失乾淨了，他眼睜睜看著流有月家唯一血脈的二太太從二樓如沙袋一般墜下，還來不及叫一聲便摔得肚皮崩裂，一塊晶瑩的深褐色胎肉垂在兩腿之間，眼睛幾乎要從眼眶裡跳脫出來，飛向陰沉的天空……

「不妨事。」

老何這才掂出那三個字的分量。

…※…　…※…　…※…

蘭心大戲院今日又是滿座，坐在二樓貴賓席的畢小青只得嘆口氣，捧在手心的紅茶已半涼，戲卻還未開場。

這地方不似大茶館，可以隨便吆喝、吃零嘴或撒金戒指的，得正襟危坐，儀表端莊，她便是怎麼也習慣不了。尤其今日演的是《反西涼》，考驗長靠武生的功力，宋玉山一出場，必是要喝彩的，她坐那麼遠，周遭那麼富麗堂皇，與參加洋人辦的酒會無異，叫她怎麼喊得出口？於是負了氣，把紅茶喝乾，杯子放進天巧手裡的辰光也是重重的。

宋玉山亮相，畢小青忍不住掩住嘴巴，底下的老外一個都不懂行，只坐著鼓掌，哪裡該喝彩、哪裡要沉住氣，他們一丁點也沒領會，令她氣結。

罷了，忍一忍吧！

畢小青拿出帕子擦了擦額角，便拿一雙眼盯牢他的身影，在臺上來來去去走的那幾步，她已熟得能背出來，狀態在不在、情緒好不好，都能從步子裡瞧出來。所以越看心越往下沉，她自認自己是最懂他的女人，比他的妻子更懂，所以眼淚不自覺的落下，也顧不上擦，只嘴裡嚷嚷著：「玉山……玉山呀！」

臺上那人，彷彿是聽見了的，用豔粉勾畫出的臉竟越發悲愴起來，她曉得他不上妝時更俊俏，所以有些不忍心看，睜大的眼珠子裡只容得下自己的愛意。

曾幾何時，她暫且放下激情去賞戲時，宋玉山已與幾個龍套糾纏到了一處，正難捨難分。她屏住呼吸，只看他如何化解，那身姿輕盈靈動，卻又有些蹊蹺得沉重，他有心事？抑或病了？於是她又心焦起來，手裡的帕子抓得稀濕……

待宋玉山倒地的一刻，臺下掌聲雷動，洋人以為那是戲的一部分，唯獨少數幾個黃皮膚於慌亂中起身來一探究竟——是演砸了，還是體力不支？

畢小青更是將帕子咬在嘴裡，捂住那一記尖叫。她那微小如塵埃的傷感，在不知就裡的掌聲中越縮越小，直至宋玉山身上流出一灘濃濃的血漿……畢小青緊張得心臟快要裂開！

宋玉山的死，自然不如月竹風那般教唐暉揪心，他要去找施常雲，杜春曉卻怎麼也不肯，竟拿出桂芝的事情威脅：「如今你老闆一家子都死在這事情上頭了，你應躲著才是，小心下一個被秦亞哲丟下樓的人輪到你！」

這才將唐暉的一腔仇恨嚇回去了。

「施二少這回玩笑開大了，弄死了不該死的人，還是一家子呢。」

因是第二次來，杜春曉已習慣了那股莫名其妙的異味，甚至偷偷喜歡上施常雲臉上的菊狀紋路。他的氣定神閒與胸有成竹讓她無比敬佩，顯然還是一位正在運籌帷幄中的死刑犯，只坐在一間封閉的房間內，卻能掀起外界一片腥風血雨。這份「功力」與智慧，讓杜春曉對他有了詭異的迷戀。

如今他正坐於杜春曉對面，指尖還染有淺棕色的巧克力漿：「哎呀，杜小姐，我也沒想到秦亞哲會這麼狠呀……」

「因為你原本想殺的人是唐暉，對不對？」

他頓了一下，遂舔舔指間的巧克力漿，笑了：「反正月老闆都死了，唐暉死不死，已經不重要了。」

「秦亞哲當然知道你借刀殺人的詭計，不過他是個討厭受人擺布，且把尊嚴看得比什麼都重要的人，所以他寧願殺月竹風全家，也不去動唐暉，這大抵也是給你的一個警告。」杜春曉越說越興奮，亦刻意隱去了她猜不透的那一塊。

「杜小姐，給我算個牌吧。」

「要算什麼？」

「算我能不能活著離開這裡。」

杜春曉將塔羅拿出來，放在極窄小的髒兮兮的臺面，施常雲探出頭來，問道：「要不要我來洗牌？」

杜春曉看著他艱難的將手指從欄杆縫裡擠出來，搖頭道：「施少明知不用的。」

大阿爾克那陣擺開，過去牌：正位的戀人；意指一帆風順，情路光明。

現狀牌：正位的力量與逆位的愚者。這局面令她倍感訝異，身陷囹圄的人居然境況是正面的！

未來牌：正位的死神。

「如何？」施常雲挑了挑眉。

「逃不出，死路一條。」她講得斬釘截鐵，引來他好一陣爆笑。

「那麻煩杜小姐今後還在施某人墳上燒炷香。」

儘管施常雲表情坦然，但她瞧得出他顫動的指節裡隱藏的緊張。他們都是不喜歡受他人控制的人，卻享受控制別人心智的那一刻。

「高文和孟伯都死了，唐暉卻不死，小蝴蝶還是找不到，秦爺早晚要讓你難過，而施少你卻還在負隅頑抗，何苦來呢？不如把真相講出來，我也好替你了幾樁心願。」

「妳知道我有什麼心願？」

「不知道，但肯定不會是什麼好的。」

「那妳還願意幫忙？」

「願意，只要你告訴我一件事。」杜春曉將死神牌塞進欄杆，施常雲將牌捏住，兩人都不肯鬆手。

「什麼事？」

「告訴我替高文擺平俄羅斯黑幫的那個人是誰。」

施常雲露出豺狼的表情，令杜春曉愛慕不已。這副教人心驚肉跳的面孔，十年前她曾在陰暗的切爾西區後街看到過，前邊是貴婦們身姿搖曳的步上馬車，後頭卻總有個孩子被壓在滿是灰土的牆上，褲子褪到腳踝處，凍得像發抖的雛鳥。而不遠處，總會有一個男人站在那裡，等著收錢，他觀察「主顧」的眼神和施常雲如出一轍。

現在，杜春曉便是那心態扭曲的客人，正與魔鬼談一筆買賣。

「妳是個不講誠信的女人，對吧？」

告知她答案後的施常雲，突然問了一句。

「沒錯。」

杜春曉回頭看了一眼施少，飄然離去。

走到門口，她才重重吐了一口氣，因知道與魔鬼交易是容不得反悔的，他會在她還來不及退縮的時候，就把她手中的籌碼拿得乾乾淨淨。

…※…　…※…　…※…

上官玨兒坐在昏沉的陽光裡，藤椅在她屁股底下發出「吱吱呀呀」的枯響，寶寶舉著沉重的大尾巴掃過她的手背，癢意令她多少有些安了心。

這隻波斯貓眼睛一隻碧藍、一隻棕褐，臉蛋子圓鼓鼓的，雪球一般在宅子裡滾來滾去，輕聲慢語的呻吟幾下，像撒嬌又似撫慰。但最近寶寶卻時常不知去向，只在某個角落裡偶爾傳出些零碎的「喵」聲，也不知抓過哪裡，踏一地悉里索落的木屑回來。上官母親邊掃邊埋怨，她的腰痛一直未見好轉，但似乎女兒並不太關心；反之，寶寶比她這個母親還要矜貴。

「姆媽，寶寶幾天沒剪過指甲啦？」她抱了牠一會兒，放下的辰光才發現毛衣已勾出好幾條線來，於是皺了眉看牠的爪子，竟都是尖的。

「前日剛剛剪過呀，不曉得又去哪裡抓過了，這樣吃不消的，成日服侍牠還來不及。」

上官姆媽藉機衝女兒發了火，她明知自己沒資格這樣講，女兒替她還了忒多的債，甚至貼了初夜進去的，所以氣難免要短些。可如今女兒每每回家，竟更似貴賓，連吃飯碗筷都要分開，她那一副斷不肯讓別人來用，否則便摔了重買，於是盛粥的器具都是鍍金荷葉邊的，與姆媽用的白瓷描藍花碗有區別。

每每想到這一層，姆媽便胸口憋悶得很。

上官玨兒也懶得爭辯，逕自走到櫥櫃旁，拉開抽屜找出剪子，意欲抱起寶寶來剪爪子。孰料那畜生像是曉得她的動機，竟「喵」了兩下便逃出去了，她只得在後面追趕，嘴裡叫著「寶寶」。寶寶哪裡肯聽，腰身柔軟的扭動著下了樓梯，竟出了門，往隔壁堆雜物的耳房去了。

「寶寶？乖，寶寶？」

她手持剪子跟入雜物房，聽見裡邊「哧啦」作響，寶寶正蹲在一只藤箱上又抓又撓，彷彿非要挖出一個真相來不可。她上前將寶寶抱起，牠拚命掙脫了，由她臂彎裡滑落，繼續與藤箱「搏鬥」。她這才想起箱子還是施家大兒媳特意拿到這裡來，委託她保管的，只當是那女人瘋了，便把箱子隨意一放了事，卻不想被貓纏上了。

於是，這反勾起了她的好奇心，想打開看一看，尤其箱身上已被抓得狼狽不堪，到時若對方要起來，少不得還要賠個新的。反正是貓惹的禍，怪不了誰，就用這藉口開箱檢查一下物品也未有不妥。

她這樣想著，剪子已不知不覺在挑挖箱面上的鎖，不消一刻鐘便挖開了。因用力太猛的緣故，箱蓋彈起的瞬間，一個黑圓的球狀物亦跟著滾出來，撞過她的膝蓋一路往雜物房外溜去。她來不及去看，已被箱子裡其餘的東西嚇住，那幾根黑炭條般的「粗棍子」上，赫然嵌著一枚紅澄澄的寶戒……

空氣瞬間在她的喉嚨口僵住，她一動不動，似血液在脈管裡堵住，不再流通。

隨後，上官姆媽在廚房裡聽見一聲斷腸的驚叫，震落她手裡的一碗水燉蛋。

……※……　……※……　……※……

朱芳華已在巡捕房的審訊室內坐了一天一夜，按體力來講，她早已扛不住，然而意志力卻是驚人的，只睡一個鐘頭居然能讓她保持住端正的坐姿，幾個警察連番審問，從她嘴裡講的答案是一模一樣的。

「箱子裡的屍體是誰的？」

「不知道。」

「那箱子裡的人是妳殺的嗎？」

「不是。」

「箱子為什麼會到妳手裡？」

「這箱子不是我的，我交給上官小姐的箱子裡放的是常風的遺物。」

「胡扯！妳丈夫的遺物為什麼要交給公公的女人去保管？！」

「這是我的事，你管不著。」

每次盤問都到這裡結束，巡捕將她在施家的房間、後花園搜了個遍，均一無所獲。而上官玨兒發現的那個碎屍，亦只有經火焚燒過的頭顱與四肢，軀幹部分卻不知去向。至於死者的身分更是無從辨別，只經由法醫鑑定，勉強認出是具男性的屍體。

朱芳華的父親從江西老家趕上來，欲將女兒帶回鄉下暫住，把病養好，孰料她卻死活不肯，只說：「我如今還是施家少奶奶的身分，哪裡能回去那種地方再住？你們且不要管我，他的混帳弟弟一天沒送上刑場，我便不回去！」

興許是施逢德自認教子無方，內心有愧，竟也不反對，還讓下人服侍這位大少奶奶。

只是「箱屍案」卻又讓濟美大藥房與上官玨兒雙雙出了回名，最麻煩的是，亦曝光了施逢德與這位電影明星的關係。

一時間，各大報紙週刊均拿這件摻了血腥味的桃色新聞登頭條，風頭竟遠遠蓋過月竹風家的滅門慘案，上官玨兒的《香雪海》首映禮上演的「大戰」便是證明。

那日上官玨兒一到現場，便被記者與影迷包圍，一批女二號琪芸的簇擁者在旁發出陰險的噓聲，記者每每問及「上官小姐與濟美大藥房施老闆可是情人關係？幾時能吃到你們的喜糖？」時，琪芸迷們便冷笑，於是兩派影迷起了衝突，乃至大打出手，將整個會場搞得一片狼籍，不得不動用警察來制止。

唐暉當時亦在現場，只聽得此起彼伏的尖叫裡僅兩個字是清楚的——淫婦。

於是，頂著「淫婦」稱號的上官玨兒被保鏢護送上車，唐暉一直緊緊跟隨，只是有些害怕看到她的臉，她還會不會似從前那樣波瀾不驚，把苦都悶在心裡？正想著，右腕卻被她抓住，她似乎有些發抖，手心冰涼，他不得不抬頭看她，一張濃妝的臉，鮮紅唇色都是畫出來的，一對柳眉虛若浮雕。

「你費心了。」她只說了這一句，便貓下腰鑽入車篷。

他怔怔望著，反覆回味腕上一抹她留下的餘溫，像抓住了一根救命繩索。只可惜，那只是空浮的關懷，完全使不到點上。

儘管唐暉將上官玨兒寫成是抵擋住壓力與誹謗、勇往直前的「女英雄」，然而普通人總愛觀賞名人的陰暗面，那叫「取樂」。所以她的勉強、她的疲憊，都映在無數個表演式的笑容裡了，當真是職業式的悲哀。

藤箱的秘密大白天下之後，杜春曉卻陷入了恐慌，因為答案與她猜測的不一樣，可能和施常雲預料的亦有些偏差，於是她不得不拿一份《申報》再回到看守所內，與那凶殘的死囚交流。

「這箱子會在嫂子的手上，真有趣……」

畢竟長期待在封閉空間裡，疏於照顧，施常雲的頭髮和鬍子已長得不成形狀，令他彷彿瞬間蒼老了十歲。

「而且那具屍體還是男性。」

「所以杜小姐又有何高見？」

杜春曉沒有搭腔，卻笑道：「施少也殺過人的，您倒是說說，殺人是什麼感覺？」

「哈！哈哈！」施常雲喉嚨裡擠出兩聲尖笑，遂正色道：「殺人是什麼感覺，杜小姐不是再清楚不過了嗎？」

「什麼意思？」她突然有些莫名的心慌，眼前的凶殘罪犯雙目如刃，似已刺穿她的過去。

他勉強從欄杆裡伸出三根手指，撫了一下她冷冰的手背，突然叫出她另一個名字：「瓊安娜，妳怎麼還不去找斯蒂芬呢？」

杜春曉腦中像過了閃電一般驚愕，只不敢表露：「我會去找他的，你放心。」

「女人太驕傲不是好事。」施常雲縮回手指，「妳以為把過去埋得很深，它就真的消失

了？瓊安娜，妳用那破牌把多少人騙得團團轉，沒想到自己也有天真的時候呀。」

杜春曉的記憶已被暗處伸來的一隻手抓住，往那深不見底的地獄拖去……她掙扎著站起身來，跌跌撞撞往出口走去。

施常雲施咒一般的聲音在身後響起：「去找斯蒂芬，去找他！妳曉得只有他能給妳答案，也讓妳不再逃避自己的罪。我們是一樣的人，一樣的！」

「一樣的」三個字，讓杜春曉開了竅，倫敦的陰霾巷道再次向她逼壓過來，剎那間她雙手血紅，指尖滴落黑色的汁液……她驚覺，十二年前的往事並未隨她漂洋過海回到青雲鎮而改變，反而在歲月的磨礪下越發鮮明起來。

——他是誰？！

施常雲的惡煞面孔在她腦中獰笑、皺眉……

——他是誰？為什麼會知道我留洋時的英文名字？！

她緊張得幾乎要嘔吐。

……※……　……※……　……※……

斯蒂芬的優雅無人能及，他習慣在清晨六點起床，將被子疊出四個角，然後磨好咖啡豆，在煮咖啡的容器內灌上熱水，將咖啡粉放入，順時針方向攪動三次，待水緩緩流入壺底的時候，便留下堆成山坡狀的褐渣，光滑粉亮。

事實上，今天的咖啡煮得不太好，喝起來有些微酸，但很快斯蒂芬便打起精神，往臉上抹了些乳霜，小心的把月光石袖釦整理了一下，這才走出來營業。

他知道有些客人喜歡從早上一直坐到次日凌晨，把這兒當成家居旅館。但斯蒂芬並不介意，他喜歡自己的地盤上長期有人。多年前，在倫敦的紅石榴餐廳裡，他可以靠一杯啤酒在那兒消磨十七個小時，尤其在那個愛下雨的國度，十天裡有九天你的鞋底都是濕淋淋的，小餐館是最好的慰藉。

所以斯蒂芬喜歡中國，更喜歡上海，一想到他終要離開這片土地，心情便異常煩悶，且當預料中的結果越靠越近時，他的興奮與失落便在胸口漲成一顆氣球。但走之前，他一定要見到那個女人，否則有些事，恐怕一世都放不下。

那女人，如今便站在他的店門外，顯然是精心打扮過的，頭髮用髮油之類的東西盡量將外翹的末梢固定在最小的幅度之內，臉上敷了一層薄薄的蜜粉，掩蓋了皮膚上的坑斑，口紅是鮮濃卻極易掉色的，已褪了一半，泛出微微的黃；白色絲綢襯衫的荷葉翻領上有幾道顯眼的皺褶，而米色長裙下，一雙浮灰的尖頭牛皮鞋已磨禿了跟。

她走進來的時候帶入一股清濕的風，他才驚覺原來今天也落雨，街面的顏色很深。

「要點兒什麼？」他上前，輕笑。

無論到何種年紀，斯蒂芬都會是個英俊的男人。

這是杜春曉一直以來對他不變的評斷，哪怕他現在已是貨真價實的中年男子，法令紋與顴骨都鮮明得過分，然而還是極漂亮的，散放淡淡光澤的茶色頭髮柔軟如昔，遞上餐單的那隻手背上，那幾根淺金色體毛也還是熟悉的。

「你就這麼想我呀？」她點了一杯紅茶、一塊蛋糕，淺淺笑著。

他望住眼前這位不漂亮，卻很有自信的女人，掂量出她笑容裡的銳利，「個倒稀奇來，明明是儂想我，才會來呀。」

他用標準的上海話應答，搞得她有些哭笑不得。她用餐叉將蛋糕切下一小塊，放進嘴裡，回道：「我沒錢付帳的，你請。」

他笑了。

兩人瞬間回到英倫的校園時光裡，都手頭拮据，卻偏偏要嘗試昂貴的東西，於是他去偷盜，她負責放風，把一家點心鋪偷到幾乎「破產」。那個辰光，他們還是純的、好的。至於何時開始不好，兩人都在刻意迴避這段記憶，卻又無論如何都不能不想。

於是，他只得先開了口：「怎麼知道我在這裡？」

「施二少告訴我的，他知道很多關於我的事，包括很不好的事。那些事，原先只有你知道我知，我以為以後也會是這樣，但顯然我是估錯了。」她一點也沒有放過他的意思。

他尷尬的摸摸鼻子，乾脆坐下，窗外被細雨洗到碧綠的梧桐葉散發的清香，彷彿正透過玻璃傳來。

街對面，拿他的店當「家居旅館」的法國老頭正匆匆往這裡走來，腋下夾著一疊報紙。

「好了，長話短說，我只想知道先前騷擾過高文的那幾個俄羅斯人的下落，希望你可以告知。」

「為什麼要知道這個？」

她嚥了一下口水，一時竟難以啟齒。要怎麼講？難道說自己在幫未婚夫做私家偵探？這樣的話她說不出口，只得訕訕道：「有朋友託我幫忙調查這案子。」

「這麼危險的事情，交給警察不是更好？」

「在警察面前你會坦白嗎？」她忍不住反將他一軍。

他笑了：「只要我知道的，必定會講，但妳講的俄羅斯人，我卻不知道下落，所以……」

她不由得皺起眉來，幾乎當即便要放棄，因他不肯講的事情，誰都撬不開嘴，這個道理唯她最懂。可是她又有些不甘，便逼將道：「怕是這兩樁命案與你也脫不了干係，所以你才不肯講吧。」

「激將法對我沒用，瓊安娜。」他聳了聳肩。

她站起身來，掏出錢包打開，他忙起來摁住，道：「我請客。」

「誰說我要付錢？」她推開他的手，從錢包內取出一張牌，放在桌上，「這是給你的第一次警告，下次我再來的時候，希望你能講些實話。」

他看到那張放在瓷碟邊的戰車牌，只得苦笑，曉得這件事情還遠遠沒完，這既是她的作風，更是她的脾氣。

夏冰找來的包打聽叫小四，是安徽逃荒來的，在法租界混了幾年賭場之後付出了一隻左手的代價，隨後便開始依靠蒐羅情報維生。這類角色本無甚稀奇，可他在秦亞哲的賭臺上出千還能逃出命來，確實是不簡單的。更誇張的是，夏冰找到他的辰光，他正拿另一隻手當賭注，跟人家玩搖攤（注十），在贏了十個大洋之後方興致勃勃的別過頭來搭理夏冰。

原本夏冰想換個人，孰料把他帶回去給杜春曉看了，她卻喜歡得不得了，當即拍板，給他許諾了諸多好處，臨走前還急著付了定錢。

「這個人看起來太閒散，恐怕有些靠不住吧？」夏冰推了推眼鏡架子，顯得憂心忡忡。

「不會。」杜春曉搖頭道，「身帶殘疾的人會比平常人更要強一些，他將來對我們一定很有用。」

果不其然，三天之後，小四便渾身酒氣的闖進石庫門弄堂，對夏冰丟下一段話：「聽那邊講，那洋人的屍首旁邊當時還有半張俄文報紙和一件女褂，施老闆家的大兒子被砍，二兒子被抓之後，施家大兒媳朱芳華曾與一個男人在逸園跑狗場私會。」

「知道那男人是誰嗎？」

小四也不搭腔，只伸出手來，夏冰忙又付了他五元，他這才懶懶答道：「聽那邊講，也看不太清楚，對方穿著打扮倒也滿摩登的，年紀很輕，有點兒矮、有點兒瘦，就這些了。」說畢，轉身要走。

夏冰追問道：「你這些都是聽哪邊講的呀？」

「嘿嘿。」他轉頭笑了一笑，「哪邊？就那邊嘛！」話音未落，他人已經走出門口了，與急匆匆跑進來的李裁縫撞了個滿懷，他也不搭理，反將帽簷壓低了些，徑直往弄堂口奔去。

「小癟三作死啊？」李裁縫拍著心口不斷回頭看小四的背影，好一會兒才回轉來對夏冰笑道：「小夏，杜小姐在哇？」

「伊一大早出去咧，李先生有何貴幹？」夏冰正琢磨著是不是順著那報紙的線索找下去，抑或從朱芳華那裡突破，所以見到鄰居上門難免有些不耐煩。

「那她幾時回來？我找她說說怪事體呀。」

「什麼怪事體？先講給我聽聽，我來轉告。」他一聽李裁縫嘴裡說出「怪事體」三個字，便有了興趣，因根據以往經驗，這嘴碎的男人講的奇事，確實每次都離奇無比。

「不要，我等一下再過來，她回來吃夜飯哇？你但凡有耐性，各麼聽我老李一句話，留下來等她，三個人一道吃，我今天燉了隻豬腳爪，過來搭夥好哇？」

夏冰於是索性把心一橫，坐下與李裁縫一道等起杜春曉來。

傍晚時分，杜春曉果然神色凝重的回來了，對飯桌上擺的香酥蹄膀也不看半眼，只將皮包往沙發上一丟，便坐下了。

李裁縫似乎是沒覺出她的失落，竟欣喜上前，一把拉住她的胳膊，笑道：「春曉，儂曉得哇？上次儂講過來做衣裳那塊料子是戲服，客人必定是與宋玉山有一腿的富家太太，儂真是料事如神，猜著啦！不過儂曉得那位太太是啥人哇？」

「啥人？」她懶洋洋的抬了一下眼皮。

「就是洪幫二當家秦亞哲的五姨太畢小青呀！」

杜春曉這才彷彿火燒屁股一般從沙發上彈起。

…※…　…※…　…※…

屠金鳳已十天沒有睡好覺，後花園裡那一叢啼血般的木芙蓉總令她無從釋懷，彷彿靈魂深處還有一灘更濃的血在不斷蔓延，快要滴出她的身體，將她染透。

不……染透的不是她，卻是那個要命鬼！回想起半個月前那鬼頭一次出現的情景，她極度奢望那只是因醉產生的幻覺，當時喝得的確有些高了。秦爺的五糧春度數高，三杯落肚，酒氣便從每個毛孔裡往外鑽，搞得她既舒服又恐慌。

她不是怕酒，卻是怕男人，怕面前這個男人，當初將她從昆劇班裡買出來的時候，她便怕他。他粗濃的眉目、龇張的毛髮，溫柔笑容裡陰溝一般硬冷的紋路，都讓她心驚肉跳。這大抵亦是她肯做他三房姨太的原因，他是容不得拒絕的，彷彿一搖頭便會換得粉身碎骨。

那日屠金鳳原是想站在院中醒酒，發燙的面頰在夜風裡漸漸褪熱，頭腦頓時清明起來，無奈胃裡繼續翻江倒海，酒食湧到了喉嚨口，一張嘴便噴了出來，沾濕了鞋面和胸前一塊襟布。

「月姐？」她想喚娘姨將她攙住，卻發現身邊無人，只得自己胡亂扶住樹枝繼續乾嘔。

不一會兒，她方察覺後面有人扶了她的腰，並輕輕拍打後背。她忍不住用力掙了一下身子，罵道：「剛剛死哪裡去啦？怎就嫌我這三房嫌成這樣了？主子都伺候不了，明朝去廚房汏碗，妳就曉得苦了！」

月姐也不響，只不斷拍她的背，她眼睛瞪大，回轉身來，抬頭欲打，卻被嚇得跌坐下來，濺了一身穢物。

這哪裡是月姐，分明就是惡鬼！長髮披面，只隱約見一張鮮紅大嘴，嘴角直延伸至耳根處，且與身上穿的旗袍同色，而那隻曾搭在她肩上的手還停在半空，嘴裡發出「嚶嚶」的枯啞

聲，似泣又似笑。

「啊！啊啊啊！啊——啊——」

屠金鳳恨不能當場暈厥過去，待醒來便是天亮，鬼魅統統消失。可腦袋卻無比清醒，甚至雙眼都已適應了昏暗的光線，將那鬼蒼白手指上的每一段骨節都看得明明白白。

「三太太！」

月姐的聲音在背後響起，她卻轉不過脖子來，只能怔怔盯著那鬼，顫聲道：「月……月姐，這……這是什麼東西？」

「三太太妳看到什麼啦？怎麼坐在這裡，髒的呀！」

當那隻帶體溫的手握住屠金鳳的指尖時，她方才確信那是娘姨，還有對方身上發出的那股中年婆娘的酸腥氣亦令她定下心來。可是……不對啊！那東西明明就在她眼前，還在獰笑、淒嗚，那身血色旗袍的下襬隨風吹起，幾乎要掃到她的鼻尖。

「妳看！妳看呀！這是什麼東西？妳看不見嗎？」她急了，手指甲幾乎嵌進月姐的手心肉裡去。

月姐顯然也慌了，忙道：「三太太，妳是喝多了吧？我扶妳回去。」

「妳看不見？妳真看不見？！」

「看見什麼？三太太？」

月姐邊應答著，邊將她強行從地上拖起，往背離女鬼的方向走去，不遠處那個朱紅的窗格在夜色下畫滿了影影綽綽的樹影，於是她越發揪心起來，回頭看那隻鬼，它竟緩緩對她擺手，彷彿道別。

回到房內，月姐將電燈拉得通亮，還在她被子裡放了湯婆子。

「妳剛剛一定看到它了吧？」

月姐當即沉下臉來，點了點頭。

「那為什麼……」

「三太太。」月姐露出欲哭無淚的表情，「碰上這樣的鬼，一定要假裝看不見，更何況……」

「何況什麼？」她把腳趾輕輕抵在湯婆子上，卻絲毫不覺溫暖。

「更何況那鬼可能是……」月姐攤開一隻手掌在她眼前晃了兩下。

她瞬間似被驚雷劈中，面目變得呆滯起來，半日方從嘴裡吐出一句：「果然是她……」

從此，屠金鳳再無心緒與其他兩房姨太太爭寵，只縮在屋裡不出來，因缺少陽光照射，終日臥床而不吸地氣，人瞬間變得憔悴。

月姐知道她的心病，反而有些給她甩臉子瞧，私底下還對其他幾房的娘姨罵道：「活該！

必是她害死五太太的，要不然五太太的鬼魂就偏偏找上她？」

因都怕被割舌頭，鬧鬼一事只在下人中間風傳，不敢讓秦亞哲知道。屠金鳳病得連喝水的力氣都沒有，請了西醫來瞧，亦只是吊些營養液的點滴，無甚大用。秦亞哲來看過她幾次，也問不出個所以然，後來大當家秘密託他辦些事，出門半月不歸，不知自己府上已亂成一鍋粥。

率先將鬧鬼一事抖摟到秦亞哲耳朵裡的，是四姨太花弄影。

她原是香港四大花寨之一錦繡寨的紅牌阿姑（注十一），是秦亞哲去那邊進口洋貨的辰光在石塘嘴結識的，當時她剛剛脫離琵琶仔（注十二）的身分，眾富豪公子不惜血本來討好她，卻鮮少見她願意出局。所以秦亞哲偏愛她的心高氣傲，誓要娶回家來，大花銷自不必講，也動用了些非常手段，這才抱得美人歸。

花弄影平素脾氣有些暴烈，直腸直肚什麼都敢講，操一口生硬的廣東普通話，倒也吐字鏗鏘。可就在秦亞哲出門的第十七天，深夜裡一記撕心裂肺的慘叫卻將秦公館所有人從夢中驚起，據說當時管家頭一個披衣開門，聽那聲音如烏鴉聒噪，但又有些不成調的語句夾雜其中，便隨著那怪響踏入後院，只見花弄影拚命拉扯自己的頭髮，腳邊躺了一只正在燃燒的燈籠。

「有……有鬼！畢小青！是畢小青啊！」

那管家在院落裡轉了一圈，卻什麼都沒看見。

次日清晨，花弄影便託人帶信給秦爺，說家裡出了事，請他速回。當天晌午，秦爺便沉著一張臉回來了，問管家家裡一切可好。管家用蚊子叫一般的聲音說：「這個……小的也說不上來，您過一會兒去問問四太太吧。」

秦亞哲只得一頭跑進花弄影的房間，她見男人來了，彷彿碰上救命稻草，忙從床上爬起，一把抓住他哭起來，將鬧鬼之事一五一十講了個清爽。

待花弄影安靜下來，秦亞哲方皺眉問道：「妳三更半夜一個人去後院做啥？」

「還能做啥？你知我這個月十五要拜七姐的呀！」花弄影當即嘴巴翹起，「我也知這家裡看不起我這個做過老舉的（注十三），自然不敢勞駕下人，還是自己悄悄拜了了事，沒想到……」

秦亞哲聽完的頭一件事，便是叫了月姐過來，只問一個問題：「三太太有沒有跟妳說起過她撞見了鬼？」

月姐當場承認，剛把頭點下，便吃了秦亞哲一記耳光：「這麼大的事情都不告訴我，妳真要回家吃老米飯了？」

月姐被打得七葷八素，半邊臉即刻腫起，亦不敢多話，只巴巴兒逃回屋裡去了。

隨後，秦亞哲又喚了正房林氏和二姨太孫怡過來，問的還是那個問題：「有沒有見過院子裡鬧鬼？」

林氏堅決說沒有，只是聽花弄影說有過。

孫怡卻吞吞吐吐了半日，方勉強回道：「有一次，我窗口閃過一條雪白人影，也不曉得是

不是……」

……※…… ……※…… ……※……

深秋的百樂門舞廳，男客異常興奮，舞女卻都心事重重，皮膚乾澀，笑容是僵的，怕面部肌肉動得勤了，粉都會往下掉。唯有素面朝天的杜春曉，還掛著香菸盒四處走動。

「春曉，過來。」秦亞哲在最朝裡的位子上衝她微笑招手。

「喲！秦爺買香菸還是算命呀？」她屁顛顛的上前來，因看出對方有心事，於是情緒越發高漲起來。

「捉鬼，會得哇？」他嘴裡吐出一口濃濃的雪茄菸。

曾幾何時，中國人總是將算命師與捉鬼天師混為一談，但秦亞哲絕對不像頭腦不清爽的庸人，因此杜春曉隱約感覺他多少也看穿了些她的把戲，這才是請她這個「神棍」來家中消災的原因。

「畢小青，認得嗎？」秦亞哲等不及杜春曉將廳堂打量夠便開始切入正題。

杜春曉下意識的搖搖頭，頓了一下，又變成點頭。

「真認得？」他驚訝的挑了挑眉毛。

「她的娘姨到我一個朋友那裡去做衣裳，所以我聽過五太太的事，她是天生麗質，拿過上海小姐比賽的第二名。」她像是拚命從記憶深處挖出這些話來，心裡卻在偷偷後悔這麼快將李裁縫給出賣了。

「後來她怎麼樣了，杜小姐可知道？」

「後來？」杜春曉整個人已是慢慢的往下沉去，不祥的情緒從沉澱中浮出水面，於是強笑道：「後來她不是嫁給秦爺您享榮華富貴去了嘛！」

「享榮華富貴之後呢，杜小姐可知道？」

她一時語塞，只得盯住牆上一柄鑲嵌紅寶石的銅劍發呆，半晌後方小聲回：「不知道。」

「後來，她消失了。」

她當即汗毛豎起，因知曉他說哪個人「消失」，極可能就是永遠「消失」了。

「是消失了還是死了？」她不識相的追問。

「確切的講，是私奔，不知去向。」

他的坦然令她吃驚，又覺得難以信任，於是只得悶著，也不敢再進一步。因廳堂裡那些奢華貴重的古董已令她不適，那是彰顯身分之餘還給人壓迫感的擺設。

「但是，弄影和金鳳都說看到她的鬼魂在庭院裡出沒。」

「秦爺的意思是，您的五夫人在私奔過程中已遭遇不測？」

他點頭：「恐怕是。」

她到底按捺不住，頂著殺頭的危險問道：「五夫人出走，依秦爺您的勢力與能力，應該很快能找到的吧？又怎會眼睜睜讓她死？且還不是死在您自己手上。」

他這才神色凝重起來，不再用生出白毛的耳孔對住她，卻是拿一張臉壓近，捏起她的下巴。她直覺快要被他吞沒，卻又不得不直視他的雙眼。

「杜小姐好大的膽子，居然調排起我的家事來了。」嗓音還是平平的，像完全沒有動氣。她笑道：「秦爺如今不正是主動在和我講家事嗎？更何況，報業鉅子月竹風的小妾從未對您的家事指指點點，不也被從樓上丟下去活活摔死了嗎？所以跟秦爺您打交道，橫豎也是個死，怕都是多餘的。」

「哈哈哈哈……」秦亞哲發出獅吼一般的爆笑，鬆開了杜春曉。

杜春曉只冷眼看著他，說道：「為什麼人在掩飾尷尬的時候總是要大笑？」

「為什麼妳在看穿別人想法的時候要用西洋牌來表達呢？」

兩人旋即陷入微妙的沉默，彷彿彼此都被看穿了劣根性，竟僵在那裡。

過了好一會兒，杜春曉方張口：「那麼，秦爺也認為那個鬼是五夫人？」

「不知道。」

「不知道？」

「對，所以請妳來查。」

依杜春曉的做法，必是要從屠金鳳身上開刀的，對方亦知那鬼嚇的不僅僅是自己，膽子大了不少，病也奇蹟般的好轉了，只是故意賴在床上，欲多賺些憐憫。所以杜春曉推門便聞見一股濃重的藥味，嗆得她捂住鼻子又退出來，再深吸一口氣才進去。

「三太太，那日見的鬼長什麼樣子可還記得？」

「頭髮很長，穿大紅旗袍……」屠金鳳啜著參湯努力回想，突然又把手指向一旁掃地的月姐，「喏喏喏，她也看到了呀，她曉得的。」

月姐只當聽不見，繼續彎著腰。

杜春曉沒有調轉槍口去問月姐，只對屠金鳳道：「好的呀，我等一會兒就去問她。儂還記得哇，當時娘姨看到那鬼以後是什麼反應？」

「唉喲，伊膽子大，假裝看不見那鬼，把我扶回去咧。」屠金鳳驚魂未定的拍著胸口。

「三太太要不要算一算命？看鬼還會不會回來嚇妳。」

這一句，勾得月姐都支起耳朵來，邊掃邊將身子慢慢靠近屠金鳳的床榻。原本嚷嚷著體虛的三太太亦雙眸發亮，支起身子來細細洗牌。

杜春曉喜歡這種洗牌時表情虔誠的算命人，他們往往心裡迷茫又極外放，只要給她撕開個

口子，便能看到潛意識裡那片私密的風景。所以，拿屠金鳳作為調查對象是對的，她的懦弱與低淺的心智有助於提高占卜的準確率。

「哎呀，三太太，妳過去可是造過什麼孽？」杜春曉指著逆位的太陽牌開始胡謅，「恕我直言，妳可是倒過來的太陽，便是陰了，一定是被哪個女人蓋過了風頭，一直不得翻身。」

「那……後頭呢？」屠金鳳被戳中心事後也不否認，只催著杜春曉往下說。

杜春曉心裡冷笑：男人娶了五房太太，哪有不被接下來那一個蓋過風頭的理？再說畢小青的風華絕代上海灘哪個不知？另外幾房心裡有氣也是必然，不用算也猜得到了。

翻開現狀牌：正位的惡魔與逆位的戰車。

「看來，那陰氣還未散盡，可是碰上了什麼凶煞，把人搞得心神不寧，那鬼自己，恐怕亦是有些不達目的不甘休的意思。」她刻意將聲壓得極低，突出月姐掃地的嘩嘩聲，只是那一刻，嘩嘩聲都消失在空氣裡了。

「那……那她要達成什麼目的？」屠金鳳乾著嗓子問。

杜春曉突然咧嘴笑了一下，口內菸熏氣陣陣：「復仇呀。」

未來牌開啟：逆位的世界。

「看來，那女鬼將來必得貴人相助，讓自己的冤情翻身，那些該下地獄的人，自會下地獄去的。」

「啪！」站在她們身後的月姐掃帚落地，已無暇去撿。

輪到花弄影，她一口荒腔走板的上海話先嚇掉了杜春曉半條命，只是這位曾經的老舉倒也性情爽快，反覆強調：「這隻鬼不曉得從邊個（注十四）竄出來，這樣那樣地撲向我！我亂叫了一通，拿手不斷亂抓亂擋，那鬼還在靠近……」

「妳為何不逃呢？」

「妳知道咩啊？邊個逃得掉？！」花弄影翹起一隻腳，擱在煙榻上。

據杜春曉觀測，秦亞哲應該沒有大煙癮頭，那必是這四太太從石塘嘴帶來的陋習。

「據說，四太太是深夜去那邊拜七姐，才撞了鬼的。妳可知道那鬼是什麼人化的？」

「還用講？畢小青嘍！」花弄影脫口而出，倒是頗出乎杜春曉的意料。

「她是真失蹤啦？」

「失蹤？也可以這麼講啦。」花弄影一面冷笑，一面姿態嫻雅的燒煙泡，將玻璃煙管熏暖。

「這麼說她不是失蹤？」杜春曉發覺自己可以將占牌那一套省下來了，「從前聽人講，畢小青的姘頭是武生宋玉山宋老闆，可有此事？」

「儂莫亂講啊！宋老闆都死在戲臺上了！」花弄影重重吭了一口，整個人隨之癱軟下來，

上半身已橫臥在榻上。

杜春曉這才想起在李裁縫那裡的推斷，宋玉山已死，畢小青要與誰私奔呢？莫非她先前的想法是錯的，她的姦夫另有其人？想到這一層，她忙也跟著歪到榻上，笑道：「那妳可知道她的姘頭是誰？」

「我怎知啊？」花弄影懶懶的翻了個白眼。

這個表情激怒了她，於是杜春曉突然正色道：「四太太是真不知？我倒是也有一件不知的事體，還望四太太解釋。」

「什麼事？」

「妳既說那日深夜在庭院裡是拜七姐，那怎的管家趕到時，竟沒見地上有一點兒香燭供品？」

這一句，果然將花弄影從榻上驚起。只見她額角滲著汗，將兩隻發顫的雞爪似的手緊緊握住杜春曉的右臂，帶哭腔道：「妳可莫要亂講，我真沒什麼……」

杜春曉按住她道：「都是女人，有些事情我們懂的，彼此行個方便，今後也好做人。可是這個道理？」

花弄影先前的強悍潑辣已無影無蹤，然而她有沒服輸的意思，只恨恨道：「若換了妳，也會與我做一樣的事。」

「換了是我，或許會做一樣的事，但不會和管家。」杜春曉的眼神裡滿是同情，驚覺秦亞哲喜歡的女人有同一個特性：精明，但情關難過。

「妳是怎麼知道的？」花弄影似乎鬆了口氣，她不知怎的，開始無端相信眼前這位古裡古怪的老姑娘。

那老姑娘似乎看穿她的心思，笑道：「好了，彼此行個方便，也該告訴我了，否則我怎麼捉鬼？」

「是宋玉山，沒錯。」花弄影講出這個名字的辰光，是下了極大決心的。

…※…　…※…　…※…

南蘇州路的繁華與寥落是並肩的，陳舊的西洋老店、鬧猛的賭場夜店都是小拎拎的，因為小，於是顯得越發擠，是刻意營造出來的門庭若市。流鶯穿著油膩膩的旗袍，只手裡一塊羅綢帕子卻總是新的，她們多半走一日都拉不滿五個客人，於是花大量辰光與澡堂夥計閒聊，但很快便被趕跑。

黃包車時常一字排開停於街面兩側，總是跑的少過於等的，但他們顯然不急，只把柄手擦得錚亮，白毛巾搭在黑黑的脖頸上，竟不似是來幹活，而是休息。但夏冰知道，他們壓低的氈

帽底下都有一雙銳利的眸子，用它們來洞察世事；這些人裡近一半與洪幫有牽扯，一面做勞力，一面辦些不能講的事體。

蘇美鐘錶店歇業之後，因是凶店，所以遲遲盤不出去，門上的封條都褪了色。然而多數路人並不曉得這其中的凶險，還是面不改色的來來去去，所以兩個黃包車夫亦躺在車上打瞌睡。夏冰隨意叫了一輛，只說去逸園跑狗場，車夫忙用毛巾在車座上撣了幾下，請他坐了，便抬起車把，低頭向前。

「師傅，你經常在這條路上拉車？」

「是的呀，你要去別的地方哇？上海末撈撈（注十五）好玩的地方咧。」車夫一聽他的外地人口音，忙兜起生意來。

「好的呀，反正我也不曉得去哪裡逛得好，你帶路。」夏冰偷偷捏了捏袋裡的錢包，知道今天不出點血是不行了。

兩人於是路上有一搭沒一搭聊天，不多時便繞到蘇美鐘錶店那樁血案上去了。

車夫像來了勁，腳下劍步如飛：「那日家裡老婆生第二胎，我沒出來做生意，聽炳榮講啊，殺人案那天夜裡，伊剛把一個蓬拆小姐拉回家，也打算休息了，正拉著車往前跑呢，竟從鐘錶店裡衝出兩個人來，坐上他的車就要伊跑。起先他也覺得有些怪怪的，三更半夜怎麼還有人從打烊的店裡出來？嚇煞的呀！」

「那儂曉得這兩個怪人坐了他的車跑去哪裡了？」

「不曉得，炳榮也沒講清爽過。」

夏冰終於看到一絲光明，便給了那車夫十元，道：「求師傅帶我去見見那炳榮。」

根據那叫朱炳榮的車夫講，坐他車的是兩個人高馬大的外國人，操一口彆扭的上海話，要他拉去一個洋餐館，而且下了車飛也似的往餐館後頭一繞便不見了，連車錢都沒付。待朱炳榮將車子拉到路燈下，才發現座位上有一灘血跡，他當下心裡一緊，復又慶幸沒追著那人要錢，否則恐怕性命不保。果然次日在蘇州路開工時，便聽說出了命案，遂嚇出一身冷汗。

「儂還記得是什麼洋餐館嗎？」夏冰推了推眼鏡，不禁暗暗揣測那小四的「聽那邊說」的那個「那邊」是否便是這些車夫，直到很久之後他才知道上海灘另有一個可上天入地的民間秘密情報網。

「記得的，叫紅石榴。」

紅石榴餐廳與杜春曉的荒唐書鋪是雲泥之別。前者乾淨得玻璃窗上都沒有一個手指印，骨瓷咖啡杯發出幽暗的光芒，吧檯邊的點唱機裡正傳出曼妙的爵士樂，一位表情柔和的男子在煎一塊牛排，平底鍋發出「哧哧」的誘人輕響，白襯衫上的月光石袖釦低調而優雅；後者則是髒亂的，觸摸每個書架都會撈到一層黑灰，地板只匆匆拖過，散發出抹布的尷尬氣味，杜春曉時

常嘴裡含一根牙刷靠在門口，與燒餅攤的老闆抱怨燒餅的大小。

但是……

這餐館令他聯想到杜春曉的書鋪，卻是連他自己都覺得意外。因不知為何，這兩個店鋪有某種精神內涵上的神似，譬如餐館大門進去之後若轉一下頭，便能看到門框上方釘了一根粗木，木頭上擺一排殘斷的圓燭，一隻逼真的假鸚鵡停在最右側，吧檯上方掛著十來隻硬邦邦的火腿，末端露出醃製成粉紅色的精肉。

這些別緻的地方，將夏冰的回憶一下帶到荒唐書鋪去了，也是門框頂端最不起眼的地方放了一隻客人從來不會發現的假鸚鵡，據說是英倫帶來的珍品，只許多年不曾清洗，髒成了黑灰色；她也時常買一隻醃得蠟黃的金華火腿，切片後洗去鹽味，用油煎了就著蘋果一起吃。

而吧檯後的那個男子，不見得非常英俊，淺淺的絡腮鬍是經過精心修剪的，金色睫毛令他的眼部輪廓越發深邃，微捲的頭髮溫柔的垂在額角。

上海灘走十步便見一個洋人，杜春曉能用流利的英語與之攀談，跟賣私菸的德國商販大聲討價還價，但唯有這樣有魅力的男子，她總是刻意忽視。這讓他有些不安，因她從來都是一個坦蕩而狡猾的人，許多的惡就藏在白亮的靈魂裡。

倘若杜春曉逃避一個男人，她不是怕他怕得要命，便是愛他了。

夏冰自認從未得到過她的愛，只是兩人都覺得相處起來舒服自在，是可以把這種狀態維繫到雞皮鶴髮的。可她內裡的某一層紗卻遲遲未曾揭破過，所以他看不穿她的地方，只要她不坦白，恐是終其一生也看不穿的。

不過夏冰無端覺得，眼前那位洋人，興許可以看穿她。他沒有看過一眼入口門，卻能分清楚進來的是客人抑或郵遞員。這讓夏冰覺出了壓力，只不敢點破。

「是斯蒂芬先生？」夏冰用蹩腳的英語結結巴巴開了腔。

對方抬頭，將牛排鏟起，放入旁邊的深棕色陶盤裡，遂微笑點頭：「有什麼可以效勞？」說得是正宗上海話。

夏冰剛要啟齒，斯蒂芬突然道：「對不起，我恐怕沒空了。」他的眼睛已越過肩膀，望向門口。

夏冰轉頭，見一位穿西裝戴圓頂禮帽，看似六十出頭的男子走進來，金黃的絡腮鬍與眉毛將他胖鼓鼓的面孔修飾得溫潤有趣，只一對藍眼珠明亮而靈動，教人敬畏。

「嗨，白羅探長！」

「嗨，哈姆雷特！」

這位「白羅探長」的英語頗具法式情調。

「現在來喝下午茶太早了。」斯蒂芬聳聳肩，給牛排淋上香濃的醬汁。

斯蒂芬向那老頭揮了揮手，笑容越發甜美，他對來客的外貌形容確實極度生動恰當。夏冰

也驀地想起阿嘉莎．克莉絲蒂筆下的那位比利時偵探，一樣矮胖、紳士，卻又咄咄逼人。

「是啊，所以只是看看你，跟我出去聊聊天什麼的，應該沒問題吧？」老頭摸了摸唇上的鬍子，語氣異常親切，眼神卻一點兒都不和善。

斯蒂芬給裝牛排的盤子放上裝飾用的切片番茄，擦去邊緣沾到的醬汁，方才摘下圍兜，轉頭對夏冰笑道：「早說了，我今天恐怕沒空。」

夏冰不由自主的讓開路，斯蒂芬從吧檯出來的時候，手裡已經拿了外套，邊穿邊講：「這牛排是我請你的，慢用。」

牛排五分熟，切開時滲出了一點粉紅的肉汁，夏冰嚐了一口，方明白杜春曉緣何對其他餐館的丁骨牛排會有嫌棄。餐叉戳起番茄的時候，他看到一塊類似冰梨片的食物，用餐叉戳了一下才發現是個疊起來的紙塊，於是拈起打開。

紙上是一行被熱蒸氣微微熏糊的中國方塊字，寫著：轉告瓊安娜，我已被法國刑警埃里耶帶走。

瓊安娜是誰？

夏冰瞬間陷入迷茫，直到將字條轉給杜春曉時，才有了答案。

事實上，杜春曉看到斯蒂芬的筆跡時，發亮的眼神已說明一切。夏冰驀地有些酸澀由內裡泛起，卻又怎麼都講不出口。

「那個瓊安娜是誰？」

「是我。」

他垂頭不響，因等到了令他最擔心的、最怕的答案。

「真是奇怪，斯蒂芬在英租界開餐館，高文被殺一案也發生在英租界，怎麼會讓法國刑警參與辦案？」他竭力緩和情緒，將注意力移向別處。

杜春曉將呈褐色的字條揉成一團，在指尖反覆摩挲，眼睛只望向不遠處的一個空景，幽幽道：「因為那半張俄羅斯文的報紙……」

「報紙？」

正如杜春曉所料，斯蒂芬與高文被害一案扯上關係的事，英租界的巡捕也早已知曉，亦從現場俄文報紙的線索猜到嫌疑犯必是俄國人。如此一來，讓英國人出面辦案怕有失偏頗，尤其是斯蒂芬在案發第二日便被指認為嫌疑犯之一，已在巡捕房受過審問，結果當然一無所獲，因為中間還牽涉到俄羅斯。於是英租界督察長想出妙招，索性找了法國刑警插手，手腳一下子便靈活起來了。

「妳如何得知斯蒂芬已經受過詢問？」

「你回來之前，小四來了。」杜春曉將煙吸進肺腔逼壓了一下，噴出一口濃霧，「他真是

什麼都知道。」

夏冰一屁股坐在門檻上，發起呆來。杜春曉走到他身後，拿趿著繡花拖鞋的腳撓撓他的背，他沒有回頭，仍看那淺院裡落了一地的枯葉，他知自己不打掃，她是絕對也不肯動的。

「下一步該怎麼辦？」他到底還是忍不住要問。

「不急著往下走，一切交給小四便可。」她突然莞爾，「你跟我去捉鬼才是正事。」

…※…　…※…　…※…

孫怡從佛堂裡走出來的辰光，兩隻手心又紅又腫，眼裡還噙著淚，可踏過那道門檻，她又仰起頭來，意欲衝那之後碰上的第一個人發火，不管是誰。

林氏在梵香瀰漫的供桌前瞪著雙眸，瞟到她微微隆起的腹部時，總要冷笑一聲。

「妳們這些人，成天也不知做什麼虧心事兒，鬼哪是說見就能見的？必定心裡那個鬼才是真的！」

林氏從臉蛋到身形均修長得過分，所以面相刻薄，兩塊油黃的高顴骨更是顯得不可一世，只可惜嫁的男人太強勢，由不得她囂張。孫怡是進門一年後，才領教到這位正房夫人的厲害。

「得了，妳們幾個得輪著教訓，否則越來越沒大沒小，為一丁點事兒就讓老爺操心！」她在玉佛跟前抄完一段《金剛經》，放了筆，拿起桌上的一塊長方鎮紙，厲聲道：「把手抬起來！」

於是孫怡只得將兩隻手掌朝上抬過頭頂，冰冷的鎮紙與手心摩擦出一陣麻辣辣的痛楚……秦亞哲的女人裡，唯一不服林氏的也唯有花弄影，但凡出頭挑釁的事她最敢做，因此吃虧次數也多。孫怡前腳踏出，她後腳便過來了，但孫怡不知為何又發不出火了，兩人反而相視一笑，花弄影見孫怡笑得勉強，忙問怎麼了，孫怡努一努嘴，道：「還不是那一回事？」

花弄影一聽便嘆氣道：「就曉得她不會放過我們，信神佛，無信鬼怪，也莫知是怎麼個道理咯！」

「她一定是怕！」孫怡咬牙道。

「哼！」花弄影冷笑，「我也知道她是怕啦，最好就這麼被嚇死了！」

這話講得孫怡噗哧一下笑出來：「傻妹妹，哪裡有這麼容易就嚇死人的呢？」

「她自己何時也見到那鬼了，不就嚇死咯？」話畢，花弄影便氣哼哼扭著腰肢進去了。

孫怡方才發現自己那一腔怒火，竟也不知到哪裡去了，只得一臉苦笑的穿過庭院回自己房裡去，推門時與手裡端了盞茶的娘姨撞上，再伸頭一瞧，見杜春曉正坐在圓桌旁玩塔羅牌。

「喲，二太太總算回來啦！」

杜春曉見孫怡進來，忙將牌收攏抓在右手裡，正要站起，孫怡卻對她擺手，嘴裡說「坐下

坐下」，於是二人一併坐了說話。

「杜小姐可是來查鬧鬼的事兒？」孫怡笑吟吟的向娘姨使了個眼色，娘姨當即領會，放下茶便出去了。

「嗯，我連續三晚蹲在庭院裡頭，也不見那鬼出沒。」杜春曉顯得有些怨氣，嘴裡也都是菸臭味。

孫怡實是打心眼裡看不起她，於是嘴上也少不得調排：「想必是杜小姐在庭院裡守夜時睡得太死，那鬼來了也嚇不醒妳呢！」

「話說……」杜春曉絲毫未計較孫怡的刻薄，卻適時轉了話題，「五太太的事兒，妳可有什麼看法？」

「我能有什麼看法？她自有她的出路與打算，我們原跟她的命一樣，又有什麼好講？」孫怡低頭吃了一口茶，竟轉頭又吐了，拿起碟子裡的幾塊桔紅糕嚼了濾嘴，「對了，說到命的事兒，聽聞杜小姐的什麼西洋牌算得出神入化，可有興趣幫我占一占？」

「嗯，使得。」杜春曉把手裡的牌推到孫怡手邊，笑道：「可是算妳這一胎生男生女？」

孰料孫怡卻別了一下頭，一臉鄙夷道：「這也沒甚算頭，是男是女他都一樣會疼的，只要給他留後。不如算算那鬼何時才能消停吧。」

杜春曉聽得不由發笑：「這可奇了，妳與四太太算的竟是一樣。」

「那正好，妳直接把結果告訴我便可以了，省得我再弄一次。」

「算的結果是，那隻鬼一天不報這個仇，便一天不會消停。」她故意將答案說得很慢，一字一頓，似在給聽者上凌遲之刑。

孫怡聽完，竟「哇」一聲吐了，地面連鞋面都是粉色的碎點心屑，一股油中帶酸的異味在空氣中緩緩蔓延。她半晌才抬起頭來，扯著嗓子喊娘姨來收拾，遂皺眉道：「這麼個折騰法，必是男胎。」

「那我先走了，二太太早些休息，莫動了胎氣。」杜春曉當下也識相，起身便離開了。但杜春曉不是去秦家廚房蹭飯，卻是去了佛堂，還未踏進門裡，已聽見蹊蹺的啪啪聲。管家面色煞白的站在門檻裡側，一見她便上前攔住，只說夫人有要緊事在辦，暫不見客。

「那好，我等一會兒過來！」她故意將聲音放得很響，蓋過了那些遲緩又沉重的啪啪聲。話音剛落，那動靜果然沒了，只聽得燭火微光裡傳出一聲：「叫她進來。」

管家忙側身讓路，杜春曉方才看清裡頭的一切，林氏坐在供桌右側，手邊放一枚長方油亮的玉石鎮紙。花弄影背對杜春曉跪在地上，腰桿子挺得筆直。

「先回去吧，依儂個身分，進佛堂本來就不……」

林氏的「妥」字還未出口，花弄影已迅速站起，板著臉轉身往門口走去，左肩和杜春曉的手臂擦過，絲綢發出一抹恨恨的尖叫。

「妳看，這些小的若不教訓，就是這樣的德性，尤其這種廣東仔，一點也不像腔（注十六），杜小姐莫要見怪。」

一番話，林氏說得字字切齒，就是要讓還未踏出門檻的花弄影聽到。所幸對方似是不願計較，只顧放快腳步逃了。

杜春曉一時亦不知要如何應對，只好訕訕笑著，林氏讓坐，方坐在一側的酸枝椅上。

「夫人，今朝過來，只想問一樁事體，就是那其他幾房太太都見過的鬼，妳可有見？」

「哼！」林氏一張臉即刻陰下來，唇角刀刻一般生硬的笑紋也更深了些，「那幾隻賤屄的話哪裡能信？縱有鬼，我有如來護身，妖魔都不敢接近的。」

「夫人，話不能講得太滿啊，有些事體還是要走著瞧的，幾位姨太太也不是一朝同時遇鬼，可是這個道理？」

「杜小姐這話講得可奇了，聽聞妳也是成日裡拿一副西洋牌指人家便宜，現在倒教訓起我來了？」

一句話，竟把杜春曉活活堵了回去，也不曉得要怎麼辯，於是寒暄了幾句便走掉了。

回到家裡頭，她劈頭便對夏冰講了一句：「這家的大太太早晚要死於非命！」

惡鬼出沒的秦公館，夜裡便顯得格外安靜，因眾人都躲在自己屋裡不敢踏出半步，幾個娘姨和男僕倒也便宜了，主子歇得早，他們就變著法兒聚在管家房裡賭牌九吃果子，不亦樂乎。

月姐當下已贏了幾個大洋，正得意著，管家便挑唆眾人要她請客，她嗔道：「請你娘個屄客！前兩日撞鬼嚇煞我了，今朝好不容易有點轉運，儂倒來敲我竹槓咧！」

管家知她平素小氣，忙把酒杯端到她嘴脣上，笑道：「那儂就多喝一點，讓其他幾個也贏點回轉呀！」一說得眾人都笑起來。

管家見玩得盡興，乾脆命一個小廚子去把各房守夜的下人都叫了來玩，一時間場面鬧猛無比，滿屋子都是聽牌聲與吆喝聲，酒氣熏紅了每個人的面孔。

林氏還在陰篤篤的佛堂裡，她不喜用電燈，然而幾個佛燈還是點得通亮，玉佛亦在暖融融的光線裡睜著一雙眼，呆呆望向遠處。她坐在這裡，便似主宰了自己的世界，是秦亞哲從前賦予她，如今又悉數奪走的，所以除了向佛，她已不知要如何生活。

她始終記得畢小青在消失以前，從未進這佛堂半步，她每每喚她，都是娘姨過來通傳一聲，講她身上不方便，來不了。所以那把鎮紙，從不曾沾過她的細皮嫩肉。而另外幾個，又是異常的聽話，被打被罵從不哼一聲，事實上，每每拿起鎮紙，她反而是最怕的那個人，怕她們突然奮起反抗，還怕她們一個轉身便去跟秦爺哭訴，將她最後一片天地都摧毀。奇怪的是，她們竟是那麼聽話，與畢小青對她公然的蔑視如天壤之別……

想到這一層，一股綿軟的陰霾緩緩擒住了她，她站起身，意欲停止《金剛經》的抄寫，活

動一下筋骨，立直後卻又馬上坐下，因兩隻腳都是麻的。於是她又靜靜坐了一會兒，雙肩卻不由自主的往上提，似乎有一雙手正握住她的雙臂，將她拉起……

她以為是有些乏了，便下意識抬手去揉肩膀，卻不料觸到的不是肩，而是一塊手骨，如鎮紙一般冰涼硬實的觸感。她當即頭皮如炸開一般，嘴裡不停唸「阿彌陀佛」。

「呵！」

那隻手骨的主人好似在她耳邊笑了，她只得慢慢站起，心裡卻沒有一絲想逃的意思，因知道大抵是逃不掉了。從前嘲諷那三個小妾的刻薄話，如今正一字一句向她走來。

「呵！呵呵！」

那聲音更真了些，她的佛也正在身後瞧著，目光空遠，毫無誠信。

此時，手骨突然從她肩上鬆開，她渾身肌肉僵硬，卻還是感覺減輕了壓力，但很快便又緊張起來，因有一團鮮紅色佇立眼前，長髮披面，只露一雙與旗袍同色的雙眸，直勾勾盯住她。

「畢……畢小青！妳……妳妳……果然是死了？」她認出那鬼手上的一只紅瑪瑙鐲子，光芒耀眼、血絲滿布。於是她驚嚇中不由得湧起一絲沮喪來：「不是我害妳的，又不是我害妳的……嗚嗚嗚……妳不要找我呀！」

脫口而出的話似是提醒了自己，林氏忙側身欲往鬼的右側逃去，不料竟與那一團紅迎面撞上，那鬼行動如閃電，又似是在那裡候著她。

「啊——啊啊——」她發出鬼哭狼嚎一般的尖叫，腳步亦是亂的。往後退時，恰踩中長裙下襬，身子即刻往後仰去，後腦勺在酸枝椅上碰撞出清脆的「喀」一聲！

「呵！呵呵！」

暈厥之前，林氏耳邊仍迴盪著畢小青的幾聲冷笑，彷彿她還在秦家做五太太時，手裡捏一把瓜子對她油膩的髮髻指指點點時的腔調。

⋯⋯※⋯⋯　⋯⋯※⋯⋯　⋯⋯※⋯⋯

施常雲胖了。

因連續一週以來，杜春曉都帶了義大利巧克力過來，那東西味道極苦，只有決意要保存精力的人才會去嚼。原來每樣食物做純粹了，都像香菸一般教人上癮，這是她近期從他身上得出的結論。

「杜小姐，畢小青的事體妳還是少知道為妙，多關心關心小蝴蝶的去向吧，那才是妳賺錢的路子啊。」施常雲伸了個懶腰，語氣還似在洋餐館裡喝下午茶。

「你怎知我幫秦爺查鬼就不賺錢呢？」杜春曉笑吟吟的拿出一根菸，遞給施常雲，他擺手推了，她只得自己將香菸一端在手背上拍一拍，叼在口中。

「有些秘密，不知道沒事，知道了就是個死。尤其是秦亞哲的秘密，更是碰不得，他要妳捉鬼，就是要妳去死。」

「我跟他無冤無仇，他為什麼要我去死？」

施常雲這才沉重起來：「因為妳在這裡出現的次數太頻繁。」

「瞎扯！」她抬了一下下巴，故意不去看他。

「何況妳沒把鬼捉住，反而讓秦家大太太受了腦傷，如今還神志不清吧？」

「嗯……」杜春曉沉吟道：「確實是神志有些不清楚，嘴裡叫著『佛堂有鬼』。待問細一些，她便說不出來，只形容那鬼就是穿紅衣的畢小青，突然出現在她背後，然後忽左忽右的移動，擋住路不讓她走。」

他捂住鼻子，道：「妳把菸熄了再說話，我可聞不慣！」

杜春曉也不計較他的挑剔，將菸頭逕自在鞋底摁滅，丟於地上。

施常雲這才鬆一口氣，繼續道：「妳恐怕和我一樣，是不信鬼的人。那鬼既要報仇，報的是誰的仇？畢小青在秦家最恨誰，妳可有想過？」

她看著他的臉，半日方回：「想過，她可能是被另外四個女人中的某一個害死，但又不知真凶是誰，於是輪流來嚇她們，看是否能找到債主。」

「但妳心裡應該已經曉得誰有罪，誰無辜了吧？」

「曉得。」她點頭，「但總有一些奇怪的地方，我沒想明白。」

「嗯，是二太太遇見的那個鬼吧？」

「對。」

「還有秦爺對這件事的態度。」

「沒錯。」她心驚肉跳的點頭，眼前的殺人犯雖是困獸，卻時刻讓她倍感壓力。

「瓊安娜……」他每每喚她的另一個名字，便彷彿剝去了她精心包裹的層層面紗，隨後欣賞她被曝曬在毒日下的痛苦，「去找到小蝴蝶，完成我們的交易。否則，還會有別的事情發生，是妳完全對付不來的事。」

還會有別的事情發生……她愣了一下神，竭力想甩掉他的「詛咒」。

但走出看守所，抬頭看見一片淡薄的秋陽時，她又鬆弛下來，口中喃喃道：「還是先去給秦爺一個交代吧。」

……※……　……※……　……※……

杜春曉剛進秦公館，便被告知林氏死了。因驚嚇過度，外加頭上的撞傷，請了西醫來瞧，說要做開顱手術。秦亞哲一聽得把腦殼打開取出所謂的血塊，當下便發起火來，嚴辭拒絕了建

議，於是眼睜睜看著林氏死在自家床上，只一個生前陪在身邊的娘姨伺候著。

入殮師正給林氏入殮的辰光，另三房太太均帶了各自的娘姨過來瞧，說是要幫忙，實際卻有些看笑話的意思。秦亞哲懶得點穿，由她們一個個將帕子摁在眼睛上裝腔作勢。見杜春曉不管不顧的衝進來，也不討厭，只繃著臉請她坐下。

「秦爺，您要查鬧鬼的事情，已水落石出，是要待夫人下葬以後講，還是現在就聽？」杜春曉老大不客氣的坐下，呷了一大口茶。

秦亞哲眼睛似笑非笑的望住她，道：「哦？杜小姐不如現在便講一講。」

「這個鬼，便是您的二太太、三太太與四太太。」

花弄影果然是頭一個跳出來的，她兩手扠腰走到杜春曉跟前，怒道：「妳莫要亂講！我們三個都被鬼嚇了，妳倒反而賴起我們來了？」

屠金鳳當下也惱了，徑直走到秦亞哲跟前叨唸起來：「老早跟你講過咧，這種古裡古怪的女人不可靠的，儂看，現在鬼麼抓不牢，抓起自家人來了，趕緊將伊打出去算咧。」

孫怡只是垂頭不出聲，兩隻手護著腹部。

廳堂裡一時間又是罵又是怨，動靜雜亂得很。

杜春曉不再說話，只看著秦亞哲，彷彿只等他一人的指示。秦亞哲早已領會，便「譆」地起身，將手裡一只茶杯重重砸在地上，爆裂引發的巨響瞬間平息了噪音，所有人均屏息垂頭，亦不敢看他一眼。

「杜小姐，繼續。」見四下已回復安靜，他方才發了話。

「起初，我也以為這庭院裡頭有鬼，於是待在那兒守了幾夜。可後來，我想到兩件事，一是二太太口中描述的鬼，是一個白色身影從窗口閃過，而三太太和四太太卻說是紅衣女鬼，這可就奇了，難不成其實這裡有兩隻鬼？」

「哼！沒準兒那鬼會變形也未可知？」孫怡冷不防頂了一句。

「可嚇大太太的鬼卻還是穿紅衣的，為何偏偏只有妳見到的不一樣？是不是二太太妳臨時胡謅出來，才與其他兩位形容的不一樣？三太太遇鬼的事，除她本人之外，還有她的娘姨月姐是瞧見的，於是月姐便把這撞鬼的事兒不小心透露給了四太太，四太太這才在院子裡演了一齣撞鬼鬧劇，目的是為了讓秦爺知道這宅子裡有鬼，且不是只她一個見了。可是這個目的？」

「妳不要血口噴人，我幹嘛要讓老爺相信宅子裡有鬼哪？」

「因只有這樣，妳們才好扮鬼來嚇大太太啊。」杜春曉又一臉賊笑起來，「應是三太太撞鬼的事讓四太太曉得了，於是妳們二人便商量要拿它做文章，藉機除掉眼中釘。」

「妳再亂嚼舌頭，我撕爛妳的嘴！」花弄影到底熬不住，臉色煞白的便要上來打，被管家一把拖住。

「原來這嚇死正房夫人的大計，是未將二太太計算在內的，可偏巧二太太卻也順嘴編了見

鬼的胡話，興許還是主動請纓，要加入陣營的。二太太，我講得可對？」

孫怡咬緊嘴唇別過頭去。

「於是妳們三人在製造了鬧鬼傳聞之後，心安理得的開始行動，大太太被嚇當晚，四太太讓管家把所有當日守夜的娘姨們招到他房裡去賭牌，這樣一來，妳們的行動便自由了，都長髮披面，穿了紅旗袍，潛伏在佛堂內嚇人。所以大太太才恍惚覺得那鬼移動迅速，她怎麼都逃不掉，其實分明是妳們三個從正面與左右包圍住她，將她嚇得精神錯亂，對不對？」

「證據呢？」孫怡勉強算鎮定一些，顫聲問道：「這樣編誰都會，拿出憑據來呀！還有，我們三個又為何要害大夫人？她早已不服侍老爺了。」

「她雖不服侍老爺，卻掌握了妳們三位一些見不得人的秘密，所以才能隨意把妳們喚入佛堂，用鎮紙教訓妳們出氣。」杜春曉上前冷不丁拉過孫怡的手臂，掰開五指，暴露她赤紅發紫的手心。

「是什麼秘密？」這一句是秦亞哲問的。

「應該是與畢小青有關的秘密。」杜春曉鬆開孫怡，道：「所以我提及女鬼復仇的辰光，三太太才會嚇成那樣。」

屠金鳳突然跪下，快速擺動雙膝向秦亞哲的位子移來，邊哭邊道：「老爺！我是真見了鬼了，是真見了呀！」

「沒錯。」杜春曉點頭道：「三太太是真見了鬼，正是這件事給了妳們靈感，所以這個謎，我只解到大太太的死因，其餘尚待查證。」

「那麼說，妳還是冤了我們。」孫怡恨恨道。

杜春曉卻反倒拿憐憫的眼神看著她：「二太太，我曉得妳的苦，生在這樣的狼窩虎窟，妳又懷了自己的骨肉，要平安產子著實不容易，尤其是畢小青的事更是讓妳惶惶不安。所以妳才以攻為守，與其他兩個女人站在同一陣線上，力求自保。」

孫怡這才沒了話，眼圈也跟著紅了。

「沒錯，我確實沒有真憑實據證明佛堂鬧鬼一事是三位太太所為，一切都是塔羅告訴我的。」杜春曉拿出三張牌，分發給三位太太。

她給孫怡的是星星牌。

「二太太會甘受大太太擺布，必是與腹中那塊肉有關係吧？那是妳豁出命都要保全的東西，又何況自尊與輕微的皮肉之苦？再斗膽猜一記，妳們三個扮鬼的辰光，不曉得哪一位是戴著瑪瑙手鐲的，這亦是大夫人死前道出的最後一樁秘密，妳們可是怕嚇不著她，特意戴那個出來讓她相信確實是五太太的冤魂作亂？只是有她的貼身首飾，必定也應該知道她的下落。秦爺若真要找五太太，問她們三個便有結果。」

屠金鳳拿到的是女祭司牌。

「三太太確實被鬼嚇著了，妳與四太太之間，也肯定有一個人提出了裝神弄鬼的計畫。但三太太可曾想過，妳既然可以裝鬼嚇死大太太，那麼別人也可以裝鬼來嚇妳。」

花弄影手裡的那張女皇牌讓杜春曉笑了。

「四太太，這三位太太裡，妳是最聰明的一位，用巧計拔了眼中釘。可妳似乎忘記一樁最要緊的事了，便是庭院裡真的有鬼，且是厲鬼。不讓仇人服罪，它恐怕是不會去走奈何橋的，妳可有法子讓這鬼就此安生了？」

當下說得花弄影張口結舌，火氣全無。

「所以各位莫要放鬆警戒，那女鬼還是隨時會回來向害她的仇人索命，外加上除了鬼之外，還有人在作祟。三位太太今後的日子，可是要更提心吊膽了，既要防鬼，又要防人，小心莫到最後搞得身心俱疲，導致害人害己。」她顯然已說到興頭上，竟有些控制不住。

「杜小姐。」秦亞哲終於緩緩開了腔，「儂跟管家去帳房領五百元現洋，之後的事就不勞費心了。」

「那三太太遇上的真鬼，也不用查了？」

「不用。」

這兩個字從秦亞哲口中講出來，教人心驚膽戰。

杜春曉已曉得自己這一講，必將導致三個原本已命途多舛的女子為自己的經歷再添一道致命傷，想挽回卻是愛莫能助，於是腦中無端浮現出施常雲詭秘悲苦的笑容來。

三日之後，唐暉便從包打聽那裡買到一條不敢報的新聞——秦亞哲家的三位姨太太統統被送到杭州老宅休養，其中包括待產的二太太孫怡。

注九：交關，上海話，意指「很、非常」。

注十：搖攤，一種賭博，莊家將四顆骰子藏在容器內搖動後擺定，賭者猜點數下注。

注十一：阿姑，廣東人對妓女的諱稱。

注十二：琵琶仔，舊日廣東人對妓院裡的未成年歌女之稱。

注十三：老舉，舊日廣東人對女性娼妓之稱。

注十四：邊個，廣東話，指「哪一個」。

注十五：末擄擄，上海方言，指「非常多」，或者「非常」的意思。

注十六：不像腔，指「不像樣」。

第三章

高塔雙豔

「肚皮餓不餓？要不要吃碗雞絲粥？」

燕姐把粥端到米露露跟前，她接過喝了兩口，便放下了。她見她吃得勉強，便不再勸。

這幾日百樂門的紅牌舞小姐都卯足了勁頭給自己置行頭，添購西洋化妝品，目標便是要在汕頭路群玉坊的花國大總統競選中互別苗頭。米露露亦是下決心，必要為百樂門掙回臉面，不能讓這裡的熟客被那邊的交際花勾了去，所以忌了口不碰葷腥。一個月下來，腰腹果真小了一圈，卻不料先前鶴立雞群的胸脯亦塌陷下來，教她好不懊惱，於是吃也不是，不吃也不是。可恨那朱圓圓照樣每日十顆小籠包當夜宵墊肚，還是蜂腰豪乳，麗質天成。

然而米露露怎麼都想不到，邢志剛對她的未來還有另一番打算。

「邢老闆算盤子倒也精，我是蓬拆小姐，不是路邊野雞！叫我去參加花國大總統競選？虧伊想得出！」她桌子一拍，氣鼓鼓的坐在化妝鏡前檢查她的睫毛。

「儂不要再氣咧，再氣還是要去的。」燕姐曉得她在擺架子，只得假意勸一勸，實際上她是她肚裡的蛔蟲，知道小婊子對這樣的事體並不排斥。

「不去！」米露露翻了個白眼，又在腮上掃了一層胭脂，「要去麼就叫朱圓圓去，伊比我生得漂亮，又喜歡搭客人出臺，伊去正好，一看就是長三（注十七）出來唉！」

「笑話咧。朱圓圓腦筋搭牢（注十八）儂又不是不曉得，評花國總統又不是光看樣貌，風度氣質也是要的，頂要緊的還要會得講話，討人歡心，儂講是伐？」燕姐還是好聲好氣，心思卻早

已在邢志剛那裡，今晚她要去他那裡睡。自出了事以後，他們已許久沒有同房，她幾乎已想不起他的體溫與氣息，只知他舌尖的微涼，手指縫裡也總要夾起她的髮絲……

燕姐正想得銷魂蝕骨之際，只聽米露露喊一聲：「去的話，行頭要邢先生那邊出的。」

她忙滿口應允，去找邢志剛商議了。

米露露這邊廂卻端起那碗雞絲粥狼吞虎嚥起來，她深知舞客與嫖客的審美差異，後者不指望「窈窕淑女」，前凸後翹才最受追捧。

競選頭一日，米露露因是舞廳小姐，只得一面單打獨鬥，一面掂量群玉坊那些煙花女子風情幾何，遂越發自信起來。誠然，她米露露姿色撩人，又會些洋文，妖冶裡還摻了一點兒性感野貓般的特殊氣質，相較那些面上氣質如蘭，開腔講不得兩句話便暴露了鄉音的佳麗，竟占了許多優勢。於是她一路走來，贏得喝彩陣陣，一時占盡風頭。尤其展示才藝的環節裡表演的一段曼波，更是風流俏皮，充分凸顯身材優勢，待一曲舞畢，臺上已落滿了客人拋擲的紅玫瑰。

孰料米露露的得意維持不到五分鐘，下一位出場的競爭者，卻將她苦心經營的成果毀得乾乾淨淨。

那女子算不上頂漂亮，只一對細彎的眉眼，穿珍珠白旗袍，頭髮削得極為短薄，瀏海整整齊齊的蓋在額頭上。可不曉得為什麼，大家會不由自主被她周身散發的迷人氣韻吸附過去。她並不笑，似乎是對獻媚已有些厭棄，只懶懶站在臺正中，甚至偶爾還會蹙眉，這番苦情的表演卻令臺下瞬間鴉雀無聲，因都在等她下一步動作。

更讓米露露揪心的是，她看得出對方的奢侈與精緻。唇膏顏色與腳上的繡花鞋面完全一致，那件旗袍上釘的每顆珠子均是天然深海珠，更別提腕上那塊鑽錶，富家千金亦不過這樣的行頭吧！而這女子身邊不知何時已擺上一架鋼琴，那東西像是隨時提醒其他那些長三出身的娼妓，她與她們是千差萬別的。

米露露只得在心裡偷偷罵娘：「這哪裡是競選花國大總統？竟是選上海小姐呢！」

不過最讓她肉跳的倒不是對方在臺上演奏的一曲蕭邦，卻是對方的長相，面上每一寸都似是與小蝴蝶用同一個模子刻出來的。所以選拔頭一日，各路選手在後臺梳妝的辰光，她便盯著對方倒吸一口涼氣，叫道：「淑梅，妳怎在這裡？！」

孰料對方竟怔怔看了她一眼，茫然道：「是在叫我？小姐可是認錯人咧。」

「那妳叫什麼？」米露露定睛細看，五官確實每一縷都像的，只氣質做派全然是另一個人，雍容了許多，身上每件東西都價值不菲。欠身穿鞋的姿儀亦是嫵媚的，臂彎擠出那兩道新鮮性感的褶紋，竟帶著撲鼻馨香。

「金玉仙。」她露出兩顆小小的米牙，口氣清新，沒有被菸熏過的可疑味道。口音亦證實她是正宗上海人，沒有小蝴蝶的蘇北腔。

「哦，儂搭我一個小姐妹倒是生得滿像。」米露露只得訕訕補充道，登時與對方攀談都覺

滿心的壓力。好比窮光棍與富家公子同桌吃飯，總歸氣要短上一截。

金玉仙倒也不計較，只抿起嘴來，把笑繡在兩片粉脣間，道：「沒有關係，較關(注十九)人拿我認錯過，還有人講我像大明星阮玲玉唉。」

「像唉，是像的唉。」米露露連忙點頭，心卻已冷下來，曉得自己碰上勁敵，到手的花國大總統已飛走。

據聞這金玉仙是新來的長三妓女，原是前清皇宮裡一個王爺的私生女，所以養尊處優慣了的。無奈家道中落，溥儀被趕出紫禁城，去東北當傀儡皇帝之後，昔日皇族榮耀盡失，那王爺亦帶了家眷北上，不能入祖先祠堂的自然顧不得。所以走投無路之下，只得將這樣的金枝玉葉賣進窯子裡。

所幸長三規矩嚴苛，亦給心高氣傲又姿色出眾的姑娘多些特權，老鴇也是客客氣氣，曉得她們身嬌肉貴，自有大用場可派；諸如金玉仙這樣的上等姑娘，初夜都是死命保了的，要攢價錢，專等這樣的機會以得萬眾矚目，再藉機撈一筆。

按行內人的看法，依金玉仙的絕頂品質，斷無可能「一點朱脣萬人嘗」，必是一下就傍上一個好的，便很快被贖身出去，從此錦衣玉食，享一世富貴。進窯子也不過是權宜之計，再講得白一些，只是踏板而已。

聽到這些瑣碎事體，米露露心裡越發不是滋味，只怨同人不同命，即便都在歡場，卻也有天壤之別，只不能放到檯面上說而已。其他幾位入圍者，大抵亦是與她一樣的想法，都有些躲著金玉仙，隱約覺得與她不是同一類人。

所以金玉仙登上花國大總統之位，而米露露只榮獲副總統頭銜亦是沒得話講。這結果讓邢志剛大發雷霆，因「副總統」等於狗屁，只在報上的照片裡鑲個邊，根本做不了夜總會招牌。

不過同時邢志剛又囑咐旭仔去長三走一趟，專點金玉仙，報紙上她雖頭飾誇張，髮型亦不一樣，但五官面目實在與小蝴蝶太相似，不追查一番是不行的。然而旭仔去了之後，卻無功而返，誰教如今的金玉仙已不是身價的問題，自有挑客的權利，邢志剛自己去都恐要碰一鼻子灰，哪裡還輪得到他的手下？

邢志剛不可以，秦亞哲卻是可以的。

秦亞哲平素不愛逛窯子，嫌女人再美都多少有些不乾淨，除非大應酬抑或拿美色賄賂官吏，否則是絕不踏入半步。然而報紙登遍金玉仙的玉照，他想不注意都不行，只沒有即刻動身去長三，倒是要約邢志剛一道去，若辨出那人是她，便來個「三堂會審」，當場做個了斷。此舉一是為了讓邢志剛自己拿個態度，二是為了所謂的公平。

「那個人必定不是小蝴蝶。」燕姐在旁道，聲音輕得像蚊子叫。可她曉得，越是講得輕，別人越是聽得清楚，中國人就是這麼複雜。

她見秦亞哲與邢志剛正望住她，少不得解釋道：「她若是小蝴蝶，躲都來不及，哪裡還能

這般拋頭露面，求一夜成名呢？何況聽露露講，對方從口音到氣質也無一相似，還會彈鋼琴呢，小蝴蝶哪來這個本事？」

這一講，大家便都靜默下來，到底要不要去摸金玉仙的底，便無人再提。

只一個人，卻開始頻繁在長三出現，雖不是名流富豪，但似乎有些特權，可以在金玉仙的香宅出入自由，偶爾還陪坐搓幾圈麻將。依金玉仙的同行姐妹小林黛玉的形容：「做妓女的也喜歡小白臉，那是本性。」

所以這妓女的本性，到底還是便宜了唐暉。

唐暉成為金玉仙的座上賓已有一段時日，因《申報》嚴肅得緊，本也不會將「花國大總統選舉」當回事，只在報上登一塊「豆腐乾」而已，但唐暉似乎對金玉仙興趣頗濃，隔三差五便來。金玉仙對這樣玉樹臨風的俊俏後生自然不會厭棄，而且不知怎的，有意無意要讓他留宿，無奈對方怎麼也不肯。

這件事情傳到老鴇耳朵裡，招來一頓罵：「哪裡身上骨頭就癢成那樣？找個大老闆贖身才是正理，之前就好好攢身價，竟還有倒貼的道理？」

實際上，金玉仙的身價早已漲到令老鴇瞠目結舌的境地，身上穿戴無一不是最好的，出門必是珠光寶氣，洋車接送，在交際花裡算頭挑。至於私下，已是有幾個重要恩客，那是小報記者都查不到的秘密，只知金玉仙某次出席名流盛宴，一對巨鑽耳環令在場者無不側目。

唐暉當時因要採訪同時出席的上官玨兒，便在那裡拍了金玉仙一張照片，帶回去讓杜春曉瞧了，她笑道：「這女人行事太招搖，早晚也要死於非命。」

「喲！這難不成還是牌告訴妳的？」夏冰藉機譏諷道：「或者只是嫉妒人家有錢有姿色？」

杜春曉果然上前，「啪」一記將死神牌重重拍在夏冰的額上，道：「確是牌講出來的。」

就在次日，金玉仙失蹤。三日後，金玉仙的屍首在上海郊外一片麥田裡找到，全身剝得一絲不掛，喉管割裂，皮肉上滿是烏青，可見生前被折磨得極其慘烈。這一次，《申報》不得不給金玉仙登了頭版，只可惜配的不是她當上花國大總統的風光照，卻是形容可怖的屍照。

「你竟不救我？」

金玉仙伸出一雙慘白的手，緊緊抓住唐暉的袖口，他努力掙脫，無奈被越拽越緊。她喉間的裂口流出鮮濃的紅色汁液，一滴滴落在他手背上。

「不救我？」

聲音彷彿是從她脖間的傷口處發出的。他渾身冰冷，只能緊閉雙眼，怕看到金玉仙那一對眼眶欲裂的眼。

她的憤怒與悲鳴，均化在那兩隻手上、那一道傷口裡。

「妳又不是我害的，何故來找我？」

他忍不住抗議，卻被另一個聲音制住：「你醒一醒！」

他猛地睜眼，發現那聲音是上官玨兒的，手心即刻湧回一股暖流。

「你發夢魘了，可要吃點茶壓一壓驚？」

他接過她遞來的茶，她很快又轉回身去，繼續對住鏡子畫眉，擦了畫，畫了擦，如此反覆。而他已迷失在鏡中這時而禿眉、時而婉轉的模糊面目裡去，隱約將上官玨兒想像成夢中冤魂的模樣。只是金玉仙出事前的最後一刻，正與他一道大戰方城……

「儂聽牌啊聽不好，還是出去給我們買點奶油蛋糕吃吃。」金玉仙一面嫌棄唐暉，一面用甜蜜的眼神看他。

女人的口是心非，他是早已領教的，於是偏要坐在那裡。

「叫儂去唉，儂還不去？」身板纖細得只餘一把骨頭的小林黛玉嬌聲迎合。

唐暉也不理，只管出牌：「我風子還未打完，不想跑出去，再講現在看起來這一把我可以贏。儂叫我出去買蛋糕，依三缺一咧！」

金玉仙笑而不答，只在那裡摸牌。倒是小林黛玉揭了底：「伊還不曉得儂等一下要出去兜風啊？」

「嗯，伊不曉得。」金玉仙手上幾個金鏍子閃閃發亮，襯得一張粉白臉蛋兒越加生輝。

果然這個辰光，自外走進一位穿深藍西裝、頭戴禮帽的男子，生得明眸皓齒，比女孩兒還秀氣些；後頭跟一位瘦長男子，左眼皮上生了一塊指甲蓋大小的紅胎記，然而濃眉大眼，也並不惹人討厭。

「玉仙，玩得好哇？」那秀氣男子講話輕輕的，像生怕吵醒一個嬰兒。

「好呀，我去換件衣服。」

金玉仙當即站起，被小林黛玉拖住，道：「我都聽莊咧，儂現在要走？鈔票怎麼算？」

「儂精是精得咧！」金玉仙訕訕笑著將贏得的籌碼取出幾個丟給她，便轉身走上樓去了。

唐暉叫那兩位男子進來坐一會兒，他們都拒絕了，那有胎記的男子點了根香菸，抽一半便摁進玄關處擺放的盆景內。

不消一刻，金玉仙裹著狐狸皮披肩走出來，滾金邊刻絲旗袍上繡滿牡丹，因豔得有些過分，她倒是只戴一副珍珠耳環來搭配，於是便有了大家閨秀的效果，尤其頭髮還用淡藍色絲帶綁著，越顯清爽。

「現在三缺一，怎麼辦？」小林黛玉將牌一推，嘴角都要撇到地毯上去了。

金玉仙將皮包擱在腋下，俯身在小林黛玉耳邊道：「儂打電話去叫相好來打牌呀。」

「哼！」小林黛玉冷笑道：「儂是真糊塗假糊塗？儂一走，另外一個也即刻跑了。」說完便拿眼睛瞟唐暉，唐暉只得尷尬的坐在那裡洗牌。

「不跟你們閒扯了，你們自己找搭子去！」金玉仙白了她一眼，逕自走出門去，那兩名男子忙在後頭跟上。

金玉仙一走，唐暉便問小林黛玉：「這些是什麼人？」

「我也不熟的，聽講是棉紗大王蘇世昌的大公子蘇明，所以她不去也不行的。」

唐暉一聽便眉頭緊鎖起來，半晌沉吟道：「我給蘇世昌做過採訪，他的大兒子好像不是這副長相的呀。」

小林黛玉嘴巴一撇，道：「誰曉得?反正開這麼氣派的車子來接，必定是大客人。不過我也覺得那兩個人眼神不對，有點凶巴巴的，儂覺得呢？」

唐暉搖了搖頭。

小林黛玉那張瘦長面孔便悄悄湊到唐暉耳邊，道：「我真有點不放心咧，剛剛玉仙站起來要走的辰光，我還悄悄裡踢伊，想叫伊不要走，不過哪裡攔得牢。」

「儂倒是想得交關多嘛！」

講這話的是另一個牌友英國人珍妮，群玉坊的洋交際花。從前在北京八大胡同混跡，因被一個上海富商贖了身，便跟著他來滬，孰料那富商生意失敗，拋下她逃得無影無蹤。珍妮無奈之下只得二次下海，方才與金玉仙她們結了緣。

依洋人的標準來看，珍妮算不得漂亮，只是五官端正罷了，然而豐乳肥臀與一身布滿雀斑的紅白色肌膚正滿足了諸多嫖客的獵奇心態，生意亦好得不得了。能成為牌友，兼因她與金玉仙談得來，金玉仙英文發音標準，又會做牛排，二人很快便成了好姐妹。

「想得不多哪裡能做這一行？」小林黛玉橫了珍妮一眼，開始數自己抽屜裡的籌碼。她與珍妮互相看不對眼，所以話也極少。

唐暉還在努力回想蘇家大公子的相貌，然而最後只依稀想起一張端正平庸的臉，興許來人的確就是他，只是被時光刮糊了印象，如今再見真人，便恍惚覺得陌生了。這個曾在他腦中一閃而過的警戒念頭，原本可以救金玉仙的命，如今卻徹底成為一種悔恨。

小林黛玉事後曾講：「女人一旦拿定主意，往往就要走上死路。」

他不明白她口中那個「主意」指的是什麼，在葬禮後細問，她是怎麼都不肯講。

杜春曉後來勸他放棄別問，只笑說：「不過一個與小蝴蝶長得相似些的交際花，你又何必執著？」

他擺手回道：「我總覺哪些地方不對頭，萬一她的死與小蝴蝶的事體也有聯繫呢？」

她只能看看他，遂莞爾。他心裡一緊，知她已察覺他的負罪感。此時門被敲了幾聲，夏冰出去打開，將小四迎入。

杜春曉沒有請他坐，卻是逕自咬了一口手裡的法式麵包，皺眉道：「過了期的到底還是難吃一些。」

小四沒有理會她，只對夏冰道：「我聽那邊說，小蝴蝶失蹤前一晚，和一個男人深夜幽會。」

「那個男人是誰？」

「不曉得。」小四搖頭，卻是一臉得意。

夏冰適時塞給他一卷鈔票，他便又開口道：「隱約聽得有人叫這男人『花爺』。」

「你一點都不清楚他的來路？」

「不清楚。」

小四摸著下巴的動作令杜春曉有些氣結，恨不能上去抽他一個嘴巴，可夏冰卻又給了他兩張五元的紙幣。

「想起來了。」小四停止摸下巴，道：「雖然不清楚花爺是哪裡來的，但他似乎與美濟大藥房老闆的兒媳朱芳華在逸園跑狗場密會的是同一個人。」

「你怎麼知道的？」唐暉忍不住問道。

小四沒有理會，轉身便走，招呼都不打一個。

杜春曉這才氣鼓鼓的對唐暉道：「你不喜歡這個人吧？」

「妳怎麼知道？」唐暉驚道，眼睛卻一直盯住小四的背影。

「因為你這記者都挖不出來的事，他卻挖得出來！」

唐暉方才聽明白杜春曉是變著法兒調排他，於是紅了臉訕訕道：「我也不是包打聽……」

「跟了金玉仙那麼久，以為你早就是半個包打聽了。」

杜春曉那話裡分明透著一股蹊蹺的酸味，他只得低頭不語。孰料她倒反而將臉湊近了看他，他再次避過。

她幽幽的開了口，道出癥結所在：「其實，金玉仙與小蝴蝶就是同一個人吧？」

……※……　……※……　……※……

施常雲比從前更瘦了，面頰癟如開過膛的死魚。朱芳華也是一樣的乾癟，兩人就像兩個長影促膝而談。

「為什麼要害我？」

倘若不是皮膚枯黑，朱芳華也算得美人兒。

當年施常風去江西做生意，在茶坊閒聚，她恰巧手提一籃水蜜桃路過，秋日陽光斜穿過她透水的明眸，那一對瞳孔都是金褐色的，閃爍妖異的光芒。因被過路馬車碰撞，水蜜桃落得到處都是，他出來替她撿，她紅著面，脖子都是粉的，二人默默無語撿了半籃未碰破皮的水蜜桃，隨後便有些「生死相許」的味道。所以施常風擅自將朱芳華帶回上海的時候，施逢德沒有一丁點驚訝，這女子確實是施家容得下的。

那個辰光，唯獨施常雲在旁冷笑，只說了一句，便教一家人都在飯桌上放下了筷子。

他說：「但凡太美貌的人，都不會善良，無論男女。」

此後兩年裡，朱芳華便將施常雲視作一個心結，每日求神祈佛他能早日成婚，搬出去住，何況施老爺也並不喜歡這個兒子，未曾想事情發展到最後，竟是這樣的血淋淋。

她至今仍記得那個小陽春天氣，她從施常風那裡拿了兩千元，要出去買件皮草。剛走到前花園裡，便覺面上沾了一顆濕濕的東西，以為下雨，便有些惱，抬起頭來看天，手指不由得去抹滴在鼻尖的液體，這才發現雨是紅的。遂聽見頭頂傳來的慘叫，抬頭看去，她的丈夫已血肉模糊。

她剎那間似被抽乾了腦髓，已無從思考，連發出聲音都是難事。待清醒過來時，喉嚨已火燒火燎，將她帶回屋裡的娘姨說當時她只是一個勁兒乾嚎，怎麼都勸不住。

事到如今，她才想清楚當初要嚎的是什麼話，便是那一句：「為什麼要害我？」

「因為我討厭妳。」施常雲答得雲淡風輕，像是在飲一口茶，慢條斯理，絕無半絲邪意。

她被這一記回答徹底擊碎，於是又問：「在床上的時候也一樣討厭？」

「嗯。」他點頭，「一樣討厭。」

「那又為什麼要殺自己的大哥？」她眼球乾乾的，已落不下淚來。

他卻保持殘忍的悠閒與坦蕩，甚至口中輕輕哼起小調：「浮雲散，明月照人來……」

她站起來，離開的姿勢形同鬼魅。這「鬼魅」恰與杜春曉擦肩，她們互相對望一眼，沒有說話，各自奔向目的地。這二人的外貌和氣韻沒有任何相似之處，卻似被某種相同的、微妙的情愫控制，於是吐息都變得有些合拍起來。

所以杜春曉坐下的瞬間，竟讓施常雲有些目眩神迷。

「妳連秦亞哲家的那隻鬼都沒捉住，還敢來見我？」施常雲雖在擺弄指甲，卻難掩眼底裡的高興，他喜歡見到這個女人。

「你放心，只要畢小青還活在世間，就一定能捉到。」她輕笑，燃起一根香菸。

「去見了斯蒂芬了嗎？」

她點頭，將煙霧埋進身體深處，似要埋掉一段不堪回首的秘密。

他露出豺狼一般的冷笑，嘴邊即刻擠出幾道弧線皺褶：「妳應該曉得自己逃不開他的，對不對？」

她漠然的吐出一口煙，此時才似是有了一些貨真價實的女人味，風情裡飽含滄桑。「你居然跟自己的嫂嫂有一腿，這難道才是動手弒兄的真正動機？」

她的反擊在施常雲的爆笑裡化作煙塵，末了他搖頭道：「我從不為女人失去理智。」

「那又是什麼讓你向親人舉起了屠刀？」

他亦不回答，像是與她交換一個沉默的權利。

「你知道花爺嗎？」

施常雲搖頭，道：「是什麼樣的人物？妳從哪裡得知的？」

「從包打聽那裡得知的，似乎此人與你嫂子，還有小蝴蝶都有聯繫。」

「找到小蝴蝶了？」

「找到了。」

「她死了？」

「死了。」杜春曉腦中浮現小蝴蝶以金玉仙的身分當上花國大總統的照片，眉開眼笑，芳華舒展，有溫潤若玉的美。

「怎麼死的？」

「與本屆花國大總統金玉仙一樣的死法。」

「哈！」施常雲乾笑一聲，「果然是她本人？」

「嗯，這就是奇的地方。既然拚命逃離了，又緣何要去拋頭露面參加競選？」

杜春曉拋出一個問題，是想引出施常雲的建議。孰料對方竟向她伸手，要那副塔羅牌。她猶豫了一下，便將牌給他了。他洗了三次，竟也擺出大阿爾克那的菱形陣，翻啟第一張：正位的太陽。

「過去她風華正茂，被人捧在手心裡哄著。」

現狀牌：正位的惡魔與逆位的戀人。

「嗯，最後一張牌就不用翻了，看看這個便好。原是逃走了，卻不想又改頭換面，用另一種身分出現，那就只有兩種可能性。」他拿起逆位的戀人牌，道：「想獲救或者想死。」

「怎麼個獲救法？」

「就是冒險浮出水面，讓想幫她的人注意到她，又不想死在另一些人手裡，所以只能換一個身分。」

杜春曉此刻眉頭卻皺得更緊了一些：「那麼想她死的人是誰？是邢志剛？」

「與其想這個，不如想想她抓了什麼把柄在手裡，可以讓自己不受百樂門老闆的控制。可惜啊！恐怕她還是死在其他人的手裡。」施常雲眼裡掠過一絲切實的哀傷。

「你可知道是死在誰手裡？」

施常雲即刻回復一臉的詭秘，把背面朝上的未來牌推到杜春曉跟前，道：「那就要瓊安娜妳來解了。」

⋯⋯※⋯⋯　⋯⋯※⋯⋯　⋯⋯※⋯⋯

紅石榴餐廳裡依舊瀰漫食物的香氣與食客的輕聲慢語，彷彿有沒有斯蒂芬在都是一樣的，但夏冰曉得，其實不一樣，有他在的辰光，氣氛總是無比柔和。

埃里耶來找夏冰的時候，跟他講過：「斯蒂芬是隻聰明的老狐狸，很難對付。」

說他「難對付」，兼因兩個對高文行凶的俄國僑民已經被逮到，他們均供認作案是斯蒂芬背後指使，但是問及分贓情況，卻沒有半文錢落進斯蒂芬口袋。即是講沒有確鑿證據證實他與這次的劫殺案有聯繫，從高文那裡搶來的珠寶悉數從凶手那裡搜到。無奈之下，只得將斯蒂芬釋放。

「既然他沒有半分的好處，為何要指使那兩個俄國人去搶劫呢？」

「這就是問題所在，兩名嫌疑犯在策劃作案的時候，提出過分贓的方案，斯蒂芬卻拒絕要錢，還講了一句讓人費解的話。」埃里耶用生硬的中國話回道。

「什麼話？」

「他說就算他不拿錢，也是最後的贏家。」

話畢，兩人同時陷入沉默，都在一門心思推敲斯蒂芬那句「狂言」。

最後還是埃里耶打破僵局，繼續道：「他明知道俄國人作案是很顯眼的，因為外形的關係，容易找到目擊證人，所以自己肯定不會出馬。但是一切都布置得非常巧妙，比如讓這兩個傢伙帶上灰色女褂，是為了陷害女傭人，可是那女褂是用俄文報紙包著的，所以現場才會留下這兩件證物，我懷疑那也是斯蒂芬下的圈套。一來，高文家根本就沒有女傭人，他是性格孤僻小氣的獨居者；二來，兩個犯人招供，這件女褂連同報紙都是斯蒂芬為他們準備的，那麼斯蒂芬的意圖很明顯，給他們女褂是假，讓他們把俄文報紙留在現場才是真。」

「那也不對。」夏冰搖頭道：「斯蒂芬怎麼能保證那張報紙會留在現場？萬一他們行凶之後把報紙帶回去了呢？」

埃里耶摸了一下唇上的鬍子，笑道：「沒錯，所以我認為當時還有一個人暗中幫他留下那證據了。」

「孟伯？」夏冰腦中又閃過那個胖老頭傲慢的眼神。

埃里耶點點頭，喝了一口紅茶。

「埃里耶先生，您又是怎麼知道我的呢？」

「要知道，不是只有你一個人去找了同豐麵館那個姓張的夥計。」埃里耶挺了挺大肚皮，道：「我現在最感興趣的，還是斯蒂芬教唆那兩個俄國人的目的。」

夏冰瞬間明白了埃里耶的想法，忙道：「你可是想與我合作？」

「沒錯。」埃里耶一對精明的藍眼在豐滿的面頰上方閃閃發亮，「在紅石榴餐廳看見你的時候，就知道你和我是同行，好偵探都長著一樣的眼睛。」

「可是我要收費。」

「沒問題。」

埃里耶當下將一紮紙鈔丟進夏冰懷裡，然後整好帽子，拿了手杖，起身告辭。

夏冰手裡的巴西咖啡已然冰涼，斯蒂芬正在吧檯後操作磨咖啡機，隨著生鐵滑輪的轉動「嘰嘰」作響，轉了十秒鐘左右，他把底下的木製抽屜拉出，將裡邊的咖啡粉倒進燒瓶內，再蓋上濾紙……一連串的動作，慢條斯理中帶有別緻的細膩與性感。

所以斯蒂芬上來為夏冰續杯的時候，後者竟有受寵若驚的感覺。

「瓊安娜的朋友就是我的朋友，請隨意一些。」斯蒂芬周身都散發出咖啡豆黏稠的焦香。

「我們能坐下聊聊嗎？」不知為何，夏冰一想起埃里耶先生說的「好偵探都長著一樣的眼睛」便無比自信，因自身能力已被優秀的同行認可。

斯蒂芬聳聳肩，坐到他的對面，笑道：「這次又是什麼事？高文的那個案子已經破了，埃里耶也抓到人了，還有什麼我能幫上忙的？」

「別誤會，今天找你，純粹是為了私事。」夏冰忙道。

「哦？」斯蒂芬挑了一下右眉，又是極招女人愛慕的俏皮表情。

「只想問一問，你與杜春曉……也就是瓊安娜，是什麼關係？」

「那你和她又是什麼關係？」

「我是她未婚夫。」

斯蒂芬輕輕吹了一記口哨，轉頭看了下玻璃窗外的蕭颯風雨，似乎是想掩飾一下笑意。

「瓊安娜的人生果然要重新開始了。」

夏冰意欲回應，卻被一記犀利的尖叫割斷思路。

一陣砰磅的瓷器碰撞聲傳來，正在用餐的客人紛紛離座，往後頭移去，因開門進來的那位金髮女子實在悚人。

她披頭散髮，額角流血，大張著嘴巴，吐出濃血，像是牙齒已被拔光，只一個血糊糊的牙床敞開著，於是更如惡煞一般，尤其是手中高高舉起的一把菜刀竟還是明晃晃的，與粉綢旗袍胸口處一灘發黑的液體對比鮮明，兩條胳膊更是白得清晰，上頭密布粗糙的紅色顆粒。因口腔受傷的緣故，那詭異瘋狂的女子雖大喊大叫，卻沒有一個字能教人聽得懂。

眼見她朝夏冰的桌子衝來，菜刀在空中劃出初雪般的弧線，刀鋒甚至已快貼到他的鼻尖。

夏冰瞬間頭皮發麻，身子竭力往後仰去，連人帶椅倒在地上，屁股登時失去知覺，只得眼睜睜看著那女子撲向旁邊的斯蒂芬。

斯蒂芬沒有躲閃，只等她的菜刀挨到面門的剎那才飛起一腳，正踢中她的腹部，她遂叫得越發慘厲，人亦遠遠彈了出去，恰巧倒在夏冰身上。夏冰下意識的將她攔腰抱住，然而她比他豐滿得多，力氣亦出奇的大，所以即刻掙脫出來，起身發動第二輪進攻。

夏冰眼睜睜看著那女子站起，高大的身影遮住了他的視線，他看不到斯蒂芬，只知道斯蒂芬即將成為她的刀下鬼……

就在這個時候，一記古怪而熟悉的轟響傳來。擋在夏冰眼前的黑影突然往後退了，接著重重倒在他身上，他聽見肉體被過度擠壓發出的摩擦聲。

待推開那女子，方發現她已面目模糊的昏死過去。肉體雖然還是溫熱的，頭髮卻與血水雨水混在一道，緊緊貼於頭頂，金黃髮色變成了骯髒的褐紅；胸口的汙跡似乎又擴大了不少，正有一道血流從乳峰處潺潺淌向地面。

夏冰勉強站起，看見斯蒂芬手裡的白色勃朗寧手槍正對住他，說道：「讓你受驚了。」

之後，埃里耶警長趕到餐廳，一見夏冰便笑了：「看來我們是真有中國人所說的緣分。」

但當斯蒂芬被問及這名被他擊斃的女子是誰時，他果然回答：「不認識。」

更有趣的是，夏冰回去將突如其來的凶殺未遂案告知了杜春曉，她竟沒有如平常那樣細細分析一番，只一個人坐在前院的藤椅上抽了一包菸。她的反應教他百爪撓心，又不敢問，只不過他後來竟忍不住賭氣道：「若是不放心，自己去看看他！」

說畢，他便用掃帚清理了地上的幾十個菸頭，逕自回屋裡去了。之後，二人再未提及這件事，彷彿斯蒂芬這個人從未存在過。

孰料過了十天，埃里耶興沖沖的來尋夏冰共用下午茶，與他講述發生在紅石榴餐廳的那件案子。

「死者生前被嚴重虐待，不但身上有被鞭撻的傷痕，嘴裡的牙齒也是被一顆顆拔出來的，像是刻意要讓她受苦。」埃里耶拚命往茶杯裡倒牛奶，似是要沖淡某些可怕的回憶。

「這麼說，她跑來紅石榴餐廳前，被人嚴刑逼供過？」

「我也認為應該是那樣。而且，我們也查清了死者的身分。」

「她是誰？」

「她與前不久轟動上海灘的花國大總統被劫殺一案有關，此人正是金玉仙的姐妹，就是她死的那天一起搓過麻將的英國籍妓女珍妮。」

唐暉跟進金玉仙的案子已有半個多月，這期間，他幾乎貼了自己所有的薪水，只想最快得到查案的進展。所幸警署有個安南阿三從前受過他關照，便時不時透些消息給他。這才曉得，原來警方亦調查了當天將金玉仙約出來的兩個人之真實身分。

根據娘姨的形容，也已確認那接人的車子是蘇大少的，於是便將正在長三的溫柔鄉裡抽鴉片的蘇大少拖出來，對方卻打死不認，只說當晚車子借給一個時常一同逛窯子的嫖友，叫周啟生，因出手闊綽，時常替他還賭資，所以提出要借車子的請求時，便不得不答應下來。孰料那

車子次日未還，人也找不到了，他正憋著氣呢，便被抓了。

警察將蘇大少審了兩日，他都對周啟生講不出個所以然來。對方家住哪裡，做什麼營生，均一無所知，且認識他才兩個月，於是查案線索中斷，只是這期間終於在金玉仙陳屍現場附近的河塘內撈到那輛車。而唐暉亦被叫去警察局認人，證實蘇大少與接走金玉仙的男子相貌差距頗大，那男子顯然要更俊俏一些。

周啟生是誰？

這問題在唐暉腦中一直縈繞，令他日夜無眠，似是倘若不想出個所以然來，小蝴蝶的冤魂便不會放過他。

他認出金玉仙就是小蝴蝶是必然的，因他與她肌膚相親過，熟悉她的氣息、膚色、每一顆細痣在身上的位置，甚至頭頂的兩個髮旋。為了認得更真切一些，他想方設法與她接近，而她似乎亦不排斥，彷彿懂得他的苦心，反而主動伸出手來挽著他。如今想起來，那些全都是求救信號，他竟渾然不覺，還一心想著如何識破她的偽裝。

小蝴蝶的死，杜春曉與唐暉斟酌再三，還是決意先不告知燕姐，依杜春曉的話來講：「恐怕說了之後，麻煩會更多一些。因這件事牽扯的血案一樁接一樁，可見這個事體從某種程度上來講，知情人是越少越好。我們按兵不動，把案子查清爽了再說，免得去告訴了那邊原是要領賞，卻一不小心變成了自尋死路。金玉仙不就是原想著去傍大公子，反而把命搭上了？」

一席話唐暉倒也聽得進去，不過仍不放心的問：「那下一步要怎麼辦？」

杜春曉一聽便撐不住笑了：「怎麼辦我哪裡曉得？只是好奇二件事。一是畢小青的下落，二是那個花爺是誰，第三件……」

「第三件是什麼？」

「現在且不要講，只把前兩件查清楚了再說吧。」

可是要曉得畢小青的下落，唯有從秦亞哲那邊的人裡頭下手。秦家的幾房夫人都死的死、送走的送走，那與花弄影私通的管家亦不知去向，如今唯一能找到的，便是尚留在秦公館，從原先的娘姨被撥到廚房打下手的月姐。

「月姐如今工錢少了，只想著法兒另謀生路，只要你們肯花鈔票，便沒有打聽不到的事體。」

小四的話果然靈驗得很，杜春曉只花五個大洋，便讓她交代了一件事——畢小青的娘姨朱慧娟的下落。

……※……　　……※……　　……※……

朱慧娟煮的糖黃蛋已經冷了，面上浮起一層晶亮的薄衣，她愣愣望著，一口都不想動。就

這樣呆了半晌，起身拿了針籮裡的錢包便要出門，腦中卻迴響著阿貴的呻吟。他五大三粗的一個人，竟在病榻上縮成一堆枯骨，於是她怎麼也吃不下東西，因再拿不出多餘的錢來給他買人參補身，所以今次是一定要去李裁縫那裡拿回衣裳。

自五太太的事發生以後，她原是鬆口氣的，以為宋玉山的事就此了斷，孰料冤孽未了，到底還是要她送佛送到西，把事體做完。

剛走進石庫門，朱慧娟便不由得挺直腰板。因聞見李裁縫的鋪子裡飄出幾縷甜香，像是在煮順風圓子，她即刻想到自家飯桌上那碗冷掉的糖黃蛋，心臟不由得微微抽搐。

「這位師母（注二十）來做衣裳哇？」李裁縫放下手中的畫線石，指尖的皮紋裡都是粉紅。

「來拿的。」她發現他竟不記得她，有些高興，然而很快便沮喪起來，因怕隔了如此之久再來拿衣裳，留給裁縫的印象會更深。

李裁縫拿過紙頭看了一下，便折進裡屋，不消一刻又出來，拿著用紙包好的衣裳遞給她。她拿在手裡要比預想中輕飄，付過錢之後，卻遲遲不敢走出去，怕這一走，便是去了另一個深淵，五太太那張淒怨的面孔還在她腦中不曾抹去。

「等一下，有個人要找妳。」

她剛轉過身，便被李裁縫叫住。她回頭看他臉上光潔的皮膚，彷彿要從那裡看出一個希望。

「誰會找我？又不認得我。」

「哪裡會不認得？妳跟我去便是，要緊事體啊，慧娟姐。」

末尾那三個字叫出口，便將她牢牢釘在原地，只由李裁縫拉了手走到隔壁。他的手綿軟細薄，亦絲毫沒有給人揩油的嫌疑，這是典型的做針線活的手，精巧、冰涼，如玉質器皿。

於是朱慧娟跟著李裁縫走進一間香菸味嗆鼻的私宅，李裁縫一踏進門便罵開了：「前世作孽！一個女人家抽那麼多菸，也不怕早老早死！」

煙霧中的女子似乎有一些不好意思，趕忙從臥榻上撐起身子，將香菸摁進菸灰缸裡，笑道：「你可是把我想死的那個人兒帶來了？」

「來了！」李裁縫轉身朝朱慧娟道：「妳坐一會兒，我先去了。」

他之所以識相，兼是算準了事後杜春曉會將真相告知他，就算不告訴，也算是欠了一份情，遲早要找她補償的。譬如他一早瞅準夏冰的母親自青雲鎮捎來的十斤爆魚，這是一定要刮過來兩斤的。上海男人的精打細算，在李裁縫身上經緯畢露。

「五太太在哪裡？」杜春曉開門見山，只問這一句。

「不曉得。」朱慧娟強作鎮定，眉頭卻不由得皺起。

她是個溫婉豐腴的女人，胸口撐得極鼓挺，皮膚細白，給人一種恬美的錯覺。而杜春曉知道，這樣的婦人，只是把凶悍往裡收了進去，如入鞘的寶劍，平常人不能輕易觸其鋒芒。

「朱阿姨，我曉得妳是不想談這件事。但妳既不知五太太的下落，又何必幫她取衣裳？」

朱慧娟當即嘟起嘴來：「這衣服我自己也喜歡，所以取回來穿的。」

「做得那麼小，妳哪裡穿得上？」杜春曉笑了，「再說了，妳丈夫買藥的錢都要付不起了，還有閒錢做衣裳穿？」

朱慧娟這才沉默起來。

「反正，這樁事體裡必定有蹊蹺，今兒的事倘若傳到妳從前的老東家耳朵裡去，什麼後果妳應該知道。」

這一句，才徹底打穿朱慧娟的心臟，她面色煞白道：「可千萬莫要告訴老爺，否則誰的命都保不牢的！」

「那妳講講到底發生過什麼事，五太太又在哪裡？我保證不講給秦爺聽，因我自己也不想送死。」杜春曉忙將朱慧娟摁進沙發裡，給她遞了一杯茶。

畢小青與宋玉山的瓜葛，在旁人看來便是她愛他愛得銷魂蝕骨，然而他總是淡淡的，以禮相待，又時刻不忘與她強調自己有妻有子；她像是也曉得處境不妙，明月溝渠的事情，強求不來，可到底不甘心，還是變著法兒巴巴去找他。

花弄影時常用這檔子事來取笑，一見她便橫眉豎眼的罵：「靚仔冇心，妳夠膽就死也跟住他，唔夠膽就只能在這裡自怨自艾，清醒點啦！」

罵歸罵，可不知怎的，花弄影在秦爺跟前卻始終守口如瓶。因有前車之鑑，屠金鳳有一次多嘴，背後嚼她舌根，說她手腳有些不乾淨，其他四房都有些體己不見了。秦亞哲聽後非但沒有審問畢小青，反而將屠金鳳罵了一頓，還自拿出錢來給各房添補了些首飾，便當沒這回事。於是大家才發現，秦亞哲是無原則的護著畢小青的，此後便斷不敢再說閒話；更何況花弄影自己也有心病，所以更乖。

只是這些小細節，當時的畢小青似是根本顧不過來，反而只急著將金戒指也拿出來，叫娘姨去典了錢捧宋玉山的場。

那一日，剛演完《三岔口》，宋玉山還在後臺卸妝，畢小青便也去那裡，只想與偶像聊聊天，讓朱慧娟在外頭伺著。朱慧娟也樂得清閒，當下便縮在化妝室下邊的樓梯口和幾個跑龍套的閒扯。偏巧與宋玉山搭檔的短打武生陸雲龍下樓來拿點心吃，因與朱慧娟也打過幾個照面，多少曉得些情況，便也湊過去說笑。

陸雲龍生得亦是模樣周正，英俊偉岸，只可能運氣差了一些，總被宋玉山壓過一頭。不過他脾氣溫和，說話聲音都是細細軟軟，無一丁點武生的魯莽，所以朱慧娟私底下還是喜歡這個人多一些。

講到酣處，陸雲龍操一口京片子笑道：「要說妳們五太太可真是個痴心人兒哪，都被咱們

宋哥冷落成這樣了，她還是滿心熱乎，也不怕秦爺知道了不放過？」

朱慧娟假意生氣，白了陸雲龍一眼，道：「你說如今略有些臉面的闊太太哪個不愛戲子？你還當稀奇來了！」

「哼！稀奇倒也不稀奇。」陸雲龍冷笑道：「不過妳們五太太熱臉貼個冷屁股，總也有貼到頭的時候吧？妳看我們宋哥下個月可就回北京去啦。」

「你們不是在上海安家立足的嗎？去北京做什麼？」朱慧娟心裡一驚，眼前隱約浮起畢小青淒怨的臉。

陸雲龍遂壞笑起來，眼中滿是幸災樂禍的表情，可見男人之間亦是存在強烈嫉妒的：「妳們可不知道他夫人在北京定居的呀？這次是要回家疼老婆去啦！我說，妳還是趁早勸五太太死了這份心，宋老闆對自己的老婆可是情比金堅！」

朱慧娟只能無奈嘆息，一心只祈盼自家主人能早些「回頭是岸」。

畢小青下樓的辰光，果然神色凝重，見到朱慧娟卻又擠出些笑意來，彷彿在安慰她。朱慧娟自然曉得她的苦，回去路上便少不得勸了兩句，畢小青只是垂頭不響。孰料臨睡前，她突然握住朱慧娟的手，泣道：「我曉得妳是關心我，花姐姐也是關心我，可我就是停不了！」

正是這個「停不了」，將她送上了死路。

於是宋玉山在踏上回京路的車站時，卻見畢小青攙朱慧娟一道來送行，還帶了兩包零嘴並一件毛衣。他當即紅著臉推託，她卻滿眼噙淚，將東西硬塞於他，場面既尷尬又感人。

次日的幾張八卦小報上，果真便登出了畢小青與宋玉山將零食包推來搡去的照片，花弄影平素愛看這些玩意兒，見著之後大呼驚奇，遂拉了畢小青來又是一頓訓。畢小青便由著她罵，豐厚的內雙眼皮越發楚楚動人，教人竟狠不下心來給她當頭一棒。

朱慧娟看到報紙上的照片便心驚肉跳起來，忙求花弄影將它給自己，以便銷毀。可惜已來不及，正亂成一團的辰光，秦亞哲卻踏入畢小青的房間，徑直站在五太太跟前，還揮手叫她出去。朱慧娟只得識趣退下，走到秦亞哲身後才看見他背在後頭的手裡正揣著那張報紙，當下心便涼了半截，暗自猜測今天畢小青是逃不過一劫了，於是關上門之後也未走開，卻是蹲在牆下偷聽。

起先裡頭的動靜並不大，只隱約聽到秦亞哲用低沉的嗓音質問，畢小青回應些什麼，是一丁點都聽不清。她講話聲音本就不大，如今問的又是些揭她隱痛的事體，氣短是可想而知的。

只是後來竟有些翻箱倒櫃的聲音，令朱慧娟覺得蹊蹺，她一面忍著心臟緊抽的痛楚，一面將耳根與牆面貼得更緊。隨後只聽得兩記分不清男女的嗚咽，可她仍能確認那是發自畢小青的，於是腦中「轟」的一聲，正盤算著要不要找個藉口進去，然而已經遲了。

畢小青的慘叫刺穿了陰暗的天空，朱慧娟直覺手腳冰涼，整個人已沒了力氣，卻又鬼使神差的推門闖入。只見秦亞哲的兩隻手正牢牢鉗住畢小青細弱的脖頸，她似在掙扎，卻又無力反

抗，只拿一對通紅的眼淒淒然望住眼前的男人。

朱慧娟剛要張口，卻見那對紅眼不只是看著秦亞哲，而是往另一處更要緊的地方瞧。她順那目光尋去，卻見自己腳底下有一張色澤鮮明的黑白照片，照片上的宋玉山眉目挺拔，可眼底裡仍透出淡漠，與他時常看畢小青的神情一樣。

正是這份淡漠，扼殺了畢小青的未來，更將他自己的風光榮耀悉數抹殺。

畢小青如缺水的魚，軟軟躺在秦爺的臂彎內，雙唇微張，露出一小截舌尖，她面如死灰，卻又美得輕盈淒豔，彷彿先前那些沉重的背負，均隨著這一刻的夭折而寂滅了。

朱慧娟與杜春曉講起這段往事的時候，彷彿再次身處煉獄，頭顱與雙手一直不住顫動……

⋯※⋯　⋯※⋯　⋯※⋯

上官玨兒初嘗瀕臨崩潰的滋味時，正在拍《風流嬌娃》。戲裡要演一個交際花，因與富家少爺真心相愛，意欲衝破命運屏障，尋找真正的幸福，未曾想命運弄人，那富家少爺被逼要娶門當戶對的千金小姐，他不同意，便被父親以重病逼迫，無奈之下，竟與交際花雙雙殉情。

這個電影劇本，上官玨兒頭一次看，竟看到淚流不止，於是想也不想便接下來。

可拍到一半時，她被施逢德包養的醜聞便開始瘋傳，小報記者日夜在她住所蹲守，她情急之下，還去住了幾天旅館，終究又被他們找出來了。於是報紙寫得更加難看，講她與秘密情人在酒店開房日夜尋歡，把她氣得險些暈厥。

依唐暉的話講：「妳既做了這一行，就得有這些心理準備，別去聽人家講了什麼，關鍵是自己做得是否天經地義……」

「天經地義」四字出口，他便後悔不止，可已來不及了。她果然咬住那句話不放，回頭笑道：「你覺得哪些事情於我來講，是天經地義的？」

他答不上來，只覺小蝴蝶——抑或講金玉仙的魂靈正俯在他肩頭吐息，他恍惚認為她還活著，躲在暗處，監視他的一舉一動，包括他對上官玨兒的痴情。那一腔熱血，曾經是在那死魂靈身上用過的，還有另一個女人……

連日以來，上官玨兒曉得自己不能回家，便與唐暉在百樂門舞廳參加派對。她的狐毛披肩日益龐大，已然能遮住她半張面孔，她還是不肯除下，只待唐暉邀她入舞池，方才將它挽在臂彎上。

「為何不除掉？我幫妳交給服務生？」唐暉牽住她戴長蕾絲手套的雙手。

「不必，我有些冷。」她的濃黑眼影幾乎把一雙眼都埋進陰霾裡去了，是悲是喜亦瞧不清楚。

他握住她的手，直覺她身體的冰涼已透過蕾絲絹布傳遞給他。

派對結束，二人前往另一處。

御花園酒店不似一般酒店，它保留了某些皇家後花園的氣勢。唐暉亦是頭一次進來，上官玨兒引領他穿過種滿枯薔薇與金邊冬青的庭院，步入歐式洋房。

上官玨兒訂的那一間，是「紅房」。紅絲絨窗簾、紅底波斯花紋地毯，連床邊的燈罩都顯得豔光流水，人站在裡頭，便彷彿被濕暖的陰道包圍。唐暉瞬間有些迷失，直到上官玨兒的嘴唇送上，將他包圍在更深幽的飢渴裡。

他終於看清她被光線渲染成淡粉的裸體，原來有些部分並非他想像中那樣。淡褐的乳頭周圍有一暈櫻粉般的餘韻，小腹白得耀眼，沿著那裡微凸的紋路親吻，可以吻到左側一粒細小的胎痣。她動作有些急迫，像是強行將他塞入體內的，那裡還是乾澀的，所以抵進的辰光她忍不住叫了一聲。

他有些遲疑，卻見她含淚將額頭抵在他胸前，似是要抓住一些早已遠離她多年的歡愉。他不忍再進入，想以愛撫替代侵占，她卻似發了狂，不斷緊收，他從未如此猶豫，卻又想完全擁有，再不放棄……

唐暉對香豔並不陌生，但與上官玨兒的交纏卻令他感到無比疏遠，他曉得她的心不在這裡，而是隨著情慾與乾枯的下體一併游離了，連斷腸的疼痛都不曾令她恢復知覺。想到這一層，他不禁有些氣惱，男性尊嚴使得他不由自主的切除對她的憐愛，哪怕她是這樣無助的望著他。

於是乎，他們在這片「紅海」裡各自沉淪。

他終於起身，走入浴室沖洗，她仍臥在鬆軟的被子裡，沒有一點想動的意思。他披了睡袍出來，見她睡著的姿態很淒涼，便想叫醒她，給她講些寬慰的話。可不知為何，他又把衝動壓了回去，坐回到椅子上，看她被窗簾染紅的面龐。那血色如此虛假，他幾乎想吻去她的偽裝，人卻站起，換上衣服，做好離開的準備。

她仍然沒有動靜，睡得像個嬰孩，彷彿他的去留與她沒有絲毫關係。所以他帶上門的那一瞬間，發出的動靜都輕得要命，生怕碰得響了，夢便要碎。

是誰的夢？他尚來不及去想。只知道，這一走，他是不會再回來了。

深秋的空氣如霜劍刺出，洞穿了上官玨兒的身體。她坐在黃包車上，只覺有千萬把刀在對她實施淩遲。原以為，性愛能令其麻木、放鬆，卻不想那疼痛越發清楚，幾乎要去她半條命。已過凌晨，大抵連小報記者都不會再跟進她，唯有這樣的辰光，她才是自由的，路過洋行的櫥窗，還能往裡望一望，看看有無自己喜歡的服裝式樣。她再不用東躲西躲，男人與名利在這一剎那都與她無關，她只須享受片刻清靜的寒意便足夠了。

「要去哪裡？」車夫在問。

她想也沒想便報出一個地址，遂有些懊悔，想改一改，孰料那車夫已拖起車奔出老遠，似是她這一決定，便永無回頭之日。她只得這麼樣坐著，任憑命運將她拖向那個方向。

現如今，除了那裡，她也實在想不出能去什麼別的地方。

那個施逢德買給她的「安樂窩」，二層小洋樓上的綠蘿早已爬不動了，只餘下稀稀拉拉幾根枯線吊在竹架子上，院落一角的雞冠花在夜色裡縮成一團灰紙，頹敗得很，可窗口居然還亮著一豆浸滿希望的燈火。

「姆媽，還不睡？」她推開門，便聞見一陣食物的甜香。

「也不知妳何時回來，所以天天等得晚一些，今朝果然等到了。」姆媽從廚房裡走出來，手用抹布裹了捧出一個瓷粥罐。

她勉強笑一笑，心裡卻在哭叫：「好的呀，正巧肚皮餓得受不了，這個粥是甜是鹹？」

「桂花蜜糖粥，甜的，現在燒鹹粥也不好吃了。」姆媽忙掀開蓋子，一股熱氣汩汩冒出。她忙將臉挨近那熱氣，鼻尖即刻發紅，眼圈也跟著暖起來。她忙給自己盛了一碗，端起便要上樓。

「我去樓上吃，馬上就睡了。」她一面走，一面憋住喉嚨裡的哽咽。方才發現，自己是個不祥的人，否則，緣何所有好事到了她手中，最後都成了壞事？大抵她是與這個世間緣分太薄，才會被厭嫌到此。

想到這一層，她已無力抬腿，只得扶住樓梯，在那裡發怔。

「怎麼啦？」姆媽在樓下喚了一聲，將她從悲愴的思緒中拉回。

「沒……沒什麼。」她拿著粥碗的手在發抖，步子倒是提起來了，徑直往房間裡去。進了房，冷得出乎她意料，於是拉亮電燈查看，才發現隔陽臺的落地玻璃門沒有關，風正從那裡自由灌入。她忙上前關上，呼嘯聲於是被擋在門外。

她神情木然的坐在梳妝鏡前，端起粥吃了一口，味道鮮甜蜜骨，極暖腸胃，於是再吃一口，再吃一口……

樓下姆媽將粥罐放進保溫煲內，洗了手要去睡了，卻聽見樓上響起吱呀的腳步聲。「怎麼又下來了？」

「把碗洗掉。」她柔柔應了一聲，姆媽聽起來卻有些背後發毛。

「不要洗了，放到明朝好了。」她上來接過女兒手裡的碗，發現女兒的手出奇潮熱，於是拿過來焐住，笑道：「手倒是滿熱嘛。」孰料女兒竟抽回手，捂住鼻腔咳嗽起來，咳了半日都沒有停歇的樣子。

「要不要吃茶？」姆媽去絞了一條毛巾，並一杯熱茶端上桌來，她卻怎麼也顧不上接。姆媽有些急了，去拍女兒的背，這一拍女兒便順勢倒地，兩隻手還是捂住口鼻，血水不斷從指縫裡滲出來。

「乖女兒，怎麼啦？怎麼啦？要緊哇？」姆媽已手足無措，手裡抓著毛巾，只想儘快將女兒鼻腔裡流出的紅色液體再壓回去，彷彿這樣便能挽回她疾速流逝的生命。

「姆媽，救我！救我——」

上官玨兒終於放開雙手，露出被血水浸淫成一片狼籍的容顏。她不斷抓撓空氣，一頭精心梳理過的碎捲髮已乾枯，與血汗凝結成塊，貼在額角上。

……※……　……※……　……※……

「婊子！所有婊子都該死！」

秦亞哲眼角已凝結出一個冰點，令畢小青無所適從，她知曉這個劫難是怎麼樣也躲不過去，只得反覆強調：「我……真的不知道……」

在郊外恢復呼吸的能力時，她開口頭一句便也是：「我真的不知道啊！」輕薄的身體遂在一個男人背上扭動，但很快便被一塊帶香粉味的帕子捂住了嘴。

「別動！」

她已聞出是自己隨身帶的帕子，那聲音亦是熟悉的，卻無從想起。這才驚覺脖頸痠痛，略動一動，渾身骨頭便咯咯作響，只得這樣趴著，像是又死了一次。

夜裡的風帶一股飽含上墳香灰的腐臭味，她身下窸窣作響，能辨別出背她的人正穿過一片麥田抑或草叢。她緊張得皮膚疼痛，卻還是不敢再出一聲，雙手不由得抓緊了他的胸膛，這一抓，竟回過神來，對其身分猜到了幾分，隨即又鬆懈了，眼眶發熱，不消一刻便湧出眼淚。

他依舊只顧低頭往前，她怔怔盯住他頭頂迎風而立的短髮在眼前一起一伏，吐息粗重又極克制，彷彿生怕一旦呼吸重了，會驚動周遭的惡鬼冤魂。但她沒有惶惶，反而越發安靜，與其被秦亞哲壓在陰霾之下，不如一世就趴在這男人背上，起碼會無端覺得從未有過的安全，即便她不曉得他要背負她去向何方。

不曉得走了多久，她的胸骨壓在他突起的肩胛上太久，已微微的有些不舒服，剛想稍稍動彈一下，他卻主動停下來。她瞬間感覺自己正從他身上滑落，兩隻腳還未站穩，已被他的手臂托住。

「上車。」

她順從的抱住他的胳膊走向一輛形狀看似汽車的龐然大物，金屬氣味被露水染成鐵鏽味。她沒有問要去哪裡，只在努力壓抑剛剛在鬼門關走過一遭時的驚恐與絕望。他似乎全盤瞭解她的情緒，於是將她摟得更緊。

車子裡較露天要暖和一些，她十指冰涼，動起來異常遲鈍，只得放在嘴邊呵了幾下。他回過頭來，一雙清澈的眼彷彿要看穿她的腦髓，她避過這樣的目光，一言不發。但只肯定一件

事，無論車子駛到哪裡，她都沒有害怕的理由。

「這是什麼？」她踩到座位底下的一件東西，那是用布袋套住的。

他沒有回答，只給出一個冷漠的後腦勺。

杜春曉這次是真的棋逢對手，她就站在畢小青對面，卻遲遲不敢上前。因她每每要跨出一步，耳邊便響起施常雲的忠告：「一個扮過鬼魂的女人，就是當自己死過一回了，死人總是最強大的。」

可她看到的畢小青，卻沒有一點強大的意思。

厚重的內雙眼皮微微向上吊起，鼻翼細薄，較上官玨兒之雍容華貴、小蝴蝶之清秀甜美不同，她是被後天調教出來的絕色。單憑照片抓住瞬間是無法品其優點的，唯有看清她一個完整的顧盼、微笑、起坐，抑或行路的姿態，才能體會其百年難遇的風流婉轉。她是時時活在靈動裡的上海佳麗，無論以何種形式將之定格，魅力都會失掉一半。

所以，杜春曉自認至今沒有令她無膽接近的人，卻在一名弱質女流跟前停住腳步，無端的猶疑起來。因為眼前的女子，只是穿一襲青布棉袿站在陽臺上，便成了流動的風景。

她一時間被這樣懾人的美迷住，原先自以為在青雲鎮見識到的那幾位薄命女子已是獨一無二，來到上海，才知什麼叫天外有天。在大城市歷練出的氣質品味，果然和鄉野的區別甚多，都是美，卻分出千百種來。

畢小青的婉約與大氣，讓杜春曉不由得揣測，當年「上海小姐」的狀元與探花，又該是何等風華絕代。

畢小青見杜春曉，卻只當她是個路人，連笑意都沒有，看一眼便要過去，直到杜春曉叫住她，笑道：「五太太果然比傳說中更漂亮。」

她果真愣住，卻還是回頭了，眼裡沒有驚恐，反倒有些認命的意思：「哪裡，人人都講我不上照的。」

這坦蕩，反而令習慣出其不意將別人一軍的杜春曉有些尷尬，隨後又生出些敬佩來。尤其是畢小青的藏身之處，更教她驚訝，原來並不是什麼荒郊野嶺，卻是靠近浦西的平民住宅處，租的還是朝陽的房間，像是完全不怕被秦亞哲捉拿回去。

依畢小青的話講，那叫「死過一次，已不在乎死第二次」。

可她住的房子裡，卻是齊齊整整，一張床鋪、一個矮櫃，衣櫥畏縮在角落裡，櫃門縫中飄出樟腦丸的氣味。門口的煤爐與煤餅都散發出某種安定的意味，彷彿已認定它們的女主人會在這裡待上一世。

「妳果然是死鬼不怕活人找，竟在這樣顯眼的地方藏身？」杜春曉刻意將「藏身」二字說得極響，擺明是諷刺對方不顧死活。

畢小青只笑一笑，淡淡道：「其實藏不藏都無關緊要，妳以為我出了上海去別處，他就找不到我了？」

「恐怕已經找到了，只是不下手罷了，這便是他突然讓我不用再捉鬼的原因。」

「沒錯。」畢小青點頭，手中瓷杯裡的茶葉已片片舒挺，她與茶之間，宛若有情話要講一般，氣氛溫柔明淨，「可我就是無論如何都不甘心。」

「不甘心什麼？」杜春曉環顧四周，見門邊的鞋架上有一雙男式皮鞋，當即猜到有人與她同居，心下更覺詫異：事已至此，怎的還不逃跑？

「不甘心被人陷害。」畢小青遂眼圈發紅，方才流露了一些恨意。

「我也知妳是不甘心，才回來扮鬼嚇秦爺另外幾個老婆的。」杜春曉被菸癮折磨得有些難受，只是在這樣氣度非凡的女子跟前，她竟不敢有半點放肆，彷彿只要一露劣跡，就會越發自慚形穢，於是咳嗽了一聲，追問道：「可是為什麼要嚇她們呢？誰陷害了妳？」

「不曉得是誰陷害我，原本小報上那張照片也沒什麼，秦爺不是個不講道理的……」大抵是念及夫妻情分了，畢小青竟隱約有些哽咽。

杜春曉驀地想起月竹風的小妾怵目驚心的死狀，不禁懷疑起畢小青的頭腦來，難不成多數女人都是如此不理智且思維混亂的嗎？

「那又是什麼令妳這麼放不下？」

「因為我與秦爺吵架的時候，他從我的梳妝臺抽屜裡翻出了一張宋玉山的照片。我雖然仰慕宋老闆的才華，卻從未對他有過非分之想，原本是想要他的照片來留個紀念，可他說什麼都不肯給我，所以……尤其那照片後頭，還寫了一首情詩。」

「什麼樣的情詩？」

「無非是那些肉麻酸牙的句子，我都記不得了。那陷害我的人真要挨千刀，險些把我的命都搭進去了！」

說畢，畢小青眼裡竟真的掠過一絲凶光，卻點燃了杜春曉的自信。因她明白，女人一旦有了怨恨，再怎麼美的皮囊都會被極快的摧毀。

「五太太，要不要我替妳算算，算出陷害妳的是誰？」

畢小青一聽便笑了，啜一口茶，道：「聽聞妳用塔羅牌算命極準，這東西我跟秦爺去洋人的派對應酬時也見識過，可惜沒自己親身嘗試算過，妳今朝也算給我帶了些新鮮玩意兒來。」

過去牌：逆位的愚者。

「喲，五太太雖然在深宅大院裡過日子，倒是洞悉世事。做人低調確是好的，只可惜人外有人，宅子裡終究還有一位更聰明的……」

「哼！小心聰明反被聰明誤。」畢小青冷笑道，彷彿心裡已認定杜春曉指的人是誰。

現狀牌：正位的太陽，逆位的審判。

「如今妳倒是有福星高照，縱然做了些悖德之事也無人敢拿妳是問，奇怪……」

畢小青噗哧一下笑了：「妳可是替我解惑算命的，怎麼自己倒奇怪起來？」

杜春曉不由得紅了一下臉，辯道：「因奇怪這個局勢，看起來，竟像是妳報復錯了地方，身在福中不知福呢。」

「這又是什麼意思？」畢小青偏了一下頭。

杜春曉沒有回答，徑直翻開了未來牌：正位的倒吊男。蹊蹺的牌……

「這一張可是說那三位活在人間的姨太太裡，沒有害妳的人，害妳的另有其人，與妳關係還很親密。」

沒錯，與畢小青不親密便很難進入她的房間。其他三房太太都不好看戲，更弄不到宋玉山的私人照片，縱使要害她，恐怕也會想別的法子，譬如將那登有她倩影的報紙故意露在秦亞哲跟前。

「那又會是誰？」畢小青一對明眸直勾勾盯著她。

倘若跟前是個男人，只怕此刻早已淪陷。

「既然是那三個人以外的，是誰也已不重要了。不過……」杜春曉突然動了邪心，咧嘴笑道：「二太太孫怡也不曉得孩子生了沒有，我還真有些擔心。」

這一句話，讓氣氛陷入莫名的僵滯。

……※…… ……※…… ……※……

上官珏兒的雙腿彷彿已不是她自己的，只是整個身體都浮在半空，四周嘈雜無比，幾聲啜泣摻雜其中，她認出那是姆媽的。

她並未覺得自己有多少苦痛，只是體內血液都凝固了，繼而蒸發，令她一夕之間回到童年。在自家院牆上的泥洞裡張望，看隔壁剛搬來的小戲班那個花旦正在唱得如泣如訴，她不懂戲，只覺她舒臂回腕裡都美得光彩動人，於是竟看痴了。

現在，她彷彿又回到那個洞口，往裡張望，只有姆媽那張蒼老的面孔擠成一團，有疼惜、有貪婪、有恐懼，還有些許無謂的殘忍。過了一會兒，又變成施逢德的面孔，眼裡都是冰，正伸出手來撫摸她的下巴，手也是一樣的冷。隨後唐暉出現了，他在她乾涸的身體裡探索過，之後便收起所有的痴迷與熱情，只給她一個背影。

「婊子！」

「妓女！」

這些字眼在她眼前緩緩飄過，她的頭顱不停搖晃，似要將腦漿都甩出來。

「就停在這裡，進去！快！快！」

是施逢德的聲音。

她不由得睜大眼睛，意識竟有些清楚起來，於是定定的望著他下巴上半白的短鬍鬚，思忖自己是否曾經愛過他。

此時，她感到身體再次飄浮起來，落到一張充滿福馬林刺鼻氣息的床上，她猜想可能是到了醫院，於是便有些安下心來。諸多針頭與皮管分別插向她的喉腔與手臂，她感覺不到疼痛，只是呼吸越發沉重。

「造孽啊！造孽啊……真造孽啊！」

布簾後頭，隱隱傳來姆媽的淒音。

她閉上眼睛，想讓這一切早些過去，可喉部似乎頂著一個硬物，強行將生命壓回到她體內。孰料，這樣的安定未能持續多久，朦朧間又被抬起，有人往她的胃裡灌了一些液體，她只好用嘔吐來回報，嗆人的黏物從嘴裡噴湧而出，流滿整個脖子。她費力別過頭去，想看一看施逢德還在不在，卻只看到幾個白色的身影在竄來竄去。

他大抵是不會再來了……

她心中湧起一股悲愴，且不說有沒有真心愛過他，最起碼，時至今日，她都未曾想過會失去他。

但是，她發現那個洞口在不斷擴大，裡頭所有的景物都變成了白光，她只好迎著它而去，緩緩步入洞內，遂被白光吞沒……

上官玨兒的死，成了上海灘一樁香豔奇聞。小報記者將她服毒自盡的過程寫得繪聲繪色，講說她當時寫的遺書裡充滿對施逢德的控訴，還在床單上寫了血字，甚至死時穿的旗袍都是赤紅簇新的，顯然是心有不甘，意欲化厲鬼報仇。

上海灘短短一週之內，死了兩位以美貌著稱的名女人：金玉仙與上官玨兒。一時間沸沸揚揚，祭奠哀悼者有之，冷眼旁觀者有之，嚼爛舌根者更有之。影院當時撤下所有新片，只放兩部電影，一是上官玨兒未完成的遺作《風流嬌娃》，二是一部改編自金玉仙劫殺案的三流作品《魂斷青樓》。

那幾日，唐暉每天在戲院看《風流嬌娃》，一天三遍，看的辰光，就是怎麼也不相信上官玨兒突然從這個世界上消失了。

做影星就是這一點占便宜，即便人不在了，音容笑貌還是留在膠片上，可供人一遍遍複讀她。

這亦是他生平第一次放棄報社要他做的跟蹤採訪，去一個法國人開的小酒吧裡買醉，把那兒的每個妓女都吻過，還與幾個海軍大兵幹架，被打到不省人事。醒來的時候，天已大亮，他頭上沾滿嘔吐的穢物與隔夜露水。

夏冰將唐暉拖回偵探社的辰光，杜春曉正在吃早餐——臭豆腐夾燒餅。她老遠看見唐暉，便皺眉捂鼻大叫：「快帶他去澡堂洗一洗！比我吃的東西還臭！」

可是已來不及，唐暉早已雙手抱頭縮在沙發上睡過去，身上每一寸皮膚都是碰不得的，一觸就會痛到驚醒，遂看人一眼，再蒙頭大睡。

杜春曉嘆道：「你說他是不是傳說中的『紅顏禍水』？最愛的兩個女人都先後死於非命。」

「妳怎知他還喜歡上官玨兒？」夏冰驚訝的推了推鼻梁上的眼鏡。

「因唯獨他寫上官玨兒的報導裡不帶一個汙穢的字眼，那不是愛就奇了。」她竭力壓抑住幽怨與憐憫，將話講得輕鬆隨意了些，果真惹來夏冰的白眼。

「那也不定就是愛慕，只是一般影迷的仰慕也未可知啊？人家是鐵漢柔情，有痴心的，哪像妳鐵石心腸，誰死了都不惦記！」他藉機發洩了一下對她的怨氣。

孰料此時卻見唐暉翻了個身，嘴裡喃喃叫著「小玨」，彷彿在刻意證實杜春曉的推測。她卻已將燒餅吃完，擦了擦手便要出門。

「去哪裡？」

「外面。」

「去外面幹什麼？」

「見一個人。」

他發覺她的背影竟比從前要消瘦一些，於是想起那位英俊儒雅的英倫男子，心不禁往下沉，她是去找他？但他忍住不問，因怕問了，她會講些他這輩子都不想聽的話。

這一次，他還是沒有料準她，她去見的是另一個男人。

與杜春曉因焦慮導致的憔悴相反，施常雲繼續增胖。長期沒有酒色歡縱之後，他體內某些健康因子便藉機冒了頭，所以原本縮成棗狀的眉眼竟挺拔起來。

「下次讓那小記者再來，我要向他好好討教些拈花惹草的經驗。哈哈！」

他的反應在她意料之內。她問：「你可知道斯蒂芬被一個叫珍妮的英國女人行刺了？」

「知道。」他點頭，「那個女人是誰？」

「聽那法國刑警講，她生前也是高級交際花，與死去的花國大總統還是金蘭交。」

「哦？」他挑了挑眉尖，顯然被勾起了興致，「如此說來，金玉仙的死，難道與斯蒂芬也有些瓜葛？」

她沒有回應，卻低了一下頭，假意在思考別的事。他看出她的窘迫與不安，又笑道：「高文的死，我還沒找他算帳呢，這回又牽扯到轟動上海灘的花魁謀殺案，他還真不低調！」

「而且珍妮殺進紅石榴的時候，嘴裡的牙齒被拔得一顆不剩，明顯是受過酷刑的，不曉得

又是誰動的手。」

「必定又是斯蒂芬指使誰幹的，然後自己完全脫淨干係，在一旁看戲。」施常雲竟講得有些咬牙切齒，「就這一點來講，他跟在英國的時候一樣，沒有變過。」

「你與他怎麼會認識的？又如何知道他在英國的事？」她明知問了也不會有答案，可到底熬不住，彷彿這樣問了才能安心。

施常雲這一次卻沒有對她竭盡嘲諷，反而神情裡有了一些喑啞，是她之前從未在他的字典裡讀到過的。

「妳心裡明白他是什麼樣的人，就該去阻止他。就像我為了對抗他，可以殺掉自己的哥哥。」

剎那間，她的呼吸凝固在半空中，斯蒂芬深情款款的魅笑幻化為一個陷阱，她在陷阱中央遊走，卻怎麼也無法逃脫。

「瓊安娜，妳好不容易擺脫了他，如今卻還是回到他手裡，可有覺得怨恨？或者……覺得高興？」

她繼續無言以對。

「妳不覺得，高文的死、金玉仙的死，還有珍妮的死、上官玨兒的死，他們之間都有某種聯繫？」他像是手下留情，適時轉了話題。

「我也曉得他們之間有聯繫，只是一時還找不出那個交結點。」她抬頭看他，「而且，你隱瞞了許多事，搞得我雲裡霧裡。」

「不管我隱瞞妳多少，首先一點，妳要找的小蝴蝶——就是金玉仙，已經死了，妳一味逞強，要待案子水落石出之時再去告知邢老闆，恐怕都成了馬後炮。記得瓊安娜妳從前很喜歡往水裡滴墨，看看那一池清水最後會有什麼樣的反應，這次不如也把金玉仙的事情找邢老闆坦白了，看看他下一步會有什麼行動。」

「我會去講，但不會再查下去。」杜春曉苦笑道：「小蝴蝶已死的事情抖出去了，我就再也不能從邢志剛那裡拿錢，所以我是一直憋著，但現在，竟也有些……憋不住了。」

話畢，她拿出手袋裡的香菸盒，只剩最後一根，她將它含在嘴上，將盒子捏扁，放在施常雲的探視窗口。

杜春曉離開的時候，每走一步，都彷彿踩著斯蒂芬的名字。

……※……　……※……　……※……

花園街的黃昏沒有落日餘暉的美景，卻瀰漫腔調沉悶的汙濁氣。幾對洋人夫婦牽著獅毛犬在石板小徑上散步，甜膩的桂花香繞過每個人的鼻尖，又飄忽而逝。雲層附著了一些詭秘的淡

粉，懶洋洋的在天際巡遊。

旭仔走過這樣的街道時，總是心情舒暢，身上所有的骨頭都拆卸下來擦拭乾淨了一般，整個人都是純潔的。

他憶起在廣東經歷腥風血雨的日子，為了逃命，便闖進一間民宅，全然不顧裡頭正在批改作業的教書先生。那教書先生並沒有驚慌，卻撈起床單，讓他躲進底下去，他在下面看著教書先生著一雙黑色布鞋的腳在來回移動。待危險暫時過去，教書先生將他從床底拉出來，給他燉了一碗米仁粥，還包紮了右臂的刀傷。

他觸到教書先生微涼的手指，一雙包藏智慧的眼睛在圓形鏡片後閃爍光芒。他不禁猜想對方的年紀，皮膚如此挺括，表情卻像五十歲了。

「為什麼救我？」他也知自己提了一個蠢問題。

教書先生拿一面鏡子來，照他那張被疼痛扭曲了的臉。

「因為你生得美，倘若剛才衝進來的是個五大三粗的醜漢，我是必定不會救的，反倒是逃出去作罷。但你是靚仔，你記得，靚仔靚女，總是比較占便宜。」

若干年後，他來到上海，充分領略到那教書先生話裡的分量，只可惜面上的疤痕斷了他的特權。於是他總是在心裡暗暗慶幸，倘若當初已被破了相，依那張殘缺的面孔，又怎能打動那教書先生救他性命？

所以「美色」是旭仔最在意的東西之一，沒有美色，只能憑頭腦，兩者均無的話，在上海灘幾乎無法生存。於是他總是留意那些外形出眾的男女，尤其百樂門這個地方，舞女都要靠天生的本錢吃飯，旭仔總是嚴格評判她們的姿色，並偷偷預測這些女人的未來。

有那麼幾次，他猜得極準，但是小蝴蝶的下場卻令他不禁懷疑起那教書先生的價值觀來，漂亮女人未必總是幸運的，有時她們會不自覺的吸引仇恨與野心。

他進而又想到米露露，這位珠圓玉潤的大美人兒，五官如西洋女子一般大氣，可她的魯鈍與自作聰明卻損傷了福運，所以怎麼樣都無法飛黃騰達。

旭仔實則也沒有什麼發財的念頭，當年的一腔熱血早被刀光劍影嚇得無影無蹤，他如今只想辦好自己的事，比如像現在這樣，潛入珍妮的住宅，找到邢先生想要的東西。

那幢兩層樓的西班牙式建築，是一位搞煤礦的山西暴發戶在上海置下的一塊私產，目的便是金屋藏嬌。珍妮一死，那裡便暫時空了出來，管家僕人均早已遣散，房子亦因沒有人氣而變得死寂。花園中茅草瘋長，幾株細小的楓樹頗煞風景的彎曲著枝幹。

旭仔踏過乾枯的草坪，用硬幣在屋子後頭的落地玻璃窗上畫了一個圈，敲碎，伸手進那玻璃洞將窗子打開，乳白色花邊窗簾吹拂到他臉上，有癢癢的感覺。

他開始替珍妮惋惜，有這樣的安身之處，又何必去做冒險的事？正如教書先生講的，俊男靚女，總是在世間占盡便宜。

可教書先生那張清秀的面孔，到最後還是毀在一瓶硝鏹水裡了。旭仔眼睜睜看著教書先生的前妻撲向他，而他則如往常一般腋下夾一本捲了邊的《詩經》走在巷子裡，風穿過他空蕩蕩的長袍下襬。他與她在最狹窄的地方打了個照面，旭仔就跟在後頭，只覺那是一個面色蠟黃、唇皮被怨恨染白了的婦人，無名指上戴了一枚瓷戒，白瓷片上恍惚還印著那男人玉樹臨風的頭像。她猛地將瓶口對住教書先生揮出去，教書先生沒有躲開，只是捂著臉蜷在地上慘叫。

不知為什麼，旭仔沒有去追那婦人，卻看著痛苦掙扎的教書先生，一言不發。

記憶被房內幽暗的光線擾亂，旭仔拿出金屬打火機，製造了一點兒光明。隨後摸上樓梯，辨別哪裡是珍妮的房間。

最後選定一扇虛掩的白色鏤花門，因從門縫裡看到有一張西洋四腳床，便猜到那必是主人的寢室。

在那裡，旭仔一面回味教書先生面目全非的慘狀，一面翻箱倒櫃。他並不介意在離去後會被人發現這裡來過不速之客，重要的是找到那東西！

但是在翻查的過程裡，旭仔自己都覺得好笑，人都死了好幾天，這裡多半亦被警察和自家僕人掃蕩過無數次了，東西說不定早已收走，哪裡會留給遲來者一點機會？但倘若不查，又顯得不夠盡責，所以他找得非常仔細，摸過被褥的每一個邊角，把枕頭悉數割開，更想辦法打開了床頭的保險櫃，保險櫃裡還是空的。

旭仔瞭解女人，知道她們藏東西永遠離不開臥室和床，於是他甚至把四根金屬床腳都抬起來，擰掉墊腳，看那些空心的管子裡是否會存在奇蹟，連梳妝臺的每一個暗屜也都開啟過了。

一無所獲。

他有些沮喪，但還沒有完全氣餒，轉身下樓開始敲第一寸地板，原本鋪在客廳裡的地毯應該是被管家偷走了，所以搜起來反而簡單。但是胡桃木地板始終只發出沉悶的咚咚聲，他最後只得站起身，靠在書架旁休息。

書架？

在旭仔的印象裡，高級交際花都會將自己偽裝成學富五車的才女，所以他不由得有些好奇這位珍妮姑娘會讀些什麼書，於是轉過身去，將打火機湊近架子上的書脊窺探起來。他其實頗有將書架傾倒的衝動，只是怕動靜太大招來麻煩，於是細細的看，上頭有精裝牛皮封的《狄更斯全集》、《茶花女》、《白鯨記》之類的英文原版書，只左側最角落裡放著一本《海上花列傳》……

這罕見的中文讀本勾起旭仔的興趣，便抽出來翻了幾頁，一張紙片從書頁裡飛出，在昏暗中輕輕飄落腳邊。他撿起來，想也不想便放入衣袋，剛要轉身，卻突然僵住，不再動彈。

因後頭有一個人，似乎正打算趁他不注意的辰光離開。可真的沒有什麼人可以從他眼皮底下逃走，包括現在這一位。所以旭仔將手裡的書丟向身後，只聽得「啊」的一聲，那人顯然受

了驚嚇，他回頭看到對方正捂住額頭，卻絲毫沒有要再逃的意思，反而坦然的坐在地上，齜牙咧嘴起來。

「你是誰？」旭仔走向對方，用打火機照那人的臉。

「你又是誰？」

他開腔的辰光已一拳打在對方面門上，下手有力，卻不至於打暈對方，對於揮拳的分寸，旭仔總是十分自信。可那個人卻躲開了，輕巧、靈動，讓旭仔的拳頭結結實實砸在了空氣裡。

「我是私家偵探，有人雇我來這裡找一件東西，找到就可以回去了。」

旭仔這才看清他戴的眼鏡很舊，有一張溫良的臉孔，眼睛卻是有神的，似乎利益不容侵犯。他知曉來人不好應對，只得乾笑一聲，道：「那找到了嗎？」

夏冰搖搖頭。

「為什麼我在這裡轉了那麼久，卻沒發現你?你藏在什麼地方?」旭仔用平板的聲音掩飾好奇。

「跟我來！」夏冰臉上浮起一層得意，似乎很樂意與陌生人分享成就。

旭仔遲疑了一下，還是跟著他走到樓梯口後側，那裡的暗門半開，夏冰取出手電筒，往門內照了一下，是一截深不見底的樓梯。

「裡頭有什麼？」

「什麼都沒有，每只箱子裡都空空如也，而且很亂，舊衣物丟得到處都是。」夏冰深吸了一口氣，彷彿在為那間小小的地下室默哀。

旭仔沒有下去，只是一動不動看著夏冰。

「怎麼，要讓我先下去？」夏冰苦笑，「我已經下去過一次，不想再去了，而且約了人，要早走，你若好奇，就自己進去看一看。」說完，他便裝模作樣撣了撣身上的灰，轉身推開一扇窗，一躍而出，丟下旭仔一個人對住地下室。

旭仔沒有下去。

確切的講，他是沒有辦法下去。數年前他攀上開往南京的列車時，一個人躲在啤酒桶內不敢吭一聲，大小便濡濕了下半身，還摻雜了酒氣，幾乎將他熏到暈厥，但更恐怖的是黑暗。無論手腳的伸展活動如何細微，都會頂撞到堅硬潮濕的桶壁。所以，那裡成了他的噩夢，比小時候三天沒飯吃、被人踢斷三根肋骨呼吸起來會劇痛還要恐怖。

但是，剛想退回，已來不及了，一股強大的衝力將旭仔往那深不見底的黑淵推去。他發現自己的面頰正在疾速貼向木製臺階，於是本能的用手去擋，可雙腿卻又懸空，令他平衡盡失。頭、脖頸、手臂、腳踝、後腰、側腹輪番擦過一些突起的堅硬物，他知道那只是梯階，卻不知該如何阻止，只得一味雙手抱頭，翻滾到一片塵埃裡，然後停下。

他沒有馬上試圖站起來，卻是靜靜伏在地上休息了一下，再動了動雙腳，確保它們依舊活動自如，再慢慢抬起兩條胳膊支撐上半身的重量，有些吃力，明顯是手臂傷到筋了，但並不礙事。他小心站起，腰間發出「咯」的一聲，讓他自己都心驚肉跳，人有時往往受自身反應的驚嚇多一些。

接著他又想到打火機，但摸遍每個口袋都找不到，腳底下卻踩著了軟綿綿的東西，是剛剛那個私家偵探所說的那些雜物。

當然，旭仔到這個辰光還未完全絕望，直到頭頂傳來「碰」的一聲，地下室的門關上了。世界隨之熄滅。

……※……　……※……　……※……

埃里耶的食量隨著氣候轉冷而與日俱增，所以在夏冰跟前吃下第三塊巧克力蛋糕的時候，還顯得有些不好意思，因為對方一塊都沒有吃。

「看來重要的東西已經不見了。」埃里耶長嘆一聲，把杯中冷掉的咖啡一飲而盡。

夏冰苦著臉，兩手托腮，盯著碟子裡的點心，喃喃道：「我在那裡碰上一個帶廣東口音的人，他也在找什麼東西，想是與我們找的一樣。」

「不見得。」埃里耶抹了一下鬍子，左手輕拍渾圓的肚皮，道：「要知道，漂亮的女人身上能背負一百個男人的秘密，所以她們死後，很多男人會在惋惜之餘鬆一口氣。」

不曉得為何，夏冰突然想到了杜春曉，她身上背負了多少秘密，是否與男人有關？可那些都像是禁區，她不講，他便不敢問。

「不過……」埃里耶似乎心情非常好，願意透露更多的資訊給夏冰，「我聽說斯蒂芬很好賭，所以曾經向高文借過錢。」

「真的？不用講，那借據肯定不見了，為了擺脫債務，他的確有可能指使那幾個俄國人幹掉高文。」

「可現在也只是推斷，並沒有證據。再說像高文那樣精明的商人，是不會輕易借錢給他人的，必定有什麼便宜可以占，他才肯點頭。」

「那你們有沒有問過斯蒂芬？」

埃里耶突然長長嘆了一口氣，在陽光下伸了個懶腰，道：「問過，他也承認有這筆欠款，但是現在沒有人受託向他討回，所以他還是心安理得開他的餐館。」

「這就是所有的陰謀了？」夏冰總覺得動機有一丁點牽強。

「我也覺得事情不可能這麼簡單。這個傢伙太狡猾了，許多事情與他都有脫不掉的干係，所以，小夥子……」埃里耶用極度信任的態度輕拍夏冰的肩膀，「我們還得一起努力啊！」

「下一步要怎麼做？」

「讓你的包打聽去查一查那廣東仔的背景，順便摸一下斯蒂芬有沒有女人，一位迷人的紳士背後一定會有女人的。」看到夏冰面露難色，埃里耶又笑道：「這個，可以找你的未婚妻幫忙，她看上去要比你聰明一些。」

夏冰這才明白埃里耶找他的全部用意。

……※……　……※……　……※……

杜春曉連續在紅石榴餐廳待了三天，每天從下午兩點坐到晚上八點，帶了一副牌、一本《狄公案》以消磨時間。斯蒂芬每次都請她一杯免費的龍舌蘭酒，上面放一片青檸，她喝完後，會專點一個叫艾媚的女侍者為她服務。

即便杜春曉的行徑如此古怪，斯蒂芬也沒有感覺詫異。雖然那女侍者手腳並不利索，偶爾還會算錯帳，但許多風度不凡的男客會給她豐厚的小費，因為看起來有些笨的美女，總是格外受青睞。

但是杜春曉對艾媚的興趣，並非那姑娘十七妙齡、又面頰紅潤如水蜜桃，卻恰恰是她的「笨」。

如夏冰講的，珍妮襲擊斯蒂芬那日，在她持刀衝向斯蒂芬的時候，不知誰將一整個托盤砸向她，這才讓斯蒂芬有了掏槍自衛的機會。所以杜春曉連日來一直在找這個人，尤其是埃里耶透過夏冰給她的委託，令她變得異常執著，似是要露一手給那法國人瞧瞧。

於是，她直覺那個試圖用托盤保護老闆的人，應該就是那個看上去老氣橫秋的俏姑娘。只有她與斯蒂芬的眼神接觸裡是流蜜的；只有她在將堅果裝盤的時候，斯蒂芬會將一隻手撐在吧檯上，與她的腰背似碰未碰；只有她將小費如數投進吧檯上的小費箱裡；只有她似乎從來沒有流露過不耐煩的表情，晚餐時分的高潮，腳步總是歡快的，真正做到了「滿場飛」。

杜春曉戀愛過，她明白愛上一個男人是什麼樣子，更明白愛上斯蒂芬會是什麼樣子。

「我今天只想要一份蘑菇湯。」

「好的。麵包要來一份嗎？」

「這個……你們老闆不在，還是算了。」

「為什麼老闆不在就算了？」

「因為我付不起錢，需要他請客。」

艾媚臉色果然一陣紅一陣白，張了張嘴，卻沒有再講什麼，匆匆離開了杜春曉的桌子。

不消一刻，蘑菇湯端上來，既濃且燙，杜春曉繼而再點一杯咖啡，一直等到八點鐘，見艾媚和一個長滿青春痘的男侍者交了班，她才跟著結帳。

紅石榴餐廳的後巷子裡，倒是別有一番風景。對面是灰水泥塗層的舊樓，門口掛著一排拖

把，牆根甚至靠了一、兩個忘記收回的馬桶，穿著金粉色旗袍、圍羊毛披肩的舞女三三兩兩走到巷口去叫黃包車。

杜春曉倚在那裡看著，紅石榴的一個二廚與兩個前廳招待都已經走出去了，艾媚最後一個出來。與那身黑襯衫白裙的裝束不同，她已恢復清湯掛麵的中短髮，髮梢柔順的往裡彎起，像是用火鉗燙過，一圈油黃的燈光圈起她素淨的面孔。

「艾小姐！」杜春曉跑上前來，伸出胳膊欲與她挽在一起，對方卻警覺的退後兩步。

「做什麼？」艾媚歪一歪頭，大抵是有些不相信還有女客會騷擾她。

「據說你們老闆受到瘋女人襲擊那日，妳出手救了他？」杜春曉咳了一聲，開場白異常生硬。

艾媚愣了一下，笑道：「那個丟盤子過去的不是我，是阿申。」

「但妳看起來和斯蒂芬比較親。」

「杜小姐才是和老闆親近的女人吧？」

杜春曉心裡一跳：她果然知道她！

「那妳可知道，除我之外，老闆還有其他的女人嗎？」

她們之間的空氣產生片刻的凝固，然而很快便化開了，因其中有一位出了狀況。

出狀況的是杜春曉，她突然臉色發青，捧住腹部彎下腰來，但腸胃像是瞬間凍結住了，又硬又鼓，與她發軟的四肢無法協調。於是她想把那些硬塊吐出來，這一吐，將先前吃下的蘑菇湯噴得到處都是。

艾媚下意識的要上前扶她一把，卻又退了，一臉的不知所措。

「妳在我湯裡下毒了？」杜春曉驚訝的望住她，眼眶幾乎要瞠裂了，她斷想不到這弱小的女子會懷有如此強烈的妒恨。

「我……我沒有！」艾媚帶著哭腔叫道，兩手與後背緊貼住長滿青苔的牆壁，左右張望，彷彿在求救，又像是不想有陌生人靠近。

杜春曉已吐得死去活來，小腹上方的劇痛像要割斷她的腸子，把內臟都掏挖出來。她這才感受到了恐懼，恍若死神逼近的足音已在耳膜深處咚咚作響……失去知覺的瞬間，她終於聽見有人高喊：「趕快送醫院！」

的確，青黴素的氣味從未讓杜春曉如此安心過。

夏冰將她的頭顱輕輕抬起，拿枕頭墊了。唐暉還在旁邊擺弄相機，他的絡腮鬍正在瘋長，快要蓋住大半張臉，頭髮亦長得離譜，油膩膩的貼在頭皮上。

而她也終於意識到什麼叫做虛弱，尤其肚皮上那塊紗布，正散發出淡淡的藥味，背部與小腿上的癢處，已沒有能力自行抬手消解，於是只得教夏冰替她撓。

孰料夏冰竟冷笑道：「妳還是讓那個給妳下毒的艾小姐來撓吧！」

「她在哪裡？」

「在外頭候著，大抵是擔心妳報警。」

艾媚進來的辰光，是頂著兩個黑眼圈的，可見是前夜一直處於不安之中。

「我真沒有、真沒有……杜小姐……」

杜春曉忙笑道：「不要管有沒有吧，回答之前問妳的那個問題便好了。」

艾媚面色一緊，下意識的搖了搖頭，然而杜春曉卻向夏冰伸出手來，夏冰當即會意，把一副塔羅牌放到她手中。

「妳不講，事情便麻煩了，不信便抽一張。」杜春曉將牌列成扇狀，遞到艾媚跟前。

艾媚猶豫半晌，還是抽了一張——高塔。

「這座塔，意指落花有意，流水無情。妳在一個男人身上浪費的感情太多，積沙成塔，最後卻高處不勝寒，終究還是要從那裡下來的。」她一臉同情的將那張牌收回，道：「該了斷的時候，一切都必須了斷，哪怕有些事情已經來不及了。」

「艾小姐，其實我們還沒有報警，妳也曉得如今的巡捕是什麼辦事作風，妳一個女孩子家，被帶去巡捕房審問，傳了出去也總歸不好。孰輕孰重，妳自己衡量。」

講這話的是夏冰，他嘴上硬，心裡卻是軟如稀泥，生怕那姑娘哭出來，他便只好放過她。

孰料艾媚像是下定了什麼決心，將頭一仰，道：「好！你們要知道些什麼，我都告訴你們不就成了？」

「想知道你們老闆除妳之外，還養過哪些女人？」

不知道為什麼，杜春曉講話忽然不客氣起來，竟有些要當眾讓艾媚難堪的意思。

艾媚聽到「除妳之外」和「養女人」之類的句子之後，果然面露尷尬，但拿眼睛偷瞟的竟是唐暉，可見這男子亦有「天生麗質」的嫌疑，是怎麼作踐自己都無法損其「美色」，照樣引人注目。

「原先，我以為他只有我一個，後來發現他每個週五晚上，人便不知去向，週六我去他住的地方收拾，那裡的床鋪都是整齊的，像是沒人睡過……所以……」她的語氣開始變得有些艱難，「所以我大約猜到他外頭還有個女人，抑或在幹些我們不曉得的勾當。可是他很愛乾淨，做事情滴水不漏，我無從查起，也想過放棄算了。」

「可惜事情到了這個地步，妳若再不肯面對現實，恐怕有些對不住自己和自己的將來。是不是？」

夏冰與唐暉在旁一臉茫然，因不懂事情已到了「這個地步」是什麼「地步」。

「嗯。」艾媚拿出帕子摁了摁眼角，其實她並沒有要落淚，只是但凡女子，都愛在不必預防的時候預防，卻在最關鍵的時刻錯失良機，「所以我要找到那個女人，便在上週五晚間裝

病，先去他的公寓找，並不見人，於是又到一家他從前帶我去過的檯球俱樂部，總算見著他了……」

「然後跟蹤他了？」

「總覺得，他在那裡打一晚上的檯球斷不可能，可他身邊卻有個洋女人。」

夏冰腦中即刻浮現珍妮在紅石榴餐廳出現時，那張慘不忍睹的面孔。

「偏巧我在那裡碰上從前在紅石榴餐廳與我一道上班的服務生，他說那洋女人叫珍妮，是有名的交際花。我當時心裡吃了一驚，卻也有些放心。因她是交際花，斯蒂芬就不會與她有什麼結果，頂多白相一陣子，也就丟了。而且，看他們兩個人在一道，雖然樣子顯得親昵，但斯蒂芬的眼睛似乎一直是望向別處的。我瞭解他，知道他喜歡什麼樣的女人……」

「哈！」杜春曉不由得冷笑，遂發覺自己失了態，忙捂了嘴，示意她繼續。

「所以那天晚上，我便在他的公寓裡坐到天亮，也不管爹娘會不會操心……」

唐暉這才對艾媚產生了一點興趣，能想到爹娘的女孩子，多半是家教甚好的小家碧玉，禁不得大風浪，於是對她又起了憐憫之心。

「等到第二日，斯蒂芬果然回來了，臉色很不好看，手上還有傷。他一見我便大發雷霆，我從沒見他氣成那個樣子，於是急急的把我的事體跟他講了，誰知道……」她的聲音又開始哽咽起來，「誰知道他沒有在意，只說讓我繼續上班，不要被別人發現有異常，過些時候，他就會處理好了。」

「可是過些時候，妳的情敵卻要殺他。」杜春曉喉嚨和腦殼都癢癢的，明顯是犯了菸癮。講到這一層，艾媚似乎眼睛一亮，像是看到了希望：「那個珍妮，不是斯蒂芬唯一的情人，他還有一個女人，只是我怎麼都查不出來。」

「那妳又是怎麼知道的？」

「因為香水味。」

艾媚臉上難得閃現一抹灼熱的智慧之光，杜春曉不由得感慨：女人的小聰明永遠都用在不該用的地方。

「但是有一次，我給他洗衣服的時候，從他的衣袋裡找到一個火柴盒，背面寫著一個地址，我幾次想去，卻都不敢，生怕看了會更傷心。」

「給我。」

杜春曉毫不客氣的伸出手來，艾媚遲疑了一下，從手袋裡拿出擠扁的火柴盒放到她手心裡。杜春曉看了一眼，長長的舒了一口氣，似是用這樣誇張的表演引起那兩個男人的注意。

「艾小姐，真是難為妳了，快回去休息吧，我中毒的事體妳別放在心上。」她終於放過艾媚。

「什麼中毒！沒想到一個闌尾炎都能讓妳套出大秘密來，當真好本事！」艾媚一走，夏冰

便伺機嘲笑杜春曉。

「對，我就是這麼下作，可你不是也幫著我恐嚇人家一個孕婦？你若再敢調戲我半句，那地址就休想拿到！」

夏冰這才曉得「這地步」指的是艾媚懷孕，於是越發氣惱，吼道：「拿不到拉倒！這樁案子越追越亂，接下去也沒有錢拿，還不如回去替有錢太太找京巴兒來得實惠！」

「那你趕緊去，再不去晚了！」杜春曉氣急之下，便猛然翻了個身，突然傷口一陣刺痛，令她不由得齜牙咧嘴起來。

夏冰忙上前將她扶住，唐暉在一旁只當看戲。

「唉喲……」她一面擺平身子，一面對著火柴盒上的地址呻吟道：「其實你還真不用去了。」

「為什麼？」

「因為我以前去過了。」

……※…… ……※…… ……※……

燕姐騎跨在邢志剛的腰間，手指用力按熵他肩背上的每一個氣結，因是使了真力的，所以能聽見骨肉摩擦後將廢氣擠出體外的「噗噗」聲。他髮根濃密的後腦勺對住她的臉，飄浮一股稀淡的水果清香，她忍不住將乳房緊貼住他，在他耳邊輕輕吹氣。

「舒宜嗎？」

邢志剛沒有回答，只發出一記長長的呻吟。

她希望他能就此勃起，可又突然沒了信心，只好用面頰蹭那勻稱健美的肩膀。「在想什麼？又一個人悶悶的。」她明知他沒有不快，卻仍然不敢怠慢，他陰晴不定的個性，總會時不時給她一些突如其來的打擊。

「嗯？」邢志剛拍拍她的臀部，她只好從他身上下來，將睡袍披上，生怕他看到她腰間的贅肉。他坐起來，腹部隱約滑動的塊狀肌肉令她自慚形穢。

「還不是想關淑梅的事？」他直呼小蝴蝶的本名，再次令她心驚膽戰，「妳也曉得，這個事情不處理好，秦亞哲這個老混蛋是不會放過我的。」

「反正他自己也曉得的，小蝴蝶人都死了，東西不定被她賣了丟了埋了，到哪裡再去查？連那個洋女人家裡都找過了，沒有嘛。」燕姐嘟起嘴，盡揀些寬心的話講。

他似乎是察覺到了她的體貼，將她摟在懷裡，捏住她的右乳。她全身一陣酥軟，彷彿瞬間回到十六歲。

「那麼，總要有人去挑這個擔子的嘍。」他一面在她耳垂上輕咬，一面將她壓住。她胯部

一陣燥熱，於是將他抱得更緊。他呼出一口氣，「之前想讓施常雲來挑，結果這小子看起來竟比表面要聰明許多，咱們少不得還要想其他的法子。」

他似乎興致極高，已探入她的私處，並不住蠕動，有些慢條斯理，但目的明確。她按捺不住，去吻他，他拿手摁住她的額頭，不讓她接近，但下身還是與她緊緊糾纏。她只得就這樣屈服，但隱約覺得他動作比平素竟遲鈍一些，似乎心裡裝著別的事。

是什麼事呢？她一時有些迷惑，直待他的兩隻手壓住了她脖頸上的大動脈，才恍然大悟。

「小燕，妳不要怪我。」他說完，手勁加重。

她登時與空氣失去聯繫，兩條腿不由得開始抽搐，未曾想已被他死死壓住，陽具甚至阻止了她的緊張，她感到私處還在不斷起伏，於是索性放棄抵抗，盡情享受。

「妳早就想這樣了吧？」

她拿眼神與他對話，想告訴他一些感受，以及彌留之際的某些依戀。瀕死一刻，她竟有些欣喜，因是死在自己最愛的男人手裡。

邢志剛放開手的時候，燕姐雙目微張，眼角還掛了一滴淚。他退出她尚且柔軟的身體，走進浴室裡，到這一刻，他還是有些不信她已經死了。從前他無論面對順境逆境，她總是在他身後，以至於他只要聞到她特有的氣息，便覺得萬事都可以應對。現在，那氣息變成了惡臭，她正慢慢變冷，且很快就會腐爛。

想到這一層，他便瞬間沮喪起來，努力盯住鏡中的自己，眼圈發熱，喉嚨發乾，頭髮像倒刺一般豎在頭頂，胸前尚有被指甲抓撓過的紅印。她彷彿在那裡匆忙寫下了一份遺書，交代他今後的路要怎麼走。

他拚命忍住喉間的嗚咽，走回臥室，撈起紗帳，看那具有些蒼老，腹部皺皮明顯的屍體。口紅塗花了她的下巴，似在嘔血。他抓起床單給她抹乾淨面孔，又考慮是否真要替她操辦一封遺書，於是停下動作，翻找出一張信紙，開始落筆。這才想起，他幾乎從未見過她的字，於是緊張了數秒，可沒多久又輕鬆下來，正因只見過她的簽名，不曾有字，才更方便捏造。他是怎麼也不相信警察會比他更瞭解這個女人，從她的住處翻出她的手跡來。

這個遺書要怎麼寫，他已想了個大概，只是在分配遺產一事上，卻又莫名焦慮起來，因不曉得她究竟有多少財產。只聽聞她老家在東北，六歲被人販子賣到北京，輾轉流離才到了上海，這樣的女子，大抵是不考慮身後事的。

他這樣自以為是的揣測了一陣，便將這個部分略過了，通篇只有她如何偷盜東西，栽贓小蝴蝶，後又怕東窗事發而買兇將她暗殺的假罪狀。末尾再署上燕姐的本名——畢雪燕。這名字令他覺得陌生，因埋藏在腦中太久。

他以為，秦亞哲會相信。

而事實上，沒有燕姐，邢志剛製造的一切假象，都是極易被識破的。這一點，他自己在一

個月後便領教到了。

……※……　……※……　……※……

杜春曉近期常去見的一個人不是斯蒂芬，而是無所不知的小四。

夏冰頭一次見小四到醫院探病的辰光，嚇了一跳，以為有什麼重要情報，孰料對方卻拿出一包雲片糕和一包玫瑰酥糖來，左邊空癟的衣袖安穩的垂在一側。杜春曉當即眉開眼笑：「你怎知我想吃老家的點心？」

當然，夏冰的疑惑很快便自動打消了，因杜春曉身上發生任何出乎他意料的事體均屬正常，這便是她，倘若她不是這樣的神奇，也許至今他們都還在青雲鎮經營書鋪，隨後結婚生子。

出院後的杜春曉與小四走得越發近，時常打聽些與小蝴蝶一案完全沒有關聯的事體，譬如赫赫有名的「小八股黨」。

這個小八股黨，以專門打劫潮汕幫運入上海的紅土為生，且屢次得手，幕後老大是誰尚未確認。有人猜測小八股黨是受洪幫老大黃金榮暗中指使，亦有人認為這是另一個新崛起的秘密組織。

這些八卦從小四的口中講出來，就如說了一段《三國演義》，當即引起杜春曉的興致。某一日，小四又說小八股黨棋逢對手，在外白渡橋邊遇上自稱「大八股黨」的一幫人，於是中了埋伏，死傷慘重，那大八股黨傳說是潮汕幫雇來的保鏢，專門確保紅土的順利運達。杜春曉聽得興起，當下大腿一拍，道：「咱們去那裡逛逛，說不準還能拜個山頭！」

小四冷笑道：「杜小姐說玩笑話了，這地方一到晚上便暗潮洶湧，去了等於送死。」

但杜春曉還是去了，不過還在了白天。

黃浦江上依舊有幾個巡捕在打撈浮屍，仍是骨瘦如柴、頭髮長亂的男性。杜春曉自吳淞口碼頭登船，一路坐的是不起眼的烏篷船。沿途見岸邊停了幾艘駁船，船夫模樣的人正蹲在甲板上刷牙，彷彿先前那些屍首從不曾打他們眼前漂過。

選在英租界碼頭上岸之後，杜春曉長長嘆了一口氣，氣候已變得乾冷，她每呼吸一下都要用脖上的圍巾捂一捂嘴。

路邊有穿著明顯大一號的呢料西裝、戴鴨舌帽的少年在人群裡走來走去，還有操廣東口音的碼頭工人在貨堆邊抽菸聊天，聲音很響，彷彿做什麼見不得人的事都可以光明正大。

她驀地想起小四的忠告：「如今運來上海的煙土，早已不是英國人和法國人做的生意，而是潮汕幫與兩廣幫為主，從公海直接運至吳淞口，再由租界裡的人派船接應。做大一點的，還會買通水警與緝私隊親自護送，這樣就可以免掉關稅，透過英租界的煙土行銷貨。所以盡量少

靠近那個地頭，尤其夜裡，撞到一個不小心，沒準兒也要變成黃浦江上的死屍咧。」

一上岸，杜春曉便直奔紅石榴餐廳，一來是餓了，二來是她想與斯蒂芬談一下從艾媚處查到的那位神秘女子。她之所以不想順著這個地址去找那女子了，而且死死瞞住夏冰，並非故弄玄虛，而是總有些情緒和預感令她難以釋懷，所以不如與斯蒂芬談談，多為自己加一些籌碼。

可惜，斯蒂芬不在紅石榴餐廳，接待她的是一位陌生的洋人，面目乾淨，舉止得體，但言行裡透出一股生冷氣。這是杜春曉熟識的一類人，他們聰明自負，有極強的抗打擊能力，因此從不在陌生人面前表現親和力，然而必要的時候，他們還是會這麼做。

什麼是必要的時候呢？

她突然屏住了呼吸，皮膚上彷彿又爬滿倫敦那些蛛網般密布的巷道裡滋生的蜘蛛。總有幾位穿斗篷，留鬍鬚的男子在某個巷口突然出現，如蝙蝠一般鬼魅。

眼前的英國人布洛克，就給杜春曉這樣不快的感覺。

「我們沒有權力打聽老闆的去向，妳知道。」布洛克聳肩的姿勢與斯蒂芬一模一樣。

「好吧，反正我已經知道他在哪裡了，現在就可以去找他。不過……」她點了一下吧檯後的一個正滲出濃烈肉桂香氣的橡木桶，笑道：「走之前，我想先來點這個。」

布洛克只得拿出一只高腳杯，走到橡木桶前。

「布洛克先生，現在你是這兒的老闆了吧？」

布洛克回頭，見杜春曉手裡晃著一張皇帝牌。

「算是吧，妳看得出來？」

「在發現這裡的收錢櫃改了位置之前，我還真沒有看出來，想必轉讓金便宜得很，也包括保密費在內？」杜春曉用流利但口音彆扭的英語刺破了布洛克的傲慢。

「杜小姐，我什麼都沒說，全是妳自己猜的。」布洛克無奈的撓撓鼻尖，將裝紅酒的杯子移向她。

「對。」杜春曉將紅酒一飲而盡，道：「是牌幫我猜的，除了你賣的葡萄酒兌水太嚴重之外。」

「斯蒂芬要我留個話給妳。」布洛克擺出現在才想起來的表情，顯然是想掩飾窘態，「他說妳找到他之前，得先查出上官玨兒的死因。」

「查不出來我也一樣能找到他！」杜春曉既興奮又無奈，因她知道唯有再去那裡，才能找出真相。

「到底逃不過啊……」

走出紅石榴餐廳的辰光，杜春曉不由得喃喃的感慨。

已接近正午時分，陽光漸漸令身體有了暖意，行人也開始多起來，這家曾經由斯蒂芬經營

過的餐廳，卻仍未滿座。一家店是否易主，只有熟客最先察覺，他們一進門，便能嗅到異樣的氣味。

杜春曉懷著滿腔遺憾，坐上一輛停在餐館門口的黃包車，車夫殷勤的拉起篷子替她擋風。再也不能在這裡吃白食了！她沮喪的想。

「小姐要去哪裡？」

她怔了半秒，遂報出了畢小青的住址。

…※…　…※…　…※…

畢小青的手掌已青白見骨，她曉得自己又瘦了，樓下房東太太好心給她燉的笨雞湯與糯米羹，似乎都沒有起作用。她終日都有些惶惶的，時常不自覺的撫摸脖頸，彷彿死神之手從未從那裡鬆開過。尤其夜半時分，她總是醒著的，彷彿有一根刺抵在腦仁深處，一旦睡意壓近，它便上前衝殺抵抗，搞得她動彈不得。

那一晚，她原以為還會如往常一般，聽窗外冷風呼嘯，那張花了一個版面刊登上官玨兒服毒自盡的《申報》，令周遭越發顯得風哽草咽。她將棉枕折彎，堵住自己的耳孔，竭力想要入眠，可惜不頂用，終有一些瑣碎的聲音會化作透明水流，潺潺灌入耳內。

呼吸聲、貓叫聲、落葉掃地聲、樓下賣燒肉粽的阿伯收攤的響動、腳步聲……腳步聲？她猛地睜開眼，棉被裡溫暖渾濁的空氣霎時變得凝滯。待掀開被子時，另一個人的呼吸聲便越發濃烈起來，不規則的，甚至充滿憤怒的凌亂吐息收緊了她的神經！她即刻拉亮電燈，室內變成了一個古怪的白夜，什麼都暴露了。

「妳是誰？」

她竭力保持平靜，既不尖叫，亦沒有操起墊被下的防身匕首來自衛。因那個幽靈般潛入的人，亦是女子，是個年紀比她略小、表情比她更驚恐的女子。一瞬間，她們的對峙似乎完全失去了凶險的張力，反而有些淒涼起來。

「姑娘，妳看起來不像是沒飯吃的，面相也不奸險，怎麼會想到幹這種營生？」畢小青盡量放低音量，似是起了憐憫之心。

那姑娘頭顱不停的顫動，有些要退縮的意思，但卻又不甘心，像鼓了極大的勇氣才開了腔：「妳離開斯蒂芬吧，要不然我跟妳拚了！」

她這才發現來人手裡握著一柄烏黑的舊剪刀，顯然是普通人家修剪枝葉和蝦鬚用的。畢小青有些想笑，只是看到對方白慘慘的尷尬面容，又有些不忍，於是撐起身子，想下床。

孰料那姑娘卻吼道：「不要動！」遂靠近了兩步，將剪刀尖端逼在她的喉間。

畢小青並沒有怕的意思，她曉得什麼樣的人才真正可怕。

「姑娘，我不認得那個叫什麼斯蒂芬的，所以妳找我拚命就有些荒唐了。不然，妳坐下來，慢慢講一講事情原委，也免得我糊裡糊塗便死在妳手上，妳冤，我更冤，不是嗎？」

那姑娘沒有回應，像是怕受騙，只是刀尖又逼近了一些。畢小青只得退後，靠在牆壁上，隔著薄睡衣的背脊已熱氣全無。

「妳不要裝！他就是這樣，喜歡愛騙人的女人，妳是，另一個也是！」話畢，她已泣不成聲，眼淚鼻涕已混到一處。

「另一個又是誰？」畢小青覺得有機可乘，便將背部稍稍脫離了冰冷的牆面。她清楚對手越慌亂，自己便越危險，但同時也最具逃脫的可能性，如果再繼續糾纏下去，便只能抽出墊被下的匕首與之對決。

可是……她望住對方與她一般細弱的手臂，不由得又猶豫起來。

「妳不要管另一個是誰，我……我找不到她，就只能來找妳！」

「妳認為這個斯蒂芬在我這裡？」畢小青偷偷換了個姿勢，將身體前傾，右手慢慢挨近床邊，「妳若真有這個懷疑，可以找一找的。」

她咬牙瞪了畢小青好一陣，突然退至衣櫥邊，將手伸到背後，拉開了衣櫥門。這一連串的動作做得很艱難，因她的眼睛一刻都不曾離開畢小青。畢小青對她點點頭，示意她轉過身去查探，且用表情保證她不會起任何惡念。

於是她轉身，翻找裡頭少得可憐的幾件衣服，三件灰羽旗袍、兩件厚羊絨風衣、兩件棉短褂、一件黑色男式風衣，以及男式厚西裝三件套。底下的抽屜裡是一些內衣，襯衫很少，然而都很新，像沒穿過抑或只穿了一次的……

那姑娘將裡頭的兩套男裝摸了好一陣，令畢小青不由得心臟一陣打鼓。半晌，她總算回過身來，只是手中利剪並未放下。「對不起，大概是我搞錯了。」聲音有些遲鈍，但很肯定。

畢小青略略鬆了一口氣。

……※…… ……※…… ……※……

旭仔在家中靜養整五日。前三日，他一直在睡覺，似乎要讓每一寸筋骨自行調整，直到肩背處的疼痛不再洶湧。第四日，他到樓下吃了一碗小餛飩，又從一個猶太裔商販手中買了許多可以存放的罐頭，但是剛吃了一口沙丁魚便吐光了。第五日，頭痛欲裂，他對自己被推入珍妮家地下室的事情耿耿於懷，尤其是那張從《海上花列傳》中掉落的紙片，他越想越覺得那不是紙片，應該是……

第六日，旭仔原本還不想去百樂門上班，邢志剛卻找上門來。燕姐死了，他要他協助安排葬禮，不要隆重，也不擺白酒，只抽一個晚上叫所有舞女聚一聚便可。這大抵便是無根之人最

好的待遇了吧！

旭仔只想到這一層便停止了，他從不考慮身後事，但對燕姐的死，始終感覺有一些彆扭。聽米露露講，燕姐便是買凶殺死小蝴蝶的人，因與她聯手偷了邢老闆一件重要的財物，但後來小蝴蝶將東西獨吞後逃跑，燕姐一怒之下便將壞事做絕，後又擺脫不掉良知譴責，便自縊謝罪。

這故事一聽便很牽強，旭仔詫異於自己老闆做事風格之衝動草率，連他都不相信的「真相」，又如何能騙得過秦爺？

「這麼說，東西沒找到？」

「沒有。」旭仔將乾咳壓在嗓子眼裡，生怕稍稍露一點怯便會亂了陣腳。

「有沒有碰上什麼特殊的情況？或者別的什麼特別的東西？」

「沒有。」他刻意隱去了碰到另一位私家偵探，以及被人推落地下室的事。他直覺那個「推手」與私家偵探不是同一個人，否則那偵探便是演技太好，看上去有些太過坦蕩。

旭仔交代完之後，便站在邢志剛的辦公室門前，手裡拿著一個銅製的菸灰缸，指尖的香菸幾乎要燒到皮肉，他卻沒有一點要拋棄的意思。

「當心唉！燒著了！燒著了！」米露露搽得噴香撲鼻，走上前將旭仔連菸帶手指摁進菸灰缸中。

旭仔狠狠甩開她，把菸灰缸放到對面的瓷花瓶旁邊。

「做什麼？」

「你隨我來。」米露露一把拉起他便往外走。

他遲疑了一下，還在上班時間，按理要寸步不離，可隱約內心對邢先生又有些抵觸情緒，於是便由著米露露帶到化妝間旁邊的一個雜物房內。反正，秦亞哲的人若真來找邢先生算總帳，憑他一己之力是擋不牢的。

這個雜物間，平素是舞女更衣的地方，亦可悄悄在裡頭將小費過數、聚眾教訓新來不懂事的，所以它是女人的「秘密花園」，男子都不會跨入半步。不曉得為什麼，旭仔卻是個例外，偶爾還會被叫進來賭幾場牌九，那些女人一個個敞著懷，大半乳房露在外頭，素著一張臉，暴露光禿的眉宇，似乎對他毫無顧忌。

米露露與旭仔對視了一刻，到底還是她忍不得，笑罵道：「作死腔！那儂一點好奇心也沒的？」

旭仔捏了一下米露露圓嘟嘟的下巴，笑了。他確實不是個好奇心很重的人。

「哎，儂曉得哇？我聽人講，燕姐好像不是自殺的。」

「聽誰講的？」旭仔的反應永遠出人意料，又總能捉住別人的「七寸」。

米露露果然面色一緊，低聲道：「不要管是誰講的，你有沒有看過燕姐的屍體？怎麼樣，像不像被人殺死的？她的遺書登在報紙上頭咧，說金玉仙就是小蝴蝶，還說是她買凶殺掉的，我怎麼看都覺得不對勁……」

「是妳覺得不對勁？剛剛還說是聽別人講的？」旭仔突然覺得米露露那副一腔熱血硬生生被憋回去的表情很可愛，於是決定再逗逗她。

孰料米露露似是豁出去了，怒道：「好咧！是我自己猜到的，燕姐肯定是被人家殺掉的！」

「我也知道。」旭仔在內心默默迎合。

「所以我越想越覺得不對勁，誰會殺了她，把小蝴蝶的事體栽贓給她呢？我覺得，應該是……」她聲音越來越輕，幾乎已貼在旭仔的右耳孔上，「應該是邢先生。」

「妳怎麼曉得的？」

「因為字跡呀！」米露露得意道，「這個遺書上的字，根本不是燕姐的。」

「妳又從哪裡看到她的字？我們都不曾見過，也不曉得她是不是真的識字。」旭仔苦笑道，想起當年教書先生指導他讀寫時的艱難。

米露露鄭重的從手袋裡拿出一個小軟皮本子，道：「你不曉得，燕姐每天私底下都給我們記小費帳的，她當我們不知道，其實除了朱圓圓這個蠢ㄚ頭，哪個人不曉得……」

旭仔等不及她講完，已一把搶過來翻開，果然筆跡意外的工整清秀，與遺書上凌亂剛勁的風格相去甚遠。旭仔曾經仔細研究過那封遺書，儘管那也不像是邢志剛的字，但從每筆末端自然扭曲的狀態來看，應該是右撇子用左手寫的字。

「那麼說，百樂門所有人都知道燕姐是被謀殺的？」

米露露思忖了半日，點頭道：「恐怕是。可惜了，聽說她還有個女兒，只不知現在在哪裡了。」

……※…… ……※…… ……※……

朱芳華每隔三日，便給施常雲送一次東西。用同一只帶蓋的長方藤編籃，放一塊毛巾、兩包菸、兩套換洗內衣、一雙尼龍洋襪、一包刮鬍刀片、兩根熏肉腸、十個雞蛋糕，並酸泡菜與煉乳各一罐。東西由看守檢查之後收下，將空籃子還予她，她便離開。

那看守姓駱，因略有些駝背，被同事戲稱「駱駝」。這駱駝每每收了東西，總會從中抽掉一包香菸，再將東西送去給施常雲。按理講，刮鬍刀片、放泡菜的玻璃罐與鐵罐密封裝的煉乳是不能帶進去的，但每次朱芳華都會額外塞給他五元，他便也睜隻眼閉隻眼了。

駱駝也聽聞這重犯是早晚要上刑場挨槍子的，只不過老爹選得好，一直拿錢吊著他，竟無故多了幾個月的命，公審也遙遙無期。不過，聽隊長在喝酒的辰光講過：「如今報紙天天盯著這樁命案的主犯沒有受審的事，輿論壓力大了，看來就算皇帝的兒子也非得受審不可。」

「審了也不見得會判死罪呀，律師請得好，錢花在刀口上，不是一樣能逃過一劫？」駱駝倒也並非存心抬槓，卻是表達了幾位夥計共同的心聲。

「你以為這個赤佬能逃過？笑話！」隊長冷笑一聲，道：「報紙上已經點明了講施二少如果能逃過一劫，就必是上頭收好處了。這麼大的事體，還瞞得牢？連施老闆買通仵作驗假屍，開死亡證明的事體都已經被捅出來了。聽說南京政府很快就要派人下來徹查此案，等著瞧吧，紙包不住火，那些個大人物再維護殺人犯，恐怕就要跟他一道上刑場嘍！」

一語驚醒夢中人，駱駝這才明白，這位能帶給他好處的犯人是留不長了，於是心裡略微有些沮喪。

令駱駝更沮喪的是，就在與隊長吃老酒的那天半夜，施常雲越獄了！

他住的單間牢房原本便是氣窗較大的「豪華間」，裡頭還隔了一個漱洗室出來。如今那氣窗上每一根鋼條都被鋸斷了，剛巧能讓他爬出去，地上還留著一小截食指長短的鋼鋸條。駱駝忙翻查了裡頭所有的物品，在漱洗室的一塊肥皂底部發現埋著十來根已被磨禿鋸齒的鋼條，整塊肥皂散發著煉乳與泡菜混合的氣味。

駱駝當時氣得臉都白了，只得捂著被隊長摑到紅腫的面孔找了同時值班的幾個兄弟來問話，都講是知道當晚隊長叫了人喝酒，於是自己也私下裡湊了一桌，吃得酣暢淋漓，竟醉死過去了，哪裡還顧得著犯人的動作？

施常雲果然識時務！駱駝儘管已急得像無頭蒼蠅，內心裡卻還是默默的佩服起這位公子哥兒來！

……※……　……※……　……※……

「也不曉得出什麼鬼咧，不聲不響搬出去，鈔票就擺在檯子上，我承認收著還好呀，要是不承認收著呢？現在的人真弄不拎清！」房東太太一面講，一面拿出鑰匙開門。

屋子裡空空蕩蕩，彷彿從不曾住過人，畢小青的影子在這灰塵撲鼻的空氣裡消失了。但見過她的人，只要一記起那副活潑的儀容，便不由得覺得那樣汙糟糟的環境裡都嗅得出一絲茉莉淡香。

「她幾時走掉的？」

「估計就是十五號那日夜裡，去哪裡我是肯定弄不清爽，小姐儂自己再去另外地方打聽打聽，好哇？」房東太太一頭捲髮拿火鉗燙得又枯又黃，夾棉短褂上有濃濃的鹹菜味。

「之後沒有發現其他情況？」

「沒有。」房東太太不耐煩的翻了個白眼，眼珠子才瞟到右上方，中途卻又落下，似是有

什麼東西撞了她的心坎，於是隱隱悟出了些事體。

「還有啥事體想得起來哇？關於這個漂亮女人家的。」杜春曉哪裡會放過這蛛絲馬跡，忙將手裡一籃水果交給房東太太。

房東太太順勢接過，口氣緩和了不少：「其實這個女人家好像讓奇奇怪怪的人跟蹤過……」

「是什麼人？黃阿姨儂看清爽過哇？」

「好像也是個女人家，樣子看起來滿規矩的，眼神倒是有點凶巴巴，要吃人一樣。我當時就跟老公講咧，說不定是大小老婆嗆起來咧，老公還罵我多心，現在幾個人過來尋過伊啦？看是不是我多心！」

「還有誰來尋伊啊？」

「有個男人家，經常來尋伊唉。」

房東太太似是存心要幫忙，再無嫌棄的表情，不過恐怕背地裡亦添了些「多事」的嫌疑，且這個「多事」多半是因莫名的嫉妒引發。

杜春曉眼前一亮，忙問：「可是一個外國人？」

「不是。」房東太太皺眉搖頭，「是中國人，長得白白淨淨滿齊整的，有點面熟，就想不起來在哪裡見過……」

「謝謝儂。」杜春曉笑吟吟的將房東太太手中的水果籃拿過來，轉身便往外走，全然不顧對方錯愕的表情。

這個辰光，戲弄房東太太自然不是什麼要緊事，要緊的是要再去找一找施常雲。於是她回了家來，偏巧看見夏冰與唐暉正在下五子棋，雙方勢均力敵，所以半晌才走一步，大半時間卻是面對面摸下巴擠眉毛，一點意思都沒有。

「唐大記者，跟我一道去看看施二少哇？」杜春曉將水果籃放在門口地上，隨手從裡頭掏出一顆蘋果便咬。

「可惜啊，施二少妳是看不著了。」夏冰似乎有些幸災樂禍。「他越獄逃跑了，如今警察都在施家大宅日夜蹲守，還將他嫂嫂朱芳華捉去審了，三天都沒放出來。」

「這麼大的事兒怎麼報紙上一點消息都沒有？你們這些所謂憑良知說話的記者可是都被封了口了？」杜春曉又驚又笑。

唐暉似乎也有難言之隱，只得將大拇指放在嘴巴裡啃，竟紅了臉不回應。

「話說，妳這次去見施二少，是要做什麼？」

「因畢小青又不知去向，我總覺得她和金玉仙——也就是小蝴蝶的死也脫不了干係，所以想從他那兒再探探口氣。這位少爺雖然狡猾，可禁不起哄，我每次說點兒好話，他就會把事情都告訴你。」

「哼！」夏冰突然打鼻子眼裡冷笑一聲，「恐怕與畢小青失蹤有關的人該是斯蒂芬，妳是要去尋他？」

杜春曉登時沉下臉來，正欲發作，唐暉卻突然站起，一副要急著出門的樣子。

「吃過夜飯再走呀。」杜春曉明曉得家裡沒菜式招待，嘴上卻還是客氣了一聲。

「不必了，今朝夜裡要去吃人家的豆腐飯（注二十一）。」

夏冰沒敢問唐暉哪位親友去世，到底是杜春曉面皮厚，假意從口袋裡掉出一張女祭司牌，正落在唐暉腳面上。他遂撿起來交還，卻被她一把抓住手腕，笑道：「你也曉得我面皮厚，本想問你身邊哪個親戚朋友過世了。偏巧牌倒告訴我了，可是去吃燕姐的豆腐飯？」

唐暉張了張口，卻什麼都沒有講，只轉身走了。

「奇怪，他跟燕姐又沒甚交情，去吃豆腐飯作甚？」

「吃飯是假，恐怕打探消息是真。小蝴蝶被殺的事體，他到底沒辦法釋懷。」她裝模作樣的長嘆一聲，將牌收回袋中，眉間的一道細豎紋正暴露她的焦慮。

「春曉，這個……」夏冰面色窘迫道：「今朝夜飯妳想吃點什麼？要不咱們去李裁縫家吃一點？他那裡燉了隻一斤重的笨雞，香氣飄到這裡幾個鐘頭了，饞得人恨不得去搶。」

「那先去自家廚房找點兒吃的，老做沒出息的事！」杜春曉橫了他一眼。

他這才結巴道：「沒……沒吃的了。小蝴蝶死了，燕姐也死了，再無人給錢……」

她方想起已整整一個月沒收入，秦亞哲給的那五百大洋，除了維持生活用度之外，大半都給了小四。於是，原本受施常雲逃獄一事激起的興奮感蕩然無存，她只得拿右手食指抹了抹眉尖，道：「明兒我出趟門，很晚才回來。」

「去哪裡？」

「去弄錢。」

……※…… ……※…… ……※……

儘管是白宴，唐暉依舊為這樣死氣沉沉的場面感到驚訝，那種氣氛與其講哀傷，不如說是緊張。每個人都帶著一副大難臨頭的表情，吃得緩慢而小心，彷彿略有些不得體的表現便會招來殺身大禍。因當日百樂門歇業，將偌大一個舞池空出來擺宴，所以人再多都顯得空曠，還有些冷颼颼。

同時唐暉也發現上座的邢志剛幾乎沒有動筷，只啜了兩口白酒，挨桌敬了一圈，哀悼詞乾巴巴的很單薄，雖然憂傷的神情異常鮮明，但右手指卻在不斷玩弄自己的白金尾戒。大抵是老闆不夠用心，底下人便也跟著發悶，席間只發出碗筷相碰的叮噹聲及輕微的咀嚼聲。

唐暉坐於米露露身邊，將她的反應看得清清楚楚。從邢志剛唸悼詞到敬酒，她始終都是將

腦袋別在與之相反的方向，極度明確的表達了她對自己老闆的厭惡情緒，待對方起身自罰一大杯後說要「先走一步」，她方鬆了一口氣，拿出帕子用力摁了摁嘴角暈開的口紅印。

邢志剛一離開，氣氛瞬間熱鬧起來。有人開始講話，起先只是抱怨菜的口味，後來便互相敬起酒來，膽大些的舞女甚至拉住一個叫旭仔的廣東保鏢下來與她划拳。米露露這才將桌子一拍，叫道：「姐妹們，今朝大家都為燕姐好好喝一杯，不要客氣！不要客氣！」

不知道的，還當這白宴是她出錢辦的。

於是酒桌上江湖氣漸濃，拍板凳罵娘有之，哭泣撒歡有之，面紅耳赤有之。酒氣撲鼻的正是平素那些用脂粉精心掩飾缺陷的彈性女孩們，如今她們均仰著一張殘妝的臉，笑中帶淚，用大口喝酒、大碗吃肉的方式為大班送行。

她們之中，當屬米露露喝得最高，到後頭每個毛孔都透出酒氣來了。在唐暉的印象裡，她酒量尤其蹩腳，時常被小蝴蝶私下嘲笑，所以如今見她表現如此「勇猛」，便有些不自在，生怕對方撐不住吐他一身，於是便想著法兒要先走。

可他剛挪了下屁股，卻被米露露一把拖住，還大著舌頭往他肩膀上湊：「你……你要逃去哪裡啊？」

「我不去哪裡。」他只得扶住她，將她軟趴趴的頭顱放在桌面上，然而她還是掙扎著向他挨近，還一把抓住他的領帶。他瞬間窒息，只得隨著她用力的方向傾倒，耳朵貼在她滾燙的面頰上。

「我告訴儂，叫……叫儂來吃豆腐飯，是……是有原因的……」米露露已經迷糊得睜不開眼了，「我叫儂來，就……就是要叫儂曉得，燕姐不是自己要死的！」

這一句，令唐暉即刻振奮起來，他忙將米露露架起，只說要去外面給她醒酒，便跌跌撞撞將她帶到女性衛生間，在洗手槽上打開水龍頭，給她淋了五、六次冷水，這才將她的酒意驅散一些。

「儂剛剛講，燕姐不是自己要死的，那她是被別人殺的？」

米露露遂露出一臉痴笑，重重點了幾下頭。

「儂曉得伊是被誰殺的？」唐暉緊緊鉗住她的肩膀，提防她滑倒。

「露露，邢先生有請。」

那面目殘破不堪，五官卻依舊精緻挺括的旭仔不知何時已站在衛生間門口，一雙眼犀利如鷹，像要把唐暉的心臟就地挖出。

有些人天生便能震懾他人，哪怕不說一句話，不動一絲肌肉。

「她醉了，還是等一下再講。」唐暉只得將她摟在懷裡，剛要走出去，卻被旭仔擋住，並用極其自然的姿勢將米露露抱了過來，好似接過一只暖水袋。

「是邢先生……」米露露在旭仔懷裡喃喃道。

「什麼？」唐暉有些疑惑。

「殺燕姐的凶手，是邢先生……」

話未說完，旭仔已將米露露架走，留下瞠目結舌的唐暉在原地久久無法動彈。

與其講是驚訝，不如說他是早有預料。燕姐死在這節骨眼上，承擔買凶劫殺小蝴蝶的罪名，實在太不自然，倘若不是被陷害了，那便是這女人不聰明，原本誰都不會疑到她頭上來，卻偏偏要以死謝罪，全無活著的辰光在人前表現出的過人城府。

「果然是他！」

唐暉想像杜春曉知曉此事後必然會放這樣的「馬後炮」，便不由得笑了。

……※…… ……※…… ……※……

杜春曉此次去見秦亞哲，可算是歷盡千辛萬苦。因是她主動來找這樣的大人物，對方未必會買這個帳，她情急之下，只得對通傳的小赤佬道：「告訴秦爺，有人要暗殺他，我曉得時間地點人物，得趕緊告訴他！」

話一出口，她便後悔了，因那小赤佬全無通報的意思，反而又叫了其他一幫赤佬來，將她綁成一顆肉粽模樣，在地上踢來踢去，每滾一圍，身上的麻繩便勒出她的眼淚。她自恃機靈敏捷，卻不知要如何應對暴力，只得奮力大叫。那地方是秦亞哲家後門口，扯破嗓子也無人聽真，所幸衣服穿得極厚，否則非皮開肉綻不可。

「你們這些作死的小赤佬！」

她又急又氣，只得還口，腮幫子上也被挨了兩腳，臉皮已鮮血淋漓，雙耳也嗡嗡作響。她瞬間又陷入陰暗的倫敦街道，陰溝水發出的腐臭堵塞了她的鼻腔。

「太早嘗到死亡的滋味，人就不會再有痛苦了。」

模糊間，她隱約聽見斯蒂芬的聲音自巷子暗處傳來，如惡魔吹奏的笛音。

杜春曉被帶到秦亞哲跟前的辰光，才頓悟對方先前不過是要給她一點教訓，於是勉強抬頭，嗔道：「秦爺，我可是來救你命的，你就這麼對我？」

因說話含糊不清，她意識到有一顆盤牙斷了，每吐一個字都在啼血。

秦亞哲看到大理石地磚上的點點「紅梅」，皺眉退開幾步，道：「是杜小姐自己不聽話，才會有這樣的下場。」

杜春曉氣得胸腔快要炸裂，但又不好怎樣，只得回道：「難道秦爺真不想找到五太太了？」

大抵是頭一回看到杜春曉的狼狽相，秦亞哲的火氣不知不覺中竟降了一半，笑道：「杜小姐，妳是不是記性有點兒太差啊？我清清楚楚記得，給了妳五百個大洋，讓妳不要再管這裡的

事……」

「可是找到了她，才能知道小蝴蝶是怎麼死的，秦爺難道不關心嗎？」

秦亞哲挑了挑眉頭，示意幾個手下統統退下；杜春曉藉機喝了一口茶，將血水吐出，但牙齦已腫脹發硬，她沮喪的判斷自己現在必定左右臉極不對稱。

「看看這個。」秦亞哲將一個汙跡斑斑的小布包放在杜春曉跟前，她接過打開，裡頭是一截發烏的斷指。

「這是誰的？」

「畢小青的。」秦亞哲神色突然變得黯淡，「是昨天邢志剛透過郵遞的方式寄到我這裡來的。」

「他想做什麼？」

「想把小蝴蝶失蹤的事栽贓給燕姐，結果做得漏洞百出，無人相信，所以綁架了畢小青，想與我做個交易。」

秦亞哲的口吻越是輕鬆，表明事態越嚴重。杜春曉已察覺周邊空氣都跟著僵凍起來。

「做什麼交易？」

「要我給他一條活路，再加八十根金條。哈哈哈哈哈哈……」

末尾的那一陣狂笑，才稍稍洩漏了一點兒秦亞哲的憤怒。杜春曉卻勉強讓腦子拐過彎來，喃喃道：「奇怪啊……為什麼邢老闆要把事情做得這麼明顯？」

「邢老闆實是低估了秦某的人品了，我與他結交多年，他若是真有什麼困難，講一聲便是了，秦某能幫上的自然會幫，又何必做出這樣的事來？也罷，杜小姐若是真對這樁事體好奇，那就再幫秦某一把。」

「那是自然！」杜春曉因傷痛逼人，幾乎已忘記了來找秦亞哲的初衷，這一經提醒，倒也幫了她大忙，於是連聲道：「今日來找秦爺，便是為了這檔子事，若能幫你把五太太找回來，順便查到小蝴蝶……」

「小蝴蝶的事不用妳管。」

「那就找到五太太，還有邢志剛。」杜春曉眼見生意到手，便忍痛翻了身上所有的口袋，找到內袋裡的那副塔羅。只可惜那張高塔牌右上角不知何時已被磨破，她心疼得幾近暈厥，卻只好憋著氣，在八仙桌上擺出大阿爾克那陣形。

過去牌：正位的力量。

「在五太太被綁架之前，秦爺的力量很強大，可呼風喚雨。」

現狀牌：逆位的命運之輪，正位的惡魔。

「可惜風水輪流轉，如今世道變了……」杜春曉盯著那張惡魔牌，嘆道：「有些事情早已不在秦爺你的掌控範圍之內，人脈、生意、子嗣，甚至性命。」

「妳是說我有性命之憂？」

杜春曉亦不回應，對住那張缺去一角的「未來牌」背面：「秦爺雖然在高處，但終究會被人陷害，邢志剛如今是要錢和活路，只不過……是誰的錢和活路呢？秦爺的事，有我知道的一層，還有我不知道的一層，那不知道的，也許才是關鍵。」

「杜小姐，妳只要找出邢志剛，那些妳不知道的關鍵，還是永遠都不知道比較好。」秦亞哲的嗓音依舊低沉如黑幕降臨時的烏雲。

杜春曉走出秦公館的辰光，依舊面目赤腫、渾身刺痛，只懷裡多了一百大洋和一副破塔羅牌。「秦亞哲，你把我整成這樣，還會無『性命之憂』，那我就不叫杜春曉了！」她恨恨的自言自語道，兩隻眼睛已然噴出陰毒的火焰。

注十七：長三，指高級妓院。

注十八：搭牢，上海俗語，指腦筋短路。

注十九：較關，「許多」的意思。

注二十：師母，上海人稱呼稍年長的女性客人。

注二十一：豆腐飯，亦稱羹飯，一種流行於江浙滬民間的喪葬習俗。葬禮結束後，喪家要舉辦酒席，雅稱「豆宴」，以酬謝前來參加葬禮的人。過去一般為素席並以豆製品為主，其後逐漸變異，佳餚美味之豐幾可比擬喜慶之宴，唯一碗豆腐羹必不可少，所以照舊稱為豆腐羹飯。

第四章 力量之巔

上官玨兒的葬禮在寶興殯儀館舉行，因她身分並非等閒，所以從電影公司老闆到入殮師，一個都不敢馬虎，尤其是抬棺人的甄選竟也競爭激烈。

頂替上官玨兒做了新片女主角的琪芸死活要做抬棺人，因可以在報紙上占個免費頭條，所以幾日來都拎著大包小包往上官姆媽那裡跑。孰料主持喪事的施逢德叫人託了話給她，叫她不用加入送葬隊伍了，他與上官姆媽商量過，只選她生前的幾位好友抬棺。如與她演過兩次情侶的英俊小生區楚良，當初慧眼識才提拔她做女主角的導演馮剛。

施逢德自己要不要抬棺，卻是掙扎了很久。

上官姆媽抱著女兒的寵物貓寶寶一臉哀怨的與他講過：「小玨可憐是可憐的，工作是演戲，下了工還是演，對我這個姆媽也是不講真話的。可見也不會喜歡其他人，尤其是施老爺你啊，是幫她，還是害她，我這老太婆到底也搞不拎清了。」

話畢，她對住一堆瓷碗碎片淚如雨下，斷不再看施逢德一眼。他自然知道這位母親對他有了怨恨，只得訕訕找了藉口走出去。

他無端的想起朱芳華來，亦不知她在牢裡過得如何，只是如今再回施公館等於要他老命，周邊都有巡捕房的人守著，將宅裡的人都當成即將犯上作亂的疑犯。他想將上官玨兒的事情放在一邊，先行找朱芳華打聽兒子的下落，轉念一想又覺得在巡捕房裡問等於暴露兒子的去向，不如當什麼都不曉得，專心先將上官玨兒的後事辦妥。

站在上官玨兒家前院，看發黃長了青苔的牆根下那幾株細小白花，施逢德胸口如灌鉛一般沉重。想她若當初便只是野草閒花一般生長，興許就不會走到這一步，女人身上背負太多似錦繁華，往往會摧折性命。

「施老闆，勿要難過咧，我也不打擾你們，馬上就回去。儂要麼派車子送我一程？」琪芸甜蜜蜜的嗓音鑽進他耳朵裡，隨即又聞到那股沁人心脾的香水味。他憶起五年前自己本是去片場接她吃飯的，孰料剛踏進門檻便與被導演罵哭的上官玨兒撞個正著，所以他未與她交談之前，便已接觸到她的身體了，感覺就是個弱不禁風的女子，身板薄，命更薄。

「我叫老張送妳，妳也辛苦了，在這裡幫了好幾天忙。」他少不得要客氣一下，卻見琪芸面上的微笑絲毫沒有深半分。到底是演員，曉得什麼場合擺什麼樣的臉色。

她忙道：「施老闆兩隻眼圈都是黑黑的，還是搭我一道回去睡一下？」

他苦笑搖頭，她像是早已料到這樣的答案，轉身便走出去了。

琪芸到了門口，卻被一年輕人吸引住。他高大英挺，眉宇間有些耀眼的光芒，是標準美男子，只下巴一片形狀雜亂的青跡，像是許久沒有洗澡刮刀，頭髮也是油的。讓琪芸窩心的是，這美男子竟朝她走過來，她忙摘下墨鏡，擺出摩登的姿勢，打算給他一個簽名。未曾想對方卻笑道：「琪芸姐，可還記得我？」

她歪了一下腦袋，思忖了幾秒，便豁然開朗，笑道：「《申報》的唐大記者呀！久仰久仰！」

「哪裡，我才是久仰您大名，早想給您做篇專訪。」

「喲，我哪有這個榮幸？當初你在《香雪海》片場可是跟其他人一樣，只圍著上官玨兒轉呢，眼裡哪有我這個三流小龍套。」琪芸話裡醋意十足，卻絲毫沒有歪曲事實，當初她確實是風頭遠不及上官玨兒，冷板凳都快坐出痔瘡來了。

但小明星有小明星的忍耐力，有些人銷聲匿跡，有些人則熬出頭，憑實力、憑手段、憑城府、憑運氣，抑或另一個人的死亡。琪芸在電影圈的打拚之道，其實與上官玨兒並沒有什麼兩樣，所以她咬緊牙關挺到現在，好似就是在等唐暉之類的大報記者上前來給她做一個專訪。

「琪芸姐這可是在怪我呢，虧我還一部不落的把您拍的電影都看了。您看現在可有時間？咱們聊聊。」

初冬的寒氣已颳紅行路人的鼻尖，唐暉身上只一件套頭高領毛衣，粗呢西裝外套都已洗脫了一層，怎麼看都不擋風。琪芸聽他講話都要不住的抽鼻子，發出「嘶嘶」的喉音，不由得起了幾分憐愛之心。

他就是有這樣的魅力，讓所有女人都服軟。

「上車再說。」她打開車門，屁股往裡一歪，算是放下了明星架子。

一路上，唐暉總有些不自覺的情慾衝動，從琪芸身上嗅到與上官玨兒同樣牌子的香水氣

味，令他迷失其中。所幸期間車子一個急轉彎，將他猛地推醒了，於是絞盡腦汁擠了些問題出來，諸如琪芸的老家、父母在哪裡安置之類的。琪芸起初還答得興致勃勃，漸漸的也有些咂摸出問者的心不在焉來，於是也冷下臉不再回答。

「琪小姐與上官小姐是透過《香雪海》這部戲結緣的？」唐暉像是察覺自己對琪芸有所怠慢，便將兩個酒窩擠得更深，笑容有朱古力一般的濃苦，卻又很甜。

琪芸即刻擺出惋惜的表情，喃喃道：「跟伊可不是這部戲裡認得的，早在五年前，我們一道去《春江花月夜》片場試鏡演一個小配角，結果我被選上演了個丫鬟，伊只能在劇組裡給人泡茶水。當時我還沒注意到她，也是後來聽別人講起的。也不曉得為什麼，在拍《香雪海》的時候，伊跟我都是年輕不懂事的小姑娘家，可我就是看到伊會緊張，大概是伊樣子漂亮，人又不奸險，滿難得唉。所以，後來每通搭伊一道拍戲，我就安心，因為用不著搭伊搶戲，是我的戲就是我的，伊真是會幫忙。」

「那麼說您私底下跟她一定也是好姐妹吧？可不是傳言裡針鋒相對的競爭對手嘛。」

「啥人講我們針鋒相對？」琪芸將眼一斜，露出一點嬌俏的潑辣相，「我們雖然不是好姐妹，但平常也是關係不錯，生活又不是演戲，要做出一腔來給人家看做什麼？你說對嗎？」

她顯然已有些進入狀態，將自己想像成與死者生前是「君子之交淡如水」的關係了，眼神亦跟著沉迷起來。

唐暉藉機試探道：「可不是那些無良小報亂嚼舌根嗎？不過有一個小報，曾經登過您與上官玨兒的一張照片，竟是妳們都十三、四歲時的模樣，坐在一條東洋船上，穿的是和服，您可有印象？」

一張黑白剪報已亮到琪芸眼前。他直勾勾盯住她的雙眼，因為戲演得再怎麼好，眼神卻是不會騙人的。

孰料琪芸卻哈哈一笑，從包裡拿出一根通體碧綠的翡翠菸桿，慢騰騰的拿出銀質菸盒，打開，抽出一根菸裝上，然後便架在手上不動了。唐暉怔了一下，慌亂翻起西裝口袋，想找出打火機或者火柴，然而想起自己不抽菸，所以沒有這些隨身帶的東西，當即便發窘了。琪芸搖一搖頭，正眼不瞧便將打火機遞給他，他誠惶誠恐接過，替她點上。

「也不曉得哪裡弄來兩個日本姑娘的照片，就說是我跟她。你們信了也好，多在報紙上寫兩筆，就當幫我再打響一點名氣。可憐上官小姐已經山高水遠，光給我做做文章就可以了，莫要連累上官小姐，可好？」

一番話，倒是講得唐暉有些下不了臺。所幸職業習慣練就了他的厚臉皮，所以仍舊追究了下去：「我也是不信，才拿這個來逗琪芸姐開心的。」他忙將剪報揉成一團丟出車窗，「話說，琪芸姐必是經常與上官小姐一起吃茶談天搓麻將的吧？」

「因為拍戲的緣故，倒是一起吃過兩頓飯，其餘時間都是各顧各，不來往的。你別看我就這麼個人兒，平常懶得很，能在家待著就絕不出去。」

「那您平常到上官小姐家去，都玩兒些什麼呢？」

琪芸當即面色一緊，道：「這話說得可是放屁呢，我平素沒事不去上官那裡，因她脾氣略有些孤僻，也不大喜歡別人打擾。」

「這可就奇了。」唐暉見對方入了套，便壞笑道：「那琪芸姐這幾日又是怎麼找到上官小姐的住處，過來憑弔的呢？」

「哼！」她冷笑道：「還不是那藤箱焦屍案抖出來的？把她和施逢德的事兒傳遍天下，住處也曝了光，我便照著雜誌上寫的找了去唄。」

「可是……上官玨兒服毒的那天，聽聞在送救途中，因施逢德的車子爆了輪胎，只好更換車子，換的好像是您的車……」

琪芸嘴裡「嗤」的一聲，笑道：「你這又是哪裡聽來的混話，也信？」

「原是不信的。」唐暉嘿嘿笑道，「可上官小姐原是要送進大醫院治療，施老爺怕修車子來不及，偏生您正好路過那裡，便臨時換了您的車先將她送入日本人開的急救診所。可巧當天的值班護士是我一個朋友，她說看得清清楚楚，是您和上官小姐的母親跟在施逢德後頭，施逢德則抱著垂死的上官小姐，四個人一齊抵達醫院的。您當時雖然蒙了頭巾，還戴墨鏡，可到底是大明星，氣度不凡，還是被認出來了。我那朋友原來就是個影迷，下了班沒事就往電影院跑，家裡滿坑滿谷的明星畫報，難不成還會看錯了？」

「必定是看錯了，或者你原本就在撒謊編造！」琪芸深深吸了一口煙，口紅印在翡翠玉菸嘴上變成淡淡的桃紅。

「您又怎知是我撒謊編造？」

「若你那醫院的朋友說的話是真的，她也只會看見我，絕不會知道施逢德的車子中途爆胎，可是這個道理？」

「琪芸姐果然蕙質蘭心！」唐暉由衷的拍了幾下手，「不瞞您說，那個說見到您的值班護士的確不是我什麼朋友，只是我為了追蹤報導上官玨兒自殺一案，花了些小代價從她嘴裡套出話的。至於施大老闆的車子爆胎，也是聽上官玨兒的母親講的，她也講到您是恰巧開著車經過那條路，與他們撞了個正著，於是主動提出幫忙。只可惜上官媽媽從不看電影，當下沒認出您來，我就少不得要費些功夫，從側面再打聽細一些。」

琪芸搖頭長嘆一聲，道：「果然啊……可見女人都過不了你這一關。」

「所以琪芸姐可有時間，我們一起吃個茶，再慢慢談談這個事情？一來您見同行有難，驅車相助，也是一樁美談，若寫在報紙上，還能給您增光；二來上官玨兒的死，事關重大，咱們把她彌留之際的來龍去脈整理清爽了，也算是為她做了一件好事。如何？」

話畢，車子已停在琪芸的住宅門口，是一幢二層的古舊樓房，出人意料的寒酸。大抵是剛

走紅不久，又未受什麼大老闆恩寵，所以手頭並不如別人想像得那麼寬裕。

琪芸與唐暉下車，走到門前，她卻擋住他，笑道：「唐大記者，這事情今朝就到此為止，逝者已逝，再多追究也救不回她的命來，所以都罷手吧。再不罷手，恐怕……」

她驀地收住話尾，娘姨這時已打開門側身讓她走進來，還未等唐暉開口，便又將門關上，似是把他當普通的狂蜂浪蝶一般防備。

唐暉只得回轉身來，對著暮色淺笑，那笑裡既有酸楚，又似乎已決定要赴湯蹈火。

…※…　…※…　…※…

「你臉上身上的傷究竟哪裡來的？」

「去城隍廟那裡等新出籠的蟹黃小籠包，結果擠得太厲害，摔了一跤，頭上身上都被踩了，才這麼樣。」

「那怎麼還會被踩斷牙根的？」

「我衝在太前面，也沒防備，不但小籠包沒吃著，錢包又被偷了。我哪裡肯放過，便一路追小偷，卻不想那小偷轉身便給了我一拳，這才打斷了牙根。」

「妳從來就沒有錢包，錢都是零零散散放衣兜裡的。」

「我……我就是因為心血來潮買了個荷包耍，才被小偷盯上，倒了血霉！」

「可妳明明被搶了錢，又怎麼還帶了一百大洋回來？」

「你娘的！你到底要不要吃我帶回來的蓮蓉糕啦？」

連日來，杜春曉與夏冰對話最頻繁的便是這些個內容，一個窮追猛敲，另一個卻抵死不招，就這樣猜來避去，不亦樂乎，直到她以怒氣衝衝的語氣煞住他的疑問。

除了追問杜春曉身上的傷，夏冰如今最忙的事情便是與小四共同查找邢志剛的下落。邢志剛將畢小青的手指寄到秦公館之後，整整三天沒有動靜，待第四日，在秦公館的信箱內側又無端出現一行用白漆寫的地址：雲江路三百八十一號。

夏冰與杜春曉於是趕往雲江路，那裡離淞江碼頭不遠，是外地人坐船來滬登岸後，要去仲介所找工作的必經之路，所以魚龍混雜，極不安定，一踏入街區便能覺出區別於花花世界酒色繁華的粗鄙氣。

不過，這兩個人似乎是習慣與下九流混在一處，穿著氣質都還是鮮明的外地人特徵，所以並不顯眼。杜春曉甚至還買了一包瓜子，邊走邊嗑，任夏冰一人在注意那些或被店面招牌封死，或已斑駁陸離的門牌號。

走了三圈，沒有三百八十一號。

「莫不是寫了耍我們的？」夏冰右腳底心起了一個水泡，氣便開始不順了。

「你說，咱們要不要找個別的活兒呢？你的偵探社、我的書鋪，都是門可羅雀，過不了多久，就得坐吃山空，回青雲鎮老家種桑養蠶去了。要想不丟這個臉，還是先行找些別的活兒，把回家置房購田的錢給賺了……」杜春曉像是對自己講的話認了真，沿路竟一直在看貼在牆上的招工啟事。

夏冰對她的反應有些迷糊起來，賭氣道：「妳不用激我，要回去的到頭來也是我，妳這麼能，哪裡還有回去的道理？」

她知他有些脾氣，站在一張捲了邊的招工啟事跟前，笑道：「你說要是這個活兒做好了，咱們是不是就能在上海立足了？」

夏冰順她的目光望去，竟是一張招募餐廳服務員的告示。當下又惱又笑道：「妳可是被斯蒂芬迷住心竅了？巴巴兒想去餐館端盤子！」

「端盤子倒是不想啊……賺錢卻是要的。」

杜春曉指著那招工啟事上用黑毛筆刷的一個大大的「三捌壹」，臉色頗為得意。

招工紙揭下來，背面寫著：凌晨三點，吳淞口碼頭，將金條放於第三個石墩下。勿忘！

「瞧。」杜春曉將招工啟事拿在手裡翻來覆去的看，「我就說，咱們發財的時機到啦。」

誠如小四所說，平常人一入夜便不能靠近吳淞口，那是小八股黨與大八股黨爭紅土的地盤。所幸秦亞哲私下周轉了一通，承諾說當晚不會有事，只是八十根金條哪裡是這兩個不事重活的人能用板車推得動的？

夏冰正在犯愁，杜春曉卻似是已算準了，笑道：「運送這些金條，必定要走水路。邢志剛想得倒也通透，知道秦爺的買賣都是船上做的，想是這次就要他陰溝裡翻船，才選得那麼搭稱。」

一語驚醒夢中人，夏冰不由得心焦起來，直覺今晚不可能那麼快把事情辦妥，要一次性將金條全部拿走，邢志剛也非派一條大船不可。

可是，當晚寒風凜冽，烏篷船都歇岸，大艘的駁殼船亦鮮少有見在航行中的。然而燈火明明滅滅，都低調得很，連馬達聲均是細微如蚊子叫，刻意行得極慢、極隱蔽，如江上幽靈。

金條用木箱安放，置於艙內，船身異常吃重，杜春曉蹲在船頭，冷風颳紅了她的鼻尖，兩隻眼睛也吹得淚汪汪的。油燈掛在篷子一角，火苗與玻璃罩子不斷碰撞，有些鬼氣森森。

「時間還沒到，先進去坐一坐？」夏冰死死裹住身上的短棉襖，已被凍得齜牙咧嘴。

「我說……」杜春曉吐了一口煙，那煙霧疾速融化在茫茫夜色裡，空氣像凝結了一般，呼吸都很沉重，有白霧從鼻孔噴出，「今晚我們怕是見不到五太太了。」

「何以見得？」夏冰知她從不說沒道理的話，卻也懷疑起來。

秦亞哲在碼頭沿岸十里之內都埋伏了人馬，只要對方一出現，手一碰到金條，立馬會有三十個人包圍上來，要當場剁成肉泥都是容易的。

「因為船走得有些太快。」

杜春曉站起來，拍拍吹回到她衣襟上的菸灰，斷根的盤牙處還未完全消腫，所以口腔裡總有沒剔乾淨食物的異樣感覺。她縮起脖子，將圍巾打了個死結，依然站在船頭。

「走得快？我還嫌慢呢！載著那麼沉的東西，也不知三點鐘能不能趕到碼頭。」夏冰突然有些想念唐暉，這個時候若有這樣的壯漢在，恐怕他也不會如此焦慮。

「怕是不能。」杜春曉慢條斯理的吐出一口煙，將剩下的菸頭彈落江中。

「妳不是還嫌船走得快嗎？怎麼又說趕不到？」

杜春曉剛要回答，只聽得船老大吼了一聲：「讓道！」

「讓什麼道？」夏冰當即問他。

船老大抬手一指，有一條駁殼船正向他們駛來，馬達聲很輕，像是低沉的嗚咽。杜春曉又拿出一根菸，點上，指著對面的船笑道：「這就是我們到不了的原因。」

果然，那烏篷船還未側到一邊，已定在那裡，因對方行得太猛，一下衝到跟前，水花濺了船老大一身。還未等看清楚，船頭已搭了一塊走板，三三兩兩走過來幾撥人。

「做啥？」船老大仗著有後臺，凶拎拎吼了一聲，即刻吃了一拳，口鼻鮮血直噴。

夏冰剛要上前，被杜春曉拖住，他這才看清來人每一個頭上都罩了黑布，只剪了洞露出兩隻眼睛。

杜春曉對住其中一個敞了領、戴著金項鍊的人道：「幾位大哥，這條船上沒有你們要的貨。」

「有沒有貨，儂講了不算，我們看過才算。好哇？」那戴金鍊的人講話慢吞吞的，倒也不凶悍。

「老實講，」她笑道：「東西有是有一點，但不多，大哥要嘛就進去拿。不過東西是洪幫二當家的，大哥清爽哇？」

戴金鍊的愣了一下，突然仰面大笑了幾聲，轉頭對幾個人道：「兄弟們，你們聽清爽了哇？今朝我們做著洪幫二當家一票，運道好咧！」

那人口音非常古怪，像是舌頭捲成一團了，然而卻又似曾相識，令杜春曉好生糾結。

說畢，那幾個人便興高采烈上前將杜春曉、夏冰與船老大三個人一併捆了，艙內幾個保鏢剛跑出來，頭上便吃了幾棍，一個個悶悶的倒在甲板上。

「今朝我們可能要死。」杜春曉滾到夏冰旁邊，在他耳邊嘀咕了一句令人心驚肉跳的話。

「妳不會死，我拚命也要救妳！」他以為她是怕了，忙安慰道。可話一出口，他又有些氣餒，因從小到大，他從未救過她，而她似乎也沒有一次視他為依靠過。所以，她如今對他講的話，恐怕只是真話，並沒有想求他解救的意思。

「你可看過《水滸傳》？」她突然轉了話題。

「看過，怎麼了？」

「書裡頭的水匪，總是問那些倒楣鬼是要吃『板刀麵』還是『餛飩』，『板刀麵』是一刀一個砍下水，『餛飩』是自己跳下水，結果所有人都選吃『餛飩』。今兒咱們也嘗嘗？」

夏冰這才明白她的用意，但同時也否決了吃「餛飩」的建議。一來他們都被綁著，要潛水根本不可能，二來兩人身上穿的棉襖一吃水便沉了，跳下去等於投河自盡，所以他斬釘截鐵的回答：「不行！會死得更快！」

「可是等一下他們撬開箱子，拿了東西之後，會把咱們用木棍活活敲死，再丟下水去。我可不想死得那麼血肉模糊的，屍體怎麼也得好看一點兒吧！」

說畢，未等夏冰反應過來，杜春曉已猛地滾到船沿，深吸一口氣，「撲通」落水。

夏冰情急之下也顧不得許多，將眼一閉，順同一方向滾去，旋即騰空，整個身體失去重量，很快臉上的皮膚便猛地急縮，水流從口鼻猛烈灌入。他掙扎著探出頭來，一些水進入肺腔，令他口腔泛酸，但還是抓緊時間吸了一口氣，便匆匆沉下。

這次下水，不知怎的，腦袋竟撞著一個類似岩石的硬物。雖然冰水激得渾身發麻，已失去痛感，但也讓夏冰不由得驚喜，以為能摸到岸，孰料一睜眼才發現自己撞的是杜春曉的頭顱，她也是神色痛楚的望住他，彷彿在做最後的告別。

「春曉！」他從心底裡慘叫，希冀他的女人能有力回天，到了這個時刻，他發現自己還是在依賴她，而不是拯救她。

隨後，夏冰感覺背後有一股力量將他抱起，他憋氣已憋得幾近失控，體內每根骨頭都好似碎成灰燼，怎麼也無法支撐身子的重量。可就是有些什麼神奇的東西讓他被綁的雙手鬆翻了，於是他看到希望，拚命掙脫了繩索，待雙手一自由，還來不及換氣，便往下游去，抱起了正在沉淪中的杜春曉……

夏冰醒來的時候，頭髮上全是細碎的冰條，扭動一下脖子都萬分吃力，好不容易別過頭去看一看周圍，才發現自己不知何時已被抬到一個橋洞底下。周邊支著幾個髒兮兮的油布帳篷，帳篷圍攏處還生著一堆火，只可惜火苗太淺，完全不能取暖。

所幸，他看到杜春曉就一動不動的躺在火堆旁邊，面青唇白，彷彿已是大半個死人。他坐起身子，揭開蓋在身上的破氈毯，那毯子上有一股難聞的鐵鏽味。

「來，喝一點。」

有人將半瓶嗆鼻的燒酒遞到夏冰跟前，身體左右有些不對稱，他仔細辨認，發現對方竟是小四。

……※…… ……※…… ……※……

初冬的太陽總是暖洋洋的，照得人昏昏欲睡。朱芳華因嚴重脫水，脣皮破裂出血，於是舌頭舔拭到的第一滴汁液都是鹹的。審問她的人已不知來去幾撥，只知最後來的是一位面容和善、眼神銳利，且身材圓胖的外國警察，叫埃里耶。

埃里耶看到她的第一句話是對身邊的看守講的：「快給這位女士一杯水，你們這樣對待女人真是太不人道了！」

朱芳華聽得出來，他的語氣中充滿真誠的憤怒。

「施太太，我不是來問妳施常雲的下落。」待她喝盡杯裡的最後一滴水，埃里耶才笑嘻嘻道：「我只是來問兩個問題，妳只要說了真話，我就放妳回家。」

她茫然的抬起頭來，嘴角略略抽動了一下，像是認同了協定。

「施常雲有沒有交給過妳一個藤箱？妳只要回答有還是沒有。」

「有。」

「第二個問題，那個藤箱裡是不是有……」

埃里耶突然湊近朱芳華，在她耳邊講了幾個字，她當即面色煞白的盯住他，僵硬如行屍走肉。

「這麼說我的猜測沒有錯，是不是，施太太？」

她緊緊閉口，像是已對剛剛道出的那個「有」字生了萬般悔意。

埃里耶似乎對她的悔恨很高興，他領著她辦完所有手續，並叫了車送她回家。一路上，他都笑容可掬，對她溫文有禮，但言語裡卻有些殘酷：「釋放一個惡人，比釋放一個好人艱難得多了，所以我們才會經常讓上帝搖頭嘆息。尤其對我們來說，人生只有兩件事，戀愛和饕餮。施太太，我不知道你們信奉的菩薩是怎麼處理這件事情的。」

朱芳華一言不發，臉上結著冰，左眼角下的細痣呈現淡淡的褐色，嘴唇稜角分明，像天生就用唇線筆描出來的。如果在歐洲，她這樣的長相會很受青睞。

但是，正如杜春曉私下對埃里耶所說的，朱芳華雖與她僅有一面之緣，可她卻將對方牢牢記在心裡，因這女子有薄命相。所以，後來聽聞上官玨兒服毒自盡的消息時，杜春曉脫口而出：「奇怪，死的為何不是施家大奶奶？」

如今埃里耶每每找夏冰出來討論案情，都會順帶問一下杜春曉的意見。但艾媚那條線挖出來之後，他又開始怕這個女人，因她這一挖，不僅沒有找到珍妮的死亡真相，還又多出一樁懸案，便是畢小青的失蹤。

單單這一條，便讓埃里耶有些想收手，因查了畢小青，必會追到秦爺頭上去，招惹黑道在上海灘是件麻煩事，但放棄了卻可惜，刑警的職業熱情時刻提醒他要一追到底。所以當得知夏冰正私下給秦爺辦事的時候，他還是按捺不住好奇心，想套出些底細來。

作為交換，杜春曉提出，要埃里耶透過關係去見朱芳華，並問她那兩個問題，然後將答案帶回來。

所以埃里耶與夏冰、杜春曉的這次碰面，氣氛也格外嚴肅，尤其杜春曉得知朱芳華的反應後，臉色遂變得異常凝重，喃喃道：「雖說是意料之中，但恐怕這位施家大奶奶，今後也是凶多吉少了。」

「那還不如讓她待在裡邊？」埃里耶即刻嗅出味道，緊追了一句。

「嗯。」杜春曉點頭，「不過估計下場也是一樣，這幾天好好盯住她，有什麼風吹草動也好控制。」

埃里耶手下的探員跟蹤朱芳華似乎非常容易，因這個婦人自回到施公館之後，幾乎足不出戶。娘姨出門雖勤快，也無非是輾轉於菜市與三五姑婆偷懶聊天之間，並無任何異常。只一次，因施逢德張羅上官玨兒的葬禮，他出門之際，站在大兒子被害的陽臺底下一片花園空地上，朱芳華不知為何也跟在公公後頭出來，站在那裡，形銷骨立的模樣看著教人心驚。

二人在那裡站了好一會兒，似乎又說了些話，起初像是平靜溝通，繼而又講得激動起來，兩人的頭顱都在不同程度的顫動。朱芳華尤其反常，竟出手給了公公一記掌摑。施逢德這才停止說話，看了她一陣，轉身上了汽車。

這一幕告到埃里耶那裡，老頭覺得有趣極了。

……※……　……※……　……※……

杜春曉在秦亞哲跟前已罵了好一陣子，她豁出命去衝「閻王」撒氣原因有二：一是那次本是去贖人的，卻不料幾乎將自己的性命搭上，自然要怪秦亞哲的人馬反應過慢；二是從那晚的情形來看，秦亞哲從未將他們的命當命。

所以杜春曉自認已不必跟原本就心存險惡的人拐彎抹角，反正早晚難逃一死，不藉機罵幾句豈不虧大發了？於是她罵得鏗鏘，罵得用力，居然句句擲地有聲。

「秦爺不拿咱們的命當命不要緊，難不成五太太你也不要了？巴巴兒騙我們兩個打頭陣，放砧板上被人剁成餃子餡兒了，你都不皺一下眉頭。我們小倆口的性命是小，賠了一個五夫人又折八十根金條……哦不，大概抽去箱底那些磚頭，才十幾根金條。這個事可就大了，丟的是秦爺的臉，這要傳出去……」

正講到興頭上，杜春曉的嘴突然如鳥雀一般翹起，嘟成滑稽的形狀。原來是秦亞哲一把捏住了她的兩腮用力往裡擠，才讓她徹底閉口。

「杜小姐，既知道你們的命在我手上，便不要多講。沒救回五夫人的事體還沒找妳算帳，倒跟我計較起來了？」秦亞哲開腔的辰光，手上幾乎也要將杜春曉的下頜捏碎。

她痛得眼淚汪汪，又無法開口，只得瞪大眼睛看著對方，直到他鬆手。

回來的辰光，夏冰一見她腮幫上的紅印子，便怒道：「怎麼妳每次去找這姓秦的都要帶一點兒傷回來？他憑什麼虐待妳？下次還是我去！」

「不用，這是我自討的。」她捂著臉，另一隻手下意識去摸包裡的香菸，掏了半日只掏出一個空菸殼，便一把捏成了團，遠遠拋進前院的泥潭子裡。

「妳討這個作甚？不如討點兒錢實惠。」

「因為若不轉開他的注意力，我怕他會追問我們是怎麼逃過一劫的，然後……」她頓了一頓，幽幽道：「他恐怕很快就會知道小四的事。」

話畢，兩人好一陣沉默。

杜春曉拿起飯桌上的一個剩菜碗，徑直拿手揀裡頭的鹹肉片吃。夏冰則兩手托腮，彷彿要看透瀰漫冷菜味道的空氣，腦袋卻在努力尋找某個答案。

……※……　……※……　……※……

施逢德自上官玨兒下葬之後，與朱芳華一樣不再出門。聽裡頭的娘姨講，是臥病在床，起不來了。大夫來看過兩回，都說是心結，要慢慢解。埃里耶卻越發覺得有蹊蹺，於是造訪了一趟，接待的是朱芳華，她還是一張素淡的臉，憔悴中略見堅強。

「妳公公現在還好嗎？」

「好一些了，在吃藥。」不曉得為什麼，她鼻尖總是紅紅的，哪怕壁爐的火燒得正旺，她身上厚厚的荷蘭手織披肩還是緊緊裹於肩頭，指節也是白的。

「我想跟他談談，可以嗎？」

她咬了一下嘴唇，回頭道：「他倒也不至於還不能講話，只是疲得厲害，時間不太長還是可以的。」

話畢，便起身將埃里耶引到二樓最大的一個房間。埃里耶看到梯階上鋪著昂貴的羊毛地毯，每踏一步，他的半隻皮鞋都被地毯吞沒。

「鋪這樣不合時宜的地毯，是為了掩蓋凶案發生時留下的血跡嗎？」他抹了一下鬍子，轉頭問朱芳華。

「是。」

她應對之平靜令他有些意外，於是只得尷尬的吹了一記口哨。

施逢德的房間與他豪宅的歐化風格完全匹配，裡頭擺的還是老舊的木框棕綳床，略動一動便吱吱作響。床頭櫃與衣櫥雖是貴重的紅木，但因房間過小的緣故，東西都顯得龐大，擠擠挨挨，似乎快放不下。床頭櫃上一盞琉璃罩檯燈流光溢彩之餘，卻顯得昏暗，絨布窗簾厚厚的，

長直垂地。一個落地大鐘擺在對面角落，滴答聲震耳欲聾。

埃里耶一見那鐘便笑道：「看來施先生跟我們一樣，習慣這樣的大鐘擺著，也不覺吵。」

施逢德撩開幔簾，果然是槁顏枯爪，眼白血絲密布，花白髮因長久沒有梳理，亂蓬蓬頂在額前。他看埃里耶的表情亦是怔怔的，笑容呆滯，有多數人看到陌生人時的遲鈍反應，但似乎又在抵觸被對方觀察。

「施先生，有些事情不要太掛心了。」做過自我介紹之後，埃里耶其實已經對施逢德有些放棄，在他面前的，不是一個藏有巨大秘密的說謊者，卻是一位連遭打擊而身心俱疲的男人，他實在不忍再多問什麼。

「是常雲，有消息了？」施逢德突然眼睛發亮，要將希望託付給一位外人，這是何等悲哀？尤其是作為父親，他對於從警察那裡得到親骨肉的消息實在是百感交集，一面怕這樣的結果，一面又希望得知兒子的下落。

埃里耶雖然一直保持單身，卻深諳人間真情，所以他搖搖頭，對施逢德擠了一下眼睛，笑道：「沒有消息就是最好的消息，施先生應該明白的。」

施逢德果然又擠出一個笑來，在五彩斑斕的琉璃燈照射下，那笑容也是五味雜陳的，甚至有陰森與酸楚。

下樓的辰光，朱芳華在後頭幽幽道：「您不是想問他什麼，只是想看看他吧？」

埃里耶轉過頭來，一臉狡黠的笑：「中國女人比法國女人聰明的地方在於，妳們的洞察力過於細微，這是妳們的優勢，更是悲哀。」

話畢，埃里耶盯住朱芳華的面孔。

她怎麼突然變得容光煥發了？先前每一寸尖銳的曲線，此刻都溫滑無比，瑩瑩然散放異樣的神采。

…※…　…※…　…※…

琪芸整個人泡在水中，耳膜裡充滿細微的流動之音，至於是什麼在流動，對她來講並不重要，要緊的是思維可以暫時飄浮起來。

這難得的「清靜」，令她無端懷念起從前在百樂門的那些日子，她因怎麼都學不好狐步舞，上海話也講得極結巴，於是時常被燕姐罰去坐冷板凳，連吃半個月的「陽春麵」。所以餓肚子的感覺，她瞭解得比其他蓬拆小姐要多一些，然而即便如此，她還是在那裡待足一年。

其中原委，琪芸並非想不通透，只是不敢想徹底，倘若要一根筋往深處挖，便只能挖出三個字——邢志剛。

不曉得為什麼，她就是對他無端掛心。他並非萬人迷的品相，太冷、太傲，也太愚蠢。

有些男子，表面像豺狼，骨頭其實是軟的，缺少主見，只能在背地裡找一個依靠。琪芸從前一直幻想自己會是那個依靠，直到發現秦亞哲對她根本沒興趣，卻將目標鎖定了小蝴蝶，她才徹底絕望。

事實上，她早在與秦亞哲會面之前，便已做了長達兩個月的準備，他喜歡女人穿什麼樣的衣服、化什麼樣的妝、眉尖修成何種形狀才能讓他看著順眼、往他嘴裡灌什麼酒他會醉、他到底是喜歡酒量好的女人還是一杯便倒的……一絲一縷都計算到位了，她原以為可以一擊即中，孰料他對她的萬無一失竟然沒有興趣，眼睛卻是望向在舞池旁邊脫下一只高跟鞋偷偷歇腳的小蝴蝶。

此後，她終於明白一個道理，那就是男人喜歡什麼樣的女人，其實並沒有具體的道理。

琪芸走出百樂門的辰光，樣子也頗狼狽，連個送行的姐妹都沒有，邢志剛託燕姐給她的信封裡，只得孤零零幾張紙幣，代表她在他心裡的分量。所以後來她牙關咬緊，誓要出人頭地，在電影圈子裡爬到如今的位子，也是賭著一口氣，幻想邢志剛在大銀幕上看到她風姿卓越、光彩照人，會生出怎樣的複雜情緒。

女人多半都要靠這些自我安慰，才能活得舒心。

浴缸裡的水開始變涼，她將頭探出水面吸一口氣，又打開龍頭放了些熱水，身體復又回暖，每個關節都覺得鬆柔，疲意頓消。但深處繃緊的那根弦卻還在嘶叫，提醒她某些陰霾還如影隨形，必須找一塊透明的「抹布」將它們抹去，就像邢志剛為了生機，能將親密愛人從世上抹去。

她想起上官玨兒，是個可憐的女子，然而生前頗有手段。琪芸每每想起她們經歷的事體，便恨不得能將這些汙點直接從身上割去。

唐暉……她直覺他有一張與邢志剛輪廓相似的臉，只是要比後者更陽剛一些、明朗一些，像在輪廓上撒了金粉，但她還是沉迷於邢志剛的弱勢與幼稚。

有人跟她講過：「男人外表越強，做事情往往越犯蠢，這樣的男人妳要珍惜，因為他們依賴性強。」

只可惜，邢志剛從未依賴過她。

直到一週之前，她的娘姨夜裡到後院剪罌粟葉子嚼來治胃痛，卻見他縮在牆根下，一臉的惶恐。

「只有妳能救我。」

她能看到他乞求的眼神裡藏得並不高明的得意，於是偷偷有些氣惱：原來他一直知道她的心思！於是救贖裡也帶了些報復的心態。

從浴缸裡站起，身體驟然發冷，於是忙拿過一條鬆軟的棕色大毛巾披在胸口。門把手卻似乎震了兩下，她迅速拉起浴簾，將一隻手伸在睡袍底下，保持一個放鬆的站姿，彷彿並沒有設防，卻是什麼都準備好了的。

「妳緊張了？」邢志剛將門關上，抬頭紋顯得很稚氣。

她只得抱起睡袍，連同包在裡頭的手槍，若無其事的背轉身去穿上睡袍，同時把槍放進口袋，於是一邊便有些不對稱的下墜。

「什麼時候能離開上海？」

他問得很不合時宜，令她越發認為付出有所不值，但還是忍住氣，凶巴巴回道：「兩條路，一是走水路到福建或者廣州，二是坐火車去北京，你自己選。不過洪幫的人正到處找你，恐怕要走也得等到風聲過了以後。」

「姓秦的沒找到他想要的東西，風聲就永遠也不會過。」他口吻有些焦慮，但絕望中竟還流露了一絲性感。

她只得苦笑：「那你又能怎樣？踏出這個門，恐怕就離死不遠。」

他望住她，沉默好一陣，遂吐出幾個令她詫異的字：「但不出這個門，我也早晚要死。」這一句，像是點中了她的要穴，她竟不由自主的把手伸進口袋裡，握住了那支槍。他走到她面前。因靠得太近，她能看清他下巴上雜草一般的鬍碴，燒酒的氣味也在輕輕刺扎她的鼻腔，與她身上殘留的檀香皂之馥郁芬芳混在一起。

她突然吻上他的脣，像是索取，又似在抵抗。他順勢剝掉她的睡袍，握住她一隻乳尖。她聽見自己的槍落在馬賽克地磚上的聲音……

……※……　……※……　……※……

艾媚洗完斯蒂芬衣櫥裡的最後一件襯衫，便再也動不了了，她腹部痠脹，胃裡像有一條毛蟲在偷偷蠕動。斯蒂芬再次出現在她面前的時候，樣子看起來很輕鬆，彷彿從不曾犯錯。她有些茫然，卻還是帶著呆滯的表情將襯衣一件件在陽臺上晾起。

「聽說妳去別處找過我？」

斯蒂芬生氣的時候還是保持優雅的談吐，這是他最可怕的地方。她手指腫得像胡蘿蔔，姆媽早就要她停掉這份工，她事實上已是停了，卻還每日假裝去上班，便是到他的住處來做些可有可無的雜事。

「我不曉得你去了哪裡，所以到處找。」

「怎麼會找到那裡去的？」

他聲音柔情似水，她卻有些背脊發毛，於是假裝沒有聽見。

「是不是看到那個火柴盒上的地址？」

她只得點頭。

「妳見到她了？」他的口吻越來越溫和，完全不像在質問。

「見到了，不過……應該是我多想。」她勉強擠出笑意，將洗衣盆拿起，剛轉過身便貼到了他的體溫，微熱的胸膛，帶一點淡淡的鬚後水芬芳。

他在她面頰上輕輕吻了一下，便放開了。她不由得有些沮喪，因這是兩人近期最親密的舉動，自她跟蹤他到那俱樂部並看見珍妮以後，他很久都沒有對她做過越界的事。

「哦？」他輕挑了一下眉尖，笑道：「怎麼會這麼快就意識到是自己多心了？戀愛中的女人都很盲目的。」

「再盲目，有些事情她們也不得不注意到。」艾媚用英語回答他。

「那麼……」他轉動她的肩膀，以便自己從背後抱住她，在她耳邊輕語：「妳得再幫我注意一些事。」

「比如呢？」

「比如那個法國老頭。」

她驀地想起埃里耶肥圓風趣的面孔，繃緊的肉體竟放鬆了一些：「那個老頭並沒有那麼難應付，他若有法子找到我，那就兵來將擋，水來土掩唄。」

斯蒂芬笑起來，教人猶入如沐春風之境，他會嘲笑艾媚的天真，卻又喜歡她的天真。女人無知起來，往往就變得勇敢，他確實是需要一個勇敢又不太聰明的女人為他貢獻一切。

埃里耶找到艾媚的時候，她坐在紅石榴餐廳裡發呆，他盡量將這次調查搞得像偶然相遇。有趣的是，這姑娘似乎並沒有察覺自己被盯上，仍然坐在那裡喝一杯紅茶，她點了一個藍莓派和一杯牛奶、一碟薯片，顯然胃口很好，一氣吃了不少。儘管穿著寬大的燈芯絨背帶褲，隆起的小腹和腫脹的乳房還是非常搶眼。

「姑娘，我知道妳也許不認得我，不過……」

「我認得。」艾媚的笑容甜津津的像話梅，「從前你經常來吃午飯，喜歡這裡的牛腰肉和杜松子酒。」

埃里耶有些不好意思的摸了摸鬍子，道：「是啊，可惜現在換了老闆，味道也變了，所以我……」他露出痛苦的表情。

「你還在查那個外國女人的案子？」

「是的，聽杜小姐說，妳以前見過珍妮？」埃里耶當即開門見山。

她低頭不語，表示默認。

「那妳見過這個女人嗎？」埃里耶將一張相片遞到她眼前。

相片上的女子黛眉鳳眼，略顯木訥的神情，雖然生得標緻，卻也僅限於標緻，但眼角下的淚痣卻讓她心驚肉跳起來。

她必然是見過她的，深夜，那幢青灰色群居房裡的一間，她便半倚在床頭，素白繡花邊睡衣領口處托著一張寂寞雍容綻放的面孔，遠比相片裡的那一位要鮮活美麗。

「見過。」她點頭承認，因直覺若斷然否認，必定會被對方識破，不如學乖一些。

「在哪裡見過？」

他果然上鉤，露出興奮的眼神。

「在這裡見過，她用過一次餐，是我招待的。」

「用過一次餐妳便記得這麼清楚？」

「在畫報上看到過呀，上海小姐第二名嘛。見著真人，覺得有些像，但又不敢認真，所以跟其他幾個招待還打了賭，由我過去認呢。」她口吻一派天真爛漫。

「什麼時候來的？她一個人嗎？」埃里耶顯然像是找到了希望一般歡喜。

艾媚繼續演戲，偏頭嘟嘴想了好一陣，才喃喃道：「大概兩個月前吧，好像是跟一個男人來的，那男人長相我沒看清楚，穿深藍色洋西裝，戴眼鏡，看起來滿稱頭的樣子，想想也必是有錢人。」

埃里耶遂將鈔票放在桌上，向招待打了個響指，起身笑道：「艾小姐，很高興跟妳聊天，我要告辭了。」

「這麼快就走?你都還沒嚐嚐這個派呢，這裡如今唯一還稱得上不錯的食物。」

「我應該相信妳這位漂亮姑娘的建議嗎？」埃里耶撇了撇嘴，笑道：「妳撒謊撒得太像了，不過還需要鍛鍊。要知道，記不住一個人的長相的同時，是絕對不會想起對方穿的是什麼顏色衣服或者戴不戴眼鏡，何況還是很普通的服飾。」

話畢，埃里耶便挪著肥肥的大屁股走出餐廳，只留下瞠目結舌的艾媚。

……※……　……※……　……※……

杜春曉在桌上擺了一副中阿爾克那，然後對著那一桌子的牌發了呆，香菸快燒到指節了都不自知。

敵人牌：皇后。

貴人牌：倒吊男。

障礙牌：力量。

都是些毫無頭緒的啟示，更何況她推測事態從不是真正靠牌，只有被逼上死路，才會拿這些牌來出氣。

此刻，她就將那張皇后當作秦亞哲。嚴格來講，他是她的財路，可同樣亦是最大的敵人。不僅拿她和夏冰的命不當命，很可能找到畢小青之後，他還會處理一些多餘的麻煩，這個「麻煩」是什麼，她不得而知，但隱約覺得應該與她有關。

障礙牌無疑是邢志剛，他的藏身處還未找到，但秦亞哲已布下天羅地網，要逃出上海幾乎沒有可能，如果他還在這裡，又會去哪兒？她遂想到現在正被倒吊在秦亞哲家後院柴房的那個廣東人，倒是有一副硬骨頭，十根手指已被削去了三根，還是一聲不吭。夏冰那日目睹了對此人上酷刑的場面之後，回家三天都不能吃一口肉。

究竟邢志剛背後有什麼力量在支撐他？他能逃到哪兒去？

她越想越覺得心寒，因已迷失方向。更糟糕的是，秦亞哲給她找出邢志剛下落的期限只有三天，即是講三天之後，她與夏冰會是什麼下場已顯而易見。但凡做大佬的，一旦被惹急了，便會拿無辜的生靈出氣，這是常規。

「春曉，咱們逃走吧？去北京，或者南京，或者再遠一些，去香港。」夏冰大剌剌說道，彷彿只是建議去郊外遊樂。

她清楚他的焦慮，於是面上淡淡的，擺出拿他當孩子的態度來：「你說，邢志剛會藏在哪裡呢？他除了燕姐之外，身邊再無其他的知心人。旭仔也被關起來了，一個人要綁架畢小青，還要取贖金，也太難為他了。」

「肯定還有別的人暗中配合他的，但會是誰呢？你有沒有想過，其實邢志剛、高文、斯蒂芬、珍妮，可能還有上官玨兒和施家父子，都是因為同一件事情上有牽連，才會落到這種地步的。我只是一直沒想明白，邢志剛到底……」她拿起那張倒吊男，搔起下巴來，「如果換了你是邢志剛，你會躲到哪裡？」

夏冰憨笑道：「恐怕我哪裡都躲不了，一來我沒錢沒勢，不能買通任何人；二來也不是元宵模子（注二十二），去哪裡也不討女人喜歡……」

「元宵模子」四個字一出口，杜春曉已從沙發上跳起來，她兩眼放光，高聲道：「對啊！邢志剛這樣的小白臉，雖不比唐大記者年輕，但也能把女人迷得神魂顛倒，且他的夜總會裡，還有那麼多女人！」

結果兩個人當下便去了百樂門，卻見那裡大門緊閉，唐暉站在不遠處給它拍照。

「就這麼倒了？」杜春曉上前問唐暉。

「哪裡能倒？不過是等著有其他人接手罷了。」唐暉不曉得為什麼臉上膚色蒼白，眼神卻是透亮的。

「誰來接手？秦爺？」

「可能。」他不置可否，對住百樂門三個用電線與鐵絲圈起來的陰暗大字，陷入了彷徨。

「所以他更要找到邢志剛，要不然辦不了移交。」杜春曉有些天真的接話，遂笑問：「你可知道那些蓬拆小姐都去哪裡了？」

「我哪裡曉得？」唐暉無奈的聳聳肩膀。他較一個月前明顯瘦了，顴骨越發突出，然而也更漂亮了。

「個把總曉得吧？比如米露露？」

唐暉不假思索的搖頭。

「朱圓圓呢？」

唐暉還是搖頭。

「你知道朱圓圓是誰？」

「不知道。」他不耐煩的皺起眉頭，「我還要跑幾條新聞，先走一步了。」

唐暉一離開，杜春曉便與夏冰笑道：「他今朝有些奇怪啊，怎麼也不問問我們為什麼要打聽那些蓬拆小姐的下落。還有……我記得他是專門跑電影明星的，怎麼會來這裡？」

夏冰也推了一下眼鏡，回道：「不過沒關係，我們還有小四。」

果不其然，次日下午，小四便上門來了，只說一句「朱圓圓現在金帝豪門夜總會上班」便要走。

「怎麼不坐下來聊聊？」面對救命恩人，杜春曉倒是格外客氣。

「不了。」小四的神色異常嚴肅，似乎正背負巨大壓力，「而且杜小姐，今天以後，我再也不能幫你們做事了。」

「為什麼？」

「我有很要緊的事情要去辦。」

她想問什麼事，卻又忍下來了，因知道他必定不會講，於是只得道：「那這些日子麻煩你了。」說畢，正欲從錢包裡拿鈔票出來，卻被他止住，說了句「不必」，轉身便走。

不曉得為什麼，杜春曉恍惚覺得小四這一去，必是再也見不著了，心下便越發惆悵起來。個性過分沉默的人，往往因過分隱藏心事而讓自己陷入命運的僵局。

「金帝豪門」實是比百樂門規模還要小一些，開在法租界的繁華地段，招待的多為軍火商人，抑或想藉機撈錢的拆白黨。所以朱圓圓轉到夏冰的檯子時，一看是個窮酸後生，便傻裡傻氣的嗔道：「先生啊，儂……儂到這裡來開開心心白……白相是可以唉，不要弄出搞七捻三的事體來，曉得哇？」

「圓圓，長遠不見，口氣橫了不少嘛。」因早前聽杜春曉講過她直腸直肚的憨傻個性，所以夏冰也不計較，反而有些喜歡起來，「杜春曉說好久不見妳，怪想的，趕明兒去她那裡玩一趟？」

朱圓圓聽聞「杜春曉」三個字，當即面上便雨過天晴，恢復一臉稚氣，笑道：「儂……儂是春曉的朋……朋友？哦，不是唉，是伊老……老公，對哇？」

夏冰隱約從她身上看出些杜春曉少女時代的天真，於是不由得有些神迷，回道：「是的

呀，妳啥辰光過來白相？」

「好呀！」她爽快答應。

「妳可曉得妳原來的老闆去哪裡了？」

「不……不曉得。」朱圓圓當即把頭搖得像撥浪鼓，「上一通……有……有幾個穿得滿流氓腔的人也來問過，我不曉……得就……就是不曉得。」

「那妳有沒有聽其他原來百樂門的姐妹講起過邢先生的去向？」

朱圓圓偏著頭，思忖道：「真不曉得……得，伊……伊就這麼不見了，後來一幫人……人把百樂門翻了個底朝天，聽說旭仔也被捉去了。還有我……我在那邊，其實沒有什麼姐妹的。」

話畢，她蝶般上下翻飛的長睫毛幾乎要將下眼瞼蓋嚴了，生得美貌果然占便宜，連落寞的狼狽相都好看。

「那當初妳的幾個……同行裡，必定也有特別討邢先生喜歡的？」

「討伊喜……喜歡的不見得有人，伊眼睛裡只有燕……燕姐，我們都曉得的。喜歡伊的倒……倒有不少，不過也是自作多情，儂也曉得，倒貼貨男人一般不稀……稀罕的。」

未曾想頭腦簡單的朱圓圓竟講出這樣的世故話來。

「那有哪一些喜歡他的，妳可還記得？」

她眼珠子轉了幾圈之後，開始扳起手指頭來：「有薛素芳，不過後來嫁給米……米行老闆，早就不做了；前年跳……跳河自盡的紅月，是鴉片癮頭太大，周轉不過來，被、被追債的逼死的；還有一個……哦，這個不能講的……」

「哪個不能講？講講呢。」夏冰一把抓住她的話中核心。

「真……真不好講，不過講……講了也沒有人相信。」

「那就講，反正也不怕有人信。」

「我也是聽來的，因為我進來的辰光，她……她已經走掉了。後來聽露……露露她們吃小酒的辰光有講到，這個女人生意做不好，不過心機老重，想跟小……小蝴蝶搶秦爺，自然搶不過。不過露露講，其、其實她搶不過，是因為心裡喜……喜歡邢先生，所以戲演不真。不過也滿有趣，後來她不做了，竟真的去演……演戲，你講好不好笑？」

「哦？這個人是誰？」

「現在的大明星琪……琪芸。」

……※……　……※……　……※……

旭仔已是「死」過兩次的人，所以他對死亡並不陌生，更深諳死亡比痛苦舒服的道理，所

以他現在最覺恐懼的不是沒命，而是加倍的肉體折磨。削去的手指，像依然長在那裡，他經常以為它們尚活動自如，只是有一些遲鈍。唯有用眼睛確認，看到手掌上草草包紮過的切口，才倍感無奈。

斷指的根部還在流血，他能體嘗到生命正一點一滴的流逝，這令他多少有些欣慰，因終於要去了，永別顛沛流離的境況。諸多千鈞一髮的關口，他求生之餘心底裡都會冒出「不如就此放棄」的念頭，繼而懷疑起自己的生存意義來，究竟這般支離破碎的人生是否還值得苟且？

教書先生冰涼的手掌彷彿一直壓在他潮濕的前額上，讓他因高燒而發燙的身軀得以暫時的平息。

但旭仔求死的決心，似乎一點也沒變。他並沒有憶起前半生，因那些都是不堪回溯的往事，哪怕有一點點所謂的「美好」，除教書先生的短促溫柔之外，恐怕唯有對邢志剛的忠誠，這「忠誠」裡包含了太多微妙的情愫。所以他對邢志剛有些畏懼，有時互相遞一個火，便靠得有些近了，他能看清他唇上的青色鬍碴，及頭頂那個蒼白的髮旋。

想到這一層，他便心臟緊縮，喘不過氣來。尤其他原本打算從容赴死，但邢志剛的面貌一浮現，那些壯烈便成了灰。

他想知道邢志剛在哪裡，但又預料到對方的安全處境，倘若秦亞哲已找到邢志剛，便不必如此費心審問、斷他三根指頭，不過接下來，恐怕他得挨「三刀六洞」的刑罰了。於是從昨晚開始，他便在計算那個時刻的到來。

結果等來的，是秦亞哲。

旭仔雖然被秦亞哲折磨到一心求死，但他骨子裡並不討厭秦亞哲，相反卻有些羨慕他。同樣從馬仔混起，有些人是早死早超生，有些人像他一樣至今還是跑腿做事的，而另一些人就是他們活到這種程度卻仍不放棄的唯一依據。倘若沒有「秦亞哲們」的存在，旭仔真不曉得風口浪尖上的日子還有什麼甜頭可嘗，秦亞哲就是他們的願景，他們的夢。

而有夢，其實是一種「致命傷」。

給旭仔處理傷口的是一個形銷骨立的老頭子，背很駝，臉上生滿了老人斑，但眼鏡片後頭的一雙眼卻透著精光，且動作靈活，有一種與年紀背道而馳的動力，所以旭仔只覺得傷口微微刺痛，絕對在承受範圍之內。

待料理完斷指，被推到飯桌前的辰光，他已是一身輕鬆。

桌上擺著一大盆小米粥、一份小籠包、一碟榨菜，並一個砧板碎肉燉豆腐。他未曾覺得餓，卻還是機械的坐下來，左右手都已沒了食指，只得用大拇指和中指貼合，夾起一個大大的銀湯匙來。舀了一勺粥，溫溫的含在嘴裡，還未吞下，眼淚卻出來了。他不曉得自己為什麼哭，只是眼睛在發熱，怎麼做都是個失控。

「點解（注二十三）放過我？」

「你認得花弄影嗎？」秦亞哲將一枚鑲瓷面戒指擺到桌上，泛黃瓷面上有教書先生的清俊面孔，「聽說，她的父親救過你一命？」

花弄影？這名字在他心裡是蒙了灰的，彷彿不知塞在何處的一件舊衣裳，早已記不得要穿，更記不得要丟。

於是他茫然搖頭，接著又變成點頭。因隱約想起她是個聲名在外的老舉，他曾看在這枚瓷面戒指的分上替她收過幾次錢，後來有一天，這老舉竟提出要他帶她一道遠走高飛。他知她次日便要被贖身，嫁予一個上海大老闆，於是只當成玩笑，便講了句：「好，明早六點，在碼頭等妳。」次日他果真去了碼頭，卻不是六點，而是凌晨三點，渾身傷痕累累，上船時已丟掉半條命。

「是我的四姨太，現在杭州調養身子。」秦亞哲輕輕呡了一口茶。

旭仔竭力壓抑住心中驚訝：他又怎會知道這段往事？

「你一講話，便讓我想起她來，口音像得很，只是你的上海話更靈光一些。」他微笑的樣子都有些懾人，「所以你們廣東人給我的印象並不差，更何況……」他每一次刻意的停頓都令旭仔緊張。「更何況，你對邢志剛的下落的確一無所知。」

「這就是我那三根手指讓你明白的事吧？」旭仔苦笑，又吃了一口粥，動作比先前熟練多了，臉上的疤痕色澤也淡了。

「不，是抓你的時候就知。」

他很想追問一句為什麼，卻忍住不開口。

「邢志剛殺掉燕姐之後，應該是早就想好了退路，你也不會那麼不小心，在舞廳裡束手待斃。只有兩種情況會讓你這麼容易被我抓到，一是你根本不知道內情，所以邢志剛完全把你撇下了；二是你與邢志剛串通一氣，你來受苦，然後道出所謂的真相轉移我的視線，他藉機逃出上海。但是，折磨了你這麼長時間，卻沒從你口中掏出半個字來，若是演戲，你未免演得有些太真了，所以我還是寧願選擇相信第一種。」

「所以，秦爺要放了我？」

「對。」秦亞哲點頭，將毛茸茸的耳孔對住旭仔，「但是有個條件。」

「什麼條件？」

「有個人想見見你，問你一個問題，不是關於邢志剛的，所以請你務必答他。」

「如果不呢？」

「那就只有死在這裡。」

旭仔垂下頭，表示默許，但更重要的是，他依然保持了旺盛的好奇心，想見見那個人。

夏冰笑嘻嘻走進來的時候，旭仔便認出來了。雖然那日室內光線昏暗，但絕對就是那個與

他在珍妮的住宅狹路相逢的怪人，也許也是將他推進地下室的人。

「那天為什麼把我推進地下室？」

「什麼？」夏冰露出一臉困惑。

旭仔看出他並沒有演戲。「算了，你想知道什麼？」

「我只想知道，那天你在珍妮家的書裡，好像翻到了一件東西，那是什麼？」

旭仔終於確認當晚暗算他的人不是夏冰，不知為何，他竟有鬆了一口氣的感覺，當即答道：「是一張類似抵押收據的東西。」

夏冰挑了挑眉毛，笑道：「我陪你一起出去吧，再幫你叫個黃包車。」

二人內心同時浮湧起一股久違的鬆快。走出秦公館的一刻，旭仔頭一件事便是拍遍身上的口袋。

杜春曉急急向他們這邊招手，手裡正捏著一包黃慧如牌香菸。「你可曉得秦亞哲放你走的意思？」杜春曉碰上「菸友」，語氣分外親切。

「嗯。」旭仔用殘手上包著的紗布搔搔鼻頭上的癢，吐了一口煙霧，「他是想讓邢志剛以為我是他的人了，後面的發展就會很有趣。」

「不是有趣啊，是你有可能會被邢志剛做掉。」

「他現在自身難保，怎麼做掉我？」

「一個能綁架畢小青的人，怎麼做掉你都不奇怪啊。」杜春曉把菸蒂丟在地上，踩了一腳，寒氣隨即代替暖霧湧進鼻腔。

「我還是認為他沒有理由找我麻煩。」他既是固執，又是為邢志剛做某種曖昧的開脫。杜春曉瞬間洞悉他的底細，心裡竟生出幾分憐惜。因這樣天性特殊的男子，在這個時代多半都沒有好下場，於是道：「你可知道如今的大明星琪芸與邢先生有些瓜葛？」

旭仔彷彿沒有聽見，已逕自走向一架黃包車，背影纖瘦得像個女子。

……※……　……※……　……※……

邢志剛一直漠視他人的死亡，比如燕姐，比如旭仔，這是從小養成的紈褲子弟個性，自私得光明磊落。所以琪芸接下《浮萍花》這個劇本，像是註定的。

這個劇本好便好在，因情節多半都是在海上，於是要登船在松江、濱海一帶取景。原本這些戲找個水庫拍也是一樣，但琪芸堅持要出海，只說那裡拍起來更逼真。何況片子是要拿去跟《香雪海》比的，掉價絕對不成。

關乎這一決定，琪芸的老搭檔導演馮剛倒是贊成的，只是劇組其他人有抱怨，已是初冬季節，在露天伸一根指頭都會被凍僵的時候，去海上吹風浪，無異於發病。不過眾人亦想瞧瞧琪

芸的能耐，她平素嬌裡嬌氣，很難相信能挨得住海上拍戲的苦，所以大家聽到決定後也都不吭一聲，只默默去做了。

依照琪芸與邢志剛的計畫，拍戲的船隻要行到松江上，在臨近公海的地方便由琪芸買通的偷渡船接應，帶他前往日本。計畫簡單，但很實用。再講，無人懷疑到琪芸頭上來，她自然就是安全的，她安全，便意味著邢志剛安全。

「可是，萬一那時船來了，妳卻在拍戲，沒有把我交過去怎麼辦？」他疑心病向來很重，重到讓人既愛且恨。

「所以最好還得有一個人接應，只是我也想不出要拜託誰，好似誰都不可信。」

「那怎麼辦？」他將問題都推給了她，彷彿不是在計畫自己怎麼保命的事。

「怎麼辦還要問邢先生你了，身邊也沒個靠得住的。」她講了句氣話，見他沒有反駁，又有些不忍，少不得安慰道：「其實辦法還是有，你那個旭仔已經出來了。」

「妳怎麼知道？」

「他來找過我，問你的下落。」

「那妳信不得他，說不定已被收買。」他眉宇間盡是殺機，切齒道。他又問：「你們什麼時候動身拍海上的戲？要抓緊了！」

「就在後天。」她看著他，有些痛恨自己愛錯。但感情從來不由理智拍板，所以只得順著，因理智只會教人生索然無味，感情才是人快樂的源頭，「若他直在秦亞哲跟前把你賣了，恐怕如今被削掉幾根手指的那一個就是我了，哪裡還能跟你在這裡舒舒服服講話？」

他垂下頭，將兩隻手插進頭髮裡，彷彿在與自己爭鬥，好一會兒才抬眼道：「萬一他靠不住呢？」

「靠不住的話，邢先生現在就可以殺了我。」

旭仔緩緩從浴室裡走出來，穿一件乳白色的浴袍，胸膛赤紅，目光晶瑩。

「旭仔，你沒事就好！」邢志剛神色激動的起身，將旭仔抱住。

旭仔聞到他身上散發的虛偽氣息，甚至還看到他發紅的眼圈。

「邢老闆沒事才最好。」

「旭仔，在行動之前，你最好再替我做掉兩個人。」邢志剛表達的深情像是限時劇本，演過這一條便很快過去，轉而談別的事。

「什麼事？」

「替我做掉朱圓圓與米露露。」

「為什麼？」

「因為除了燕姐之外，只有她們曉得琪芸在百樂門做過蓬拆小姐。」邢志剛抓住旭仔的肩膀，彷彿拿到了一柄凶險的暗器。

三天以後，米露露與朱圓圓從如今各自上班的舞廳消失，再不出現。

……※……　……※……　……※……

琪芸的服飾箱裡充斥著淡淡的脂粉味，邢志剛很想憋住氣，拒絕這香噴噴的汙濁空氣，然而不行，他必須保持呼吸平順，才能避免出現大的動靜。

他的鼻腔與思維習慣像是結了盟的，都會不由自主的對胭脂水粉抑或香水感覺汙穢，女人用這個誘惑男人，同時也染髒了自己。他見識過太多蓬拆小姐眼角流下汙黑的眼線水，唇膏沾在門牙上，一笑就像嗜血，香水與酒氣混在一道，更是令人作嘔。

他猜想自己在船艙內應該很安全，琪芸的房間靠近最裡邊，除了化妝師與隨行保姆，一般沒有人會進來。而且她是出了名的脾氣怪，他人未經允許是碰不得一點兒東西，否則便要大吵大鬧，裝病不開工。

當然，琪芸這麼樣敗壞名聲，自有她的道理，兼因現在來個邢志剛攪亂她的生活乃至品性，真當命運弄人。

「等一下有場戲，拍過了船就要返回去，所以我會故意重拍好多次，叫他們都圍繞我轉，旭仔再領你到船尾，去登專門接你的渡船。清爽了哇？」

這句話，琪芸已跟他叨嘮不下十遍，總像是怕他忘記，又更似提前告別，有許多話要講，卻總也說不出口，只得就這麼樣顧左右而言他。

旭仔是以美工助理的名義跟劇組登船，自然也是琪芸買通的關係，只說是她遠房表親，要照顧一下，別人也不好講什麼。

琪芸對旭仔的信心，源自從前在百樂門有限的交往。印象裡這個矮小精幹的廣東人鮮少開口講話，但幾個舞女笑話說得前仰後合時，他會在一旁輕笑，不張揚的，靜默得很，令她一眼看穿他骨子裡的極端與堅韌。

所以這樣的人，下定決心要做一件事，就一定能做到。

《浮萍花》的這場重頭戲，講的是琪芸扮演的富家千金意欲逃婚，在船頭與父親吵架，吵到酣處便銀牙一咬，不惜跳海以示決心。原本跳海的替身演員已經到了，卻因暈船而大病不起，實在完不成任務，把導演馮剛急得直跺腳。好巧不巧旭仔坐在最角落裡整理道具箱，他便招手讓他過來。

「你叫什麼？」

「田旭升。」

「會不會游泳？」

「小時候就會。」

馮剛暗自驚喜，忙指著甲板上的護杆道：「站在這上頭跳進海裡，會不會怕？下面有小汽艇接應的，馬上能把你拉上來。」

旭仔怔了一下，下意識的點頭，卻被琪芸一把拖到身後，對馮剛吹鬍子瞪眼道：「做啥？儂想得倒稀奇唉，叫我表親做替身，到辰光出了事體誰擔待啊？不行的！」

「不行的話，這個鏡頭就拍不了，我們都收不了工。」馮剛仗著自己是大導演，也不太賣琪芸面子，當下臉色便難看起來。

「笑話，你們找的人出問題，跟我有啥關係？」

氣氛一下僵持起來，見兩位大牌劍拔弩張，周圍人沒一個敢上去勸，只假裝看不見，自顧自的埋頭找些事情做。

「沒事，我可以上。」旭仔一句話，勉強化解了尷尬。

但邢志剛卻還在船艙裡如坐針氈。

儘管遊輪上的船員和夥計都悄悄離崗走上甲板看大明星拍戲，但邢志剛一顆心還是提在喉嚨口的。他穿著輕便的襯衫和毛衣，將毛呢大衣裹成一團，包在一塊防水布裡，以便換船之後穿。另外還有一個牛皮背囊，是美國貨，燕姐送給他的生日禮物。

他先前嫌東西又大又沒形狀，像是西部牛仔拓荒用的，而且與他平素西裝革履的行頭也極不相稱，於是有些看不上，但她卻笑說：「興許早晚有一天用得著呢？」

想到這一層，他不禁冷汗直流，原來這個女人從認識他那天起，便已看穿他的宿命，這才暗中默默打點一切。如今背囊裡放的是罐頭食品、一壺淡水、兩件換洗衣物，和層層包紮的一疊現金。

準備妥當後，他坐在琪芸的床上深吸一口氣，只等旭仔過來接應。有一連串的動作是需要這個手下助他完成的，譬如將裝有他的服裝的箱子搬到船尾，再用滑輪將他吊下，放到接應的船內，付過錢，便萬事大吉了。

可以的話，他甚至希望旭仔能與他一道東渡，一個人漂洋過海實在太過寂寞，他不知道整個餘生是否都要在陌生的國度度過，但是如果身邊有個熟人相陪，情緒上便安慰許多，哪怕只是個從前沒放在眼裡的小赤佬。

打開錶殼，見時針已指向三點，他知道快了，於是打開箱子，將背囊與外套堆在一個角落，自己再縮進箱中，吃力的蓋上箱子，瞬間他便沒入黑暗之中。

很快，邢志剛聽見艙門打開的聲音，接著，箱子有了輕微震動，像是皮環被根根扣上。

「旭仔？」他不放心的開了腔。

「噓……」

箱外傳來這樣的示意，令他緊張得喉嚨發乾，竟也下意識的聽從了。

從來沒有一條路，讓邢志剛感覺走得那樣漫長。因他是躺著的，只能聽到箱底與甲板擦摩

的吱吱聲，隨後箱底板開始發燙。雖然無法看清外面的動靜，但他感覺得到自己正與箱子一道緩緩朝某個方向移動，那噪音於他來講，是震耳欲聾的，甚至其中還摻雜了一記吃力的喘息。

邢志剛發現，箱子每移動一至兩分鐘便要停一停，彷彿怕箱子承受能力有限，沒到目的地便散了架。於是他將身體盡量掰直，一隻手摸到褲袋裡的硬物——是一個打火機，遂將它拿出來捏在手上。

箱子每停頓一次，他便記數，待記到三十六次的時候，終於不再前進。他猜想大抵是已到了船尾，接下來要做的便是將箱子吊下船進行移交，也是將他的命交給一個陌生國度。他有種被全盤操縱的悲情，卻又無處宣洩。

「邢老闆，到了。」

不對！那聲音，完全不對！

他剛要掙扎，卻整個人凌空彈起，碰到箱子頂部。

怎麼可能飛升起來？一秒鐘之後，他才知道自己正在下墜，箱子必定是被推下船了，而不是用所謂的滑輪吊下去的！

絕望像爬蟲一般疾速湧上心頭，他即將與箱子一起成為海底冤魂。正想著，人已落回箱底，巨大的水浪聲嚇得他幾欲哭泣。

冷靜！

他一面告誡自己，一面舒展了一下身體，想伸手勾到腳邊的背囊，因為裡頭放著一把瑞士軍刀，可在關鍵時刻使用。但無論手腳，現在都已用不上了，手上有的，只一個打火機！

他只得點著火，在箱口接縫處燃燒，箱內即刻發出刺鼻的焦臭，整個箱子正在海上不住顛簸，他祈禱不要太快沉沒，同時後悔腹部綁了五根沉甸甸的金條，它們現在完全可以要了他的命！

大抵是老天開眼，在箱底已不斷滲水的同時，只聽得「啪」的一聲，扣住箱子的一條皮帶斷了！他大為驚喜，忙去燒另外一條，也很快如願以償。於是他打開箱子，這才整個人沒入水中。所幸關鍵一刻他抓住了那只背囊，它奇蹟般的浮在水面上，彷彿一個溫柔的懷抱，令他不顧一切想要投入。

邢志剛逃離箱子之後的第一個反應便是抬頭看那艘遊輪，船尾依然高高聳立，因為處於停泊狀態，馬達都關了，所以越發像一隻沉睡中的猛獸。

他只得向遊輪游去，卻隱約聽得又一陣激浪的聲響，嘈雜人聲響起，大抵是在說「快！快快！」還有「人呢？」之類的，於是他不由得心焦起來，擔心船頭上會因在找什麼人而跑到船尾，想來想去，只得向中間段游去，想攀上邊緣懸掛的救生艇，再回到船上。

就在此時，他感覺腳被什麼東西牽絆住了，原以為是水草，便用力蹬了兩下，沒有蹬掉，反而纏得更緊，一股強大而隱秘的吸力將他往水下拖去。他掙扎了幾下，想從包裡拿出瑞士軍刀割斷底下的纏繞，但那神秘的力量卻從他背後竄起，一把扼住他的咽喉。

「再見了，邢先生。」

邢志剛瀕死之前，耳邊充斥旭仔低沉而陰鬱的細語，雖然意識已隨身體沒入泛黃的海水，手卻還緊緊抓住那只背囊，彷彿抓著燕姐的手。

「救我……」他向燕姐的幽靈發出最後的呼吼。

…※…　…※…　…※…

裝邢志剛屍首的藤箱，就擺在秦公館門口，皮帶斷裂，斷口處有焦灼痕跡，箱面的清漆已經磨光，摸上去毛裡毛糙的。

邢志剛面目浮腫，嘴唇烏紫，渾身赤裸，頭髮縫裡爬滿細小的黑蟲。

夏冰看到這樣的屍首，便莫名聯想到黃浦江上的那些不知名的浮屍，只是尚未膨脹到這種程度。然而變形後的邢志剛，依然是個好看的男子，原本泡得稀濕的眉毛上沾滿粉狀鹽粒，蒼白的臀部蜷曲成一個光滑的弧度，竟漂亮得有些妖冶。

「是誰做的？」

盛著「豔屍」的藤箱搬移至秦公館大廳之後，其主人氣定神閒，坐在上頭吃茶，只拿餘光瞟一眼夏冰，道：「你可知道是誰做的？」

「知道。」夏冰點頭，「是旭仔。」

「怎麼知道的？」

「邢志剛最近一直在那小明星的住處藏身，你放了旭仔之後，他被琪芸收留。後來琪芸去濱海拍戲，旭仔也在那劇組裡，當時琪芸是拖了五個箱子去，回來卻只剩四個。」夏冰一面講，一面將磨糙的箱底角擦了一擦，金屬角片上果然刻了一個「芸」字。

「這箱子也是他放的？」

「應該是。」

「為什麼？殺了邢志剛，又暴露了琪芸……」

「不是暴露，是琪芸想和秦爺做一個交易，沒有邢志剛的命，便得不到您的信任。」一直坐在角落裡擺弄塔羅牌的杜春曉，終於陰惻惻的開了口。

「如此說來，你們不是跟蹤旭仔得出的結論，卻是琪芸小姐讓你們帶的話？」

「沒錯。不過……」杜春曉將牌理起，笑道：「今晚她在蘇州路的紅石榴餐廳與您碰面，除了交易之外，還會講另一件事，估計那才是您目前最掛心的。」

「什麼事？」

「五太太的事。」

秦亞哲手中的瓷杯驀地爆裂，粗大的手指上流滿薑黃的茶水。

「秦爺倒是難得失態。」杜春曉似乎改不掉那份刻薄，「不過邢志剛死後，曉得五太太下落的，恐怕也只有琪芸。」

「邢志剛沒有綁架五太太。」

紅石榴餐廳內，琪芸劈頭第一句便講了秦亞哲最不愛聽的。倘若她沒有扯謊，那麼見畢小青便遙遙無期了。

「我曉得你最關心的是這個，所以……」

「那妳也一定曉得這樣找我出來，我也來了，就是要結果的。沒有的話，有什麼後續，妳應該自己想得到。」秦亞哲講這句話，是一字一句，慢吞吞的，彷彿只是跟人家介紹一個珍奇的古玩。

面對這樣露骨的威脅，琪芸倒也面無懼色，反而笑得更開，一張臉如牡丹吐豔：「看把秦爺急的！人家只是講邢志剛沒有綁五太太，並沒有講不知道五太太的下落。」

「聽說琪芸小姐要和秦某人談一筆交易，不知妳指的是什麼？」

秦亞哲突然岔開話題，倒讓琪芸當下有些不知所措。她只得隨著他轉，說道：「自然是那批貨的事情，秦爺之所以不殺五太太，反而要抓活的，想來也是為了它吧？」

這一句，確實讓秦亞哲面孔僵硬起來。

「關於這件事，秦爺也不用想得太多，東西沒了不要緊，要緊的是怎麼彌補，不讓那位知道。」說到「那位」的時候，琪芸在自己的鵝黃色旗袍袖子上點了點。

「請講。」秦亞哲半晌才冒出兩個字。

「下個禮拜，會再有一批貨從淞江口運往英租界，時間和交易信號我到時自會與你說，秦爺只要把貨拿過來，填平了它，便什麼事也沒有了。」

「我做了，妳又有什麼好處？」

「四六分帳，我六你四。」

「妳一個女人，吞得下那麼多嗎？」

「那就罷了，我走出門之前你便殺了我，一了百了。」她嬌聲笑道，指間還繞著一根銀湯匙。

秦亞哲仍是腰桿子筆直，與店裡優雅舒適的氣氛格格不入。他始終是端嚴傳統的做派，卻亦無端散發出男人的魅力來。

琪芸慢條斯理的站起，走過秦亞哲身邊時卻被一把抓住手腕，力道不大，卻極懾人。

「拿到錢之後，把畢小青交給我。」

她掙脫了他，唇角浮起的一朵笑輕蔑中帶些困惑。

……※…… ……※…… ……※……

朱芳華周遭的空氣一直是清冷而稀薄的，所以這個冬天她做了許多編織物，蓋在餐桌和沙發靠背上。鉤針不停在指尖上下躍動，絨線摩擦皮膚的觸感柔韌而單調，她絕非一定要完成這些手工活，只是手上一旦動起來，腦子便可以暫時停歇，這才是功效。

偶爾望一望窗外，庭院裡的冬青葉已經變成金色，夏日裡花圃中鮮濃繁茂的月季早已不見影蹤，壇邊一圈厚厚銀霜，令她恍惚以為天正落雪，但再看看就近的一棵金橘樹，禿光了葉子的枝節上暴露古怪的斑紋，於是明白上海只不過乾淨而已。那樹下站著的那個女人，依然讓朱芳華感覺寒意逼人。

那女人她見過，雖只是擦肩，卻印象深刻，因鮮少有看起來不像混跡歡場的女人身上有如此濃重的菸味。她與施常雲的關係，大抵亦是撲朔迷離的。但她不想細究，只期望事情能早些過去，可惜怎麼也過不去，只好坐在那裡編織各色鋪蓋，與時間角力。

「大奶奶，有位姓杜的小姐找您。」娘姨跑進來講，面色也是淡淡的。

「姓杜的？以前可曾見過？」她放下織物，順手撫了一下有些乾糙的額髮。

「不曾見過，伊講伊是二少爺的朋友，有事情要同大太太講，人現在就在花園裡，叫伊進來哇？」

朱芳華點了一下頭。

杜春曉身上的棉襖大且無形，腰腹處有些鬆垮垮的，胸口卻是緊繃，一點餘地都沒有。淺藍底白色碎花圖紋頗顯彆扭，然而竟有一些陽光的感覺。朱芳華驚覺，自己已許久不見陽光，即便口紅塗得一絲不苟。

「好香啊……妳們中飯吃的什麼？」杜春曉用力抽了抽鼻子，樣子很滑稽。

「油燜茄子、水燉蛋和清炒牛肉絲。」朱芳華之所以要一五一十報來，兼因在試探自己是否已成不記年月的行屍走肉。

「妳可認識我？」杜春曉笑了。

「見過。」朱芳華垂下頭，微微有些莫名的耳熱，「是妳猜中了藤箱裡的東西，讓埃里耶來向我求證的？」

「對，其實妳還是希望不要猜中才是吧？」

無所謂了……朱芳華在心裡想道，嘴上卻說：「是有點兒意外。」

「意外的是我啊！」杜春曉拿出塔羅牌，放到朱芳華手中，道：「我是來給妳算命的。」

「我不需要。」朱芳華看也不看，便將牌還回。

「妳不想算，我卻想算一算呢。」杜春曉竟無視自己不受待見，興沖沖將牌接過，洗了三

遍，擺出菱形陣來，「這一回，想算算施常雲到底去了哪裡。」

「過去……過去就不用算了，反正我曉得他是在牢裡。」她樂呵呵的把過去牌——正位的國王移去。

「未來牌……暫時也不需要。」說畢，那張逆位的隱者亦被她拿掉，只餘並排的現狀牌。正位的世界，逆位的女皇。

「既是世界牌，說明天大地大，任他遨遊。不過……到底還是逃不出女人的手掌心哪！到底是養尊處優的大少爺，到哪裡都有人護著。所以……」杜春曉突然壓低聲量，貼近朱芳華耳邊，「他現在就在這屋子裡吧？」

朱芳華嗅到香菸味以外的狐媚氣息，突然有些暈眩：「妳在胡講什吧？」

「確切的講，他應該在樓上施老爺的房間裡頭吧？漂了白髮，化妝成他爹的模樣，混過了埃里耶警長的檢查，我可有說中？」

朱芳華別過頭去，對住外屋站著的娘姨高聲道：「進來送客！」

「不必了，我自己走。」杜春曉站起身來，把牌放進兜裡，「今朝我不是來見施二少的，所以妳儘管放心。」

此時娘姨已踮著小腳跑了進來，杜春曉卻彷彿看不見她，還是面向在沙發上端坐的朱芳華，道：「大太太，以後記牢少搽一些口紅，容易暴露心事。」她又點一點那身材滾壯的娘姨，「剛剛問她老爺的病如何，吃過幾服藥了，她竟一丁點都答不上來，只說好似不用服藥。這可真是奇了。」

「奇什麼？快上來陪我說說話！」施常雲略顯尖細的嗓門自樓上傳來。

施常雲的老妝化得極好，連鬢角上的雪霜及脣邊的紋路都細緻入微，杜春曉不禁暗自驚嘆。尤其是施常雲與父親五官生得極為相似，均是五官犀利的相貌。她從唐暉那裡也看過施常風的照片，直覺這位大少爺雙頰豐滿，眉眼清俊硬朗，其陽光溫絢之氣質，與弟弟的陰鷙沉重有雲泥之別。

久別後的重逢，雖然氣氛古怪，杜春曉卻莫名覺得溫暖。尤其是朱芳華又給了她一個包著棉布的湯婆子，她捂在手心裡，對施常雲微笑道：「你爹呢？」

「怎麼一見面就問不該問的呀？」他笑了，不過是對住朱芳華笑的。

有些男人不見得英俊豁達，但時刻散著某種殘忍的優雅，白有感知敏銳的女人會迷上他。

「我就是專門問那些不該問的問題的，你又不是不曉得。」

「那妳當初為什麼逃離斯蒂芬？」他突然變得咄咄逼人，「這也是個不該問的問題。」

「我沒有逃，如果逃了，就不會到上海。」

「那是因為妳覺得不服氣。解鈴還須繫鈴人，這筆帳早晚要算。」他點穿了她的心結，接

著問道：「妳是在那法國人來過之後，就知道我取代我爹了吧？」

「不，還要早一些。在你逃獄的時候，我想來想去，你大抵也只有這一種辦法。沒有人比親爹更會犧牲自己的。」

「這個犧牲是什麼意思？」

「意思是如果有可能，他將永遠不會出現，但是又不能被發現他死了。不過你最冒險的是，以你爹的身分去操辦上官玨兒的葬禮，人那麼多，雖然不大可能都來看你的臉，但你一定不會再冒這樣的風險……」她腦中驀地掠過一道閃電，「不！你絕對不會在乎這個，因為人一旦到了某種權位，就沒有人敢當面仔細看你。你對這個一直瞭解很透，而上官玨兒的姆媽也一直姿態謙卑，逢人便低著頭的。只有……」

「只有誰？」

「只有琪芸不是。你竟不擔心她會認出你來？」

「可能她早認出來了，只是不講。」施常雲用右手食指摩挲乾燥的唇皮，皺眉道：「其實我一直好奇這個女人到底在想些什麼。」

「據說，是要與洪幫二當家做筆買賣。」

「什麼買賣？」

「我也想知道，也許你比我更清楚一些。」

施常雲冷笑道：「但凡提到『買賣』二字，多半都為求財，妳認為洪幫有什麼買賣能賺錢？開賭場、設嫖館、綁肉票、販煙土……其中必有一件是他們正談著的。」

「你又認為是哪一宗買賣？」

「這應該問妳呀，你們不是雇了包打聽嗎？」

杜春曉一時語塞，心裡模糊想著小四那張晦暗精明的面孔。這些日子她最愁的便是包打聽，彷彿全上海灘的包打聽都講好了，竟沒有一個肯再被收買，只說：「有別的事。」與小四道別時的託辭完全一樣。至於這個「別的事」是什麼，成了杜春曉日前最大的心結。

「包打聽不管用了，最近我所有的消息都來自自己的調查，還有唐暉和埃里耶那裡的零星線索。」

「什麼線索？妳目前最想查的是什麼？」施常雲又一語切中要害。

「自然是受秦爺委託，找出他的五太太來。」

「恐怕還有別的目的吧！比如小蝴蝶的事，再比如上官玨兒的事……」

「還有你的事。」

杜春曉背後「嘩啦」一聲響，轉過頭去，是朱芳華打翻了一個瓷杯，正手忙腳亂的收拾。

「杜小姐總是忍不住要知道太多，而且不顧後果。我總算明白為什麼斯蒂芬當年會調轉槍頭來對付妳，把妳逼入絕境。」話畢，施常雲又擺出一張豺狼的面孔來。

「二少爺，有件事，我一直想問一問你。」孰料杜春曉似乎全不介意，「你為何要把大少爺砍成這個樣子？」

「不知道，大概是瘋了。哈哈哈哈！」

施常雲的爆笑聲裡夾帶朱芳華的糾結，那個碎裂的杯碟，就在她手指上震顫。

「依你的臂力，只要在對方頭部砍上一斧，便能將事情了結。何況你頭腦精明，要殺掉一個親人而不坐牢的方法能想出千百種，為何偏偏選了最蠢的一種？還有……」

「杜小姐，我累了。」施常雲喉嚨沙啞，眼睛只盯著一掛蒙灰的窗簾，再無半點要理會杜春曉的意思。

……※…… ……※…… ……※……

要找到小四並不太難，然而也不容易。當杜春曉與夏冰再度來到那個橋洞下的時候，發現油布帳篷已減了近一半。

天氣日漸冰凍，每踩一次地面，腳底板都會生疼，杜春曉的棉鞋還是夏冰的爹娘從青雲鎮寄過來的，她穿得既舒服又憂慮，因以她的步行速度，實在是不禁穿，可質地上乘的牛皮靴又買不起。她想起還在倫敦的辰光，斯蒂芬每年耶誕節都會送她一雙鞋，各式各樣的，鞋口上偶爾還會圍一圈漂亮的狐狸毛。

「怎麼人變少了？」夏冰與她有同樣的疑問。

「因為天氣太冷了。」杜春曉講這話的時候神情嚴肅，她是親見過「路有凍死骨」的。

「今年與往常一樣，也要凍死不少人了吧！」夏冰緊了緊棉衣領子，也冷得齜牙咧嘴。想了想，他突然問道：「妳說小四會不會離開這裡回老家了？眼看就要過年了。」

「這種人不會有家。」

「那可說不準，不定在哪個地方還有老婆有孩子呢。」

「那他們就不會一直跟著咱們。」杜春曉突然語氣變得古怪。

「什麼？」夏冰顯然沒聽懂，但見她已將臉別過，於是順著她也轉過頭去。卻見幾個身上裹得極度臃腫，步履卻極其靈活的叫花子正鬼森森的走在後頭，一對眼珠子在蓬亂的頭髮底下轉得極快。

「哎！過來，都過來！」夏冰心中大喜，忙向他們招呼。

幾個人互相拿眼神示意，似是無聲的商議，然後其中一個便畏畏縮縮蹭上前來。

「賞幾個小錢兒？」那叫花子蓄了一大把鬍子，嬉皮笑臉的伸出一隻汙髒的手。

夏冰往那隻手裡放了一角錢，道：「兄弟，跟你打聽個人，等一下給的更多。」話畢，又給了他幾個角子，於是其他幾個也圍攏過來。

「你們可認識小四？」

幾個人似乎沒有聽見，都低頭在數角子，唯有第一個靠近他們的停止動作，抬頭瞟了杜春曉一眼。

「你可知道？」她於是緊盯住他。

對方猶豫了一下，突然又拚命點頭。

「他現在在哪裡？」

「這裡。」叫花子把銀角子放進衣袋，吞了一下口水，道：「前……前陣子從這裡漂……漂過。」

他指的，是渾濁不堪的黃浦江面。杜春曉登時頭皮發冷。

同是死在水裡的，黃浦江裡的浮屍卻與邢志剛有些不同，均是眼瞼浮腫，指甲烏青，腹膜僵硬。杜春曉跟埃里耶講：「這些浮屍一直無人認領，是因為他們都是無家可歸的流浪漢，所以怎麼死並無人關心，引發的恐慌也不會太大，但是……難道真沒有人知道他們的真正死因嗎？」

埃里耶戴著白手套的手指一直在翻弄屍體，查看上面的幾塊屍斑，它們像天花一般布滿後背，但他越看眉頭便皺得越緊：「死因還要進一步調查，不過可以肯定，這些屍體肺部都沒有進水，所以絕對不是溺斃。」

「而且死人數量還在不斷增加。」

「那個小四，妳最後一次見他的時候，他有沒有跟妳講過什麼？」

「講過。」杜春曉心中的悲切越積越濃，在看到浮屍的那一刻，她還不見得有多難過，但是越靠近他，回憶越多，有些傷感是積沙成塔，不會一下子決堤，「不過他講的不多，只說有些事要忙。」

「妳……見到施常雲了？」埃里耶突然發問。

「你怎麼知道……」

「關於喬裝的知識，我在阿嘉莎．克莉絲蒂的小說裡已經領教過了，而且我相信一個病重的老年人，是不可能受得了那麼響的座鐘放在睡房裡的。」埃里耶得意的聳了聳肩。

杜春曉對這位法國刑警生出由衷的敬佩：「那為什麼不當場拆穿他？」

「因為我直覺這個人不是殺人凶手。」

「何以見得？」

「眼睛。」埃里耶指指自己那對淡灰的眸子，「我接觸過太多殺人犯了，所以我認得出什麼樣的人會成為凶手，什麼樣的卻永遠不會。」

「那麼接下來，這個遊戲又將走向何方？」杜春曉竭力壓抑悲痛與驚奇，將手插在放著塔羅牌的衣袋裡，隨意抽一張出來——戀人牌。

奇怪……她突然有些在意起牌面的本來意思。比如「戀人」，正位是指即刻有事情會產生巨大轉變，逆位則是錯誤的選擇。到底是什麼樣的轉變？如果有選擇，她又錯在哪裡？大抵是錯在當初沒有向小四問清楚他要做的事。

但是聽那老叫花子講，小四成為江上冤魂之前曾透露過，要去找一個人，一個被他喚作「花爺」的人。

……※……　……※……　……※……

秦亞哲找張嘯林喝茶的時候，張嘯林的小八股黨正在外頭活動，所以各自身邊都只帶了極少的幾個心腹。

舒春樓的豔妓素秋正坐在一旁演奏《春江花月夜》，坐姿與嗓門一樣酥甜，但心裡卻有些惶惶的。因跟前的兩個男人，均做過她的入幕之賓，從前他們是抬頭低頭都不見的，縱曉得會出現在同一場合，亦會盡量互相避讓，今次不知怎麼，竟主動約到一起。於是她節奏便有些亂了，生怕是曉得她一人伺兩主，所以特意將她拎出來做個了斷。

不過她轉念一想，風月場的女人哪一個不是有幾個金主？都要計較的話，妓院豈非血流成河？於是又昂頭挺胸起來。

「我的小素秋今朝特別漂亮嘛！」張嘯林身材矮小，但氣度不凡，即便是談論風月，都有些「不怒自威」的樣子，「秦老闆，儂嘗過伊味道哇?嘗過了忘記不掉咧！」

「唉喲，張老闆講得人家難為情，我出去幫儂再添點好菜色，可好？」素秋紅著臉起身，將琵琶交給一個清倌兒，那清倌兒接過便出去了。

「菜色嘛等一下也好叫，儂先過來陪我們吃一杯。」張嘯林一把將素秋摟過，素秋笑吟吟的接過酒杯，先乾為敬。

秦亞哲一直端坐，彷彿從不認識素秋，杯中紅酒也是涓滴未碰：「張老闆，我只要你讓出一夜裡。」

「聽到沒？」張嘯林捏了捏素秋的下巴，笑道：「秦老闆叫我讓出一個夜裡，我張嘯林不是個小氣人，一個女人家罷了，讓就讓，不曉得素秋自己的意思如何？」

「出去。」秦亞哲眼睛望住張嘯林，話卻是對素秋講的。

素秋當即領會，從張嘯林懷裡掙脫出來，道：「我先去看看還有啥好菜色，等一下回過來再計議。」說畢，人便香飄飄的出去了。

「儂看看，這種女人家是人精哇？講到關鍵處伊就逃脫了！」張嘯林滿面通紅，鼻尖泛著油光，像是興奮到了極限。

「張老闆，儂曉得我借一晚上是指借什麼。」

「喲喲喲！秦老闆這張面孔嚴肅得來！」張嘯林渾身散發的酒氣都是囂張的，「借素秋麼，閒話一句，女人家就是衣裳，沒有什麼。借另外的東西麼，就不是我張嘯林一個人講了算，要看弟兄們的意思。」

秦亞哲喝了一口紅酒，道：「張老闆，我不是來跟你談判。只是來通告你一聲，今晚要借我。」

「秦老闆這話說得就有點過分啦。」張嘯林拉長聲調，道：「兄弟們已經在船上了，這會子讓他們都折回去，恐怕不大好啊。」

「沒關係，我已經讓你們幾個兄弟都折回了。」秦亞哲啜了一口紅酒，兩條乖張的粗眉呈現舒展的形狀。

「什麼意思？」張嘯林面色一緊，似乎酒也當即醒了一半。

「意思就是，上一回你讓我的人吃『餛飩』，這一回多少我也得回個禮。」秦亞哲聲音不大，但每個字都在戳張嘯林的神經。

「我已經跟你解釋過了，上次的事與我張嘯林無關！那些金條也不是我們動的……」

「那是因為數量太少，入不了你的法眼，如果那次我真在箱子裡裝滿了，恐怕現在你就不會跟我一起坐著喝茶。」

「我先走一步，你慢用！」

「想找我大哥評這個理？那可要三思啊……」秦亞哲脣邊的冷笑寒若冰霜，那是贏家的表情。

「在這個事體我們以前就講好的，怎麼現在又反悔？」張嘯林登時面色發白，然而語氣還是狠的。

「不是我反悔，有人不義在先，我也就沒辦法了。對了，張老闆可是要好菜色？馬上就送過來了，莫急。」

話畢，外頭簾子一掀，進來的是素秋，手裡拿一個銀製蓋頂湯盆，她見兩個男人劍拔弩張的模樣，噗嗤一笑，道：「做啥？等菜色等到面孔難看得來……」

她邊笑邊將湯盆往桌上一擺，剛要揭開，卻被秦亞哲拉住手：「妳出去。」

素秋剛想再調侃兩句，見形勢不對，一句話都不敢再講，縮著脖子走出去了。

秦亞哲這才慢條斯理道：「張老闆借給我今朝一夜的事情，秦某人沒齒難忘，小小薄禮，不成敬意。」揭開的湯盆裡，裝了整整半盆血淋淋的人耳，都呈古怪的赤紫色。

「一人一隻，麻煩數一數。」秦亞哲道，「看你的那批弟兄，數目可曾對得上？」

……※……　……※……　……※……

位於上海老街東段的館驛街，唐暉已熟到不能再熟。包括開繡坊的寡婦蘇氏，賣「阿三刺毛圓子」的阿三，被柴火熏得烏糟糟的老虎灶茶館，都留下過他的足跡，那裡有他童年的回憶，以及如今擺脫不掉的誘惑。

初來鴉片館，是被一個朋友拖去的，只說比喝花酒刺激得多，要他也來試一試。不曉得為什麼，每每穿過煙街柳巷，金玉仙或上官玨兒精緻的眉眼便會在眼前輪番浮現。

如今，她們又在這酸濃的煙霧裡顯形。上官玨兒裸體冰冷，淡褐色的乳頭與心口的紅痣向他款款逼近，他伸出手去撫觸，她又瞬間逃離，眼裡盛滿悽楚的淚。

「你不要忘記了……」金玉仙在他耳邊呢喃。

「忘記什麼？」他心臟怦怦直跳。

「你不要忘記了……」金玉仙又道。

他能聞到她溫暖清淡的花露水味道，脖頸上的汗毛正感受她柔軟的吐息。

忘記……

他苦笑，將煙霧深深吸入胃中，身體頓時飄浮於半空，於是踏著金紅色雲彩步入一幢牆面斑駁的樓房。上官玨兒正坐在那裡，手中端一碗蓮心粥，髮梢捲得很仔細，保持他們在酒店房間歡好時的形狀。她看到他，面色晶瑩水潤，分明是葬禮上經過入殮師化妝成的薔薇色。

「何老爺慢走！來，送一送！」

一記響亮的招呼打斷唐暉的冥想。他睜開眼，見一個背部完全佝僂的老人正往外頭走去，雖然一身行頭還算富貴，然而眼屎唇沫都暴露在外，一看便是毒素入蝕骨髓，沒得救了。於是唐暉便在臥榻上翻了個身，意欲重新沉溺進去，但心裡卻怎麼也放不下了，直覺此人與他在煙館打過好幾次照面，但這些照面之前，似乎還在哪裡見過……是哪裡呢？

唐暉突然兩眼放光，放下煙槍突地立起，隨即一陣頭暈目眩，身子又不由自主的坐下。

「客官小心哪！莫急，要慢慢起身來的。」一個夥計忙上來扶他。

他丟下一紮鈔票，便衝出門去，大約走了半條巷子，才望見對方畏畏縮縮往一個丁娘棉布坊那裡走去。

「何管家！」唐暉扯開嗓子叫道。

那背影果然怔了一下，然後繼續往前。

「何管家！」唐暉追跑了幾步，輕鬆趕上，抓住了他的右臂。

「儂認錯人了！」老何無力的甩動臂膀，眼神竟惶惶的。

「沒認錯，儂從前就是在月老闆家做事的！」唐暉不曉得為什麼，竟莫名激動起來。一來是想到月家被滅門的慘狀，二來因不曾為月老闆報仇雪恨，反而自己的兩個朋友還在為仇人賣命，這一點始終令他無法釋懷。

較之月家葬禮上看到的老何，他已憔悴得不成人樣，才五十多歲的人，看起來雞皮鶴髮，

儼然八旬老翁的模樣。唐暉起初還當他是思主心切，煎熬成這個樣子，可轉念一想，便領悟到那是「福壽膏」的威力。

「何管家，如今在哪裡高就？」

因天氣陰冷，茶樓裡格外清靜，偌大一層樓面裡，只坐了五、六個客人。老何抽了一下鼻子，用大拇指上一枚老玉扳指磨了磨下巴，與其講是要敘舊，不如說是在琢磨著怎麼逃走。

「何管家，我有幾件事一直不太明白，在這裡能不能就此問個清楚？」唐暉險些被鴉片蝕空的腦袋突然又開始正常運轉。

老何只是鼻子裡輕輕哼了一聲，並未作答。

「月老闆被殺當日，你應該也在公館裡頭伺候他兩位夫人吧？怎麼除了躲床底下的二夫人之外，單單你就逃脫了呢？」

「當時，我恰好去了廚房……」

「當年月老闆慶祝女兒誕生，在公館舉辦晚宴，我曾去過。案發現場的客廳與廚房只隔了十幾步的距離，倘若你聽見槍響這樣的大動靜，第一反應就該跑入客廳，更何況月太太死前手裡還抓著喚傭人用的搖鈴，你不可能聽不到。」唐暉見老何只陰著臉，一副死豬不怕開水燙的模樣，便忍不住動了真氣，於是逼問道：「為什麼秦亞哲的人獨獨放過了你？」

「這位唐先生，我何某人命大逃過一劫，你倒來疑我？哈！哈哈！」老何突然乾笑兩聲，搖搖頭，「你們年輕人的想法，我真是不明白啊。」

「我也還有不明白的地方，比如何管家你三天兩頭與我在煙館碰面，想來應該是沒有在別的公館高就，你是哪來的本錢花在這大煙上頭的？」

孰料老何擺出一臉鄙夷神色，不慌不亂端起茶盅來喝了一大口，說道：「我有沒有錢抽大煙，自有我的來路，儂一個小赤佬無權過問。我要回去吃飯了，儂隨意。」

剛轉身跨出去幾步，唐暉的聲音如冷箭射中老何背心：「我能隨意，月老闆卻再不能隨意了，得在陰曹地府睜著一雙眼，等待沉冤昭雪的一天！」

「年輕人……」老何緩緩轉過身來，拿一對渾濁的眼珠子打量他，「有些事情，你能管，有些事情，卻是不能管的。你聽我勸，回去吧。起碼現在還有大煙抽，有茶喝，若再多管閒事兒，說不定後頭連這個都沒了。」

「如此說來，你確實是知道些內情？」唐暉緊追不放，「那些我不能管的事兒到底是什麼？月老闆的死是不是與你有關？」

老何不再作答，徑直走下茶樓去了。

次日，唐暉收到消息，這位昔日的月家大管家在家中自盡，屍體被發現的時候，喉中塞滿了鴉片膏。

「必是那何管家知道些什麼，良心上過不去才尋死的。」杜春曉這樣講，不曉得是真心話，抑或只用來寬慰唐暉。

唐暉突然仰面長嘆，杜春曉從他眼角恍惚看到一些老年人的滄桑，於是暗自吃驚：難不成他已過了年少輕狂的心境？在她的印象裡，男人一旦心態早衰，便註定要不幸，它與成熟不一樣，後者讓男人更容易成為梟雄式的人物。就這一點來講，她偷偷希望夏冰永遠都是個孩子。

「有些事體，永遠也過不去的。」他眉間的陰影越發深濃了一些。

她走近他，盯住他的臉看了好一陣，突然笑了。

「怎麼？」他的口吻連詫異中都帶有些麻木。

「沒怎麼，只是在想，這個時候如果吻你一下，你會是什麼反應。」

她眼裡閃動的竟是情慾的光芒，這平日裡傲氣懶散的女人，卻是真情外露且有目的性的。他看她的眼神亦略有所思，突然鼻尖發紅，似是激動起來，道：「其實，我現在只想有個人能靠近我。」

杜春曉的吻裡，有菸味，有口水味，有區別於女性的強勢和熱烈，既迫切又極具侵略性。唐暉幾乎要碎在這樣的吻裡，這令他越發想念上官玨兒的吻，她是隨著他的，像人魚之吻，會誘發他空傷懷；杜春曉則更似鼓勵，甚至帶點兒戾氣，不是他希冀的撫慰，於是他不由自主的將她推開……然而已來不及，他一直放在外套內袋裡的採訪本如今已到了杜春曉手裡。

「沒飯吃的時候，我也做小偷的。有一回得知要給一個品性刁鑽的當鋪老闆娘算命，為了讓她服氣，前一晚就把當鋪裡的幾件寶貝給順了，換了錢維持書鋪開銷，順帶讓那蠢女人心服口服，以為真當是我塔羅顯靈，算出她失竊的東西到哪兒去了……」她一面講，一面翻開捲了邊的簿子，一張泛黃的照片掉了出來。

「還我！」

他幾乎是立即撲向地面，手指剛觸到照片時，她卻搶先一步將照片撿起，重新夾回簿中。

「你自上個月二十號以後便再無採訪記錄，說明這東西已經用不著了，放我那裡保管著，擇日奉還。」說畢，她已逕自將簿子由領口塞進，一直抵至胸前。

唐暉張了張嘴，似要開罵，但回想起先前那個心機暗藏的吻，又硬生生將惡言吞了回去。

事後，夏冰質問杜春曉，她只一臉沉重道：「因為他給我的感覺，越來越像個死人了……」

……※……　……※……　……※……

施常雲的胃口像是越來越好了，與杜春曉一道吃飯，後者狼吞虎嚥都比他不過。最後只得認輸，放下兩隻剛抓過烤羊腿的油手，訕訕笑道：「你果然是吃中豪傑，鬥不過你。」

「其實男人的食量素來比女人要大些，只是平常都空出位置來留給酒了，所以讓妳們誤以為我們不愛吃東西。」施常雲拿毛巾擦了擦脣角，笑道。

他的一派悠然，讓杜春曉來了氣，道：「也不問問我何以三天兩頭到你這裡來轉？真當只是蹭吃？」

「妳想說的，自然會說，不說便是要瞞著我的，我縱撬開妳的嘴也無濟於事。」他那張原本皺紋縱橫的面孔，竟被美食撐得皮膚平整亮澤。

「那我可告訴你了，前些日子，唐暉恰巧碰上月竹風家的何管家，他如今大煙抽得極凶，也不知哪來的錢。因唐暉疑他與月家滅門案有直接關係，他竟吞鴉片自盡了。你說這事兒可奇不奇？」

「不奇啊。」施常雲心滿意足的啜了一口茶，道：「何管家我是不認得，但之前我也奇怪怎麼滅門沒當場把管家一起做掉，想來他必定是收受了好處，從中串通的。管家嘛，在主人家裡有些小偷小摸也是常事，若要錢要得急了，什麼事做不出來？」

「可他是用什麼法子讓人來滅門的，也只有施二少你曉得了。」

「何以見得我會曉得？」

「因為太巧合，怎麼小蝴蝶一失蹤，唐暉在報紙上一曝料，月竹風就被暗殺？兩者之間肯定有必然聯繫。至於是什麼聯繫，就只等施二少告訴我了。」

施常雲沉默了好一陣，只盯著杜春曉看，半晌才道：「跟妳做交易真是麻煩，還得包娶老婆包生孩子。我已經把斯蒂芬出賣了，就別再管其他事了。否則，再發展下去，誰也不曉得會是什麼後果。」

「你把斯蒂芬的事告訴我，本就是在他計畫之內的，所以這個交易本來就不公平。如果你不把真相告訴我，那你偷梁換柱的事體也莫怪被別人知道！」

施常雲果然臉色有些難看，但很快便恢復鎮定，像只是嗑到一粒壞掉的瓜子：「杜小姐，有句話叫『各安天命』，許多事情都是強求不來的。妳與斯蒂芬之間的恩怨，恐怕一時半會兒也了結不掉，但另一邊，洪幫二當家的事體如何還沒解決，恐怕……妳死咬我不放也沒有用。該放手的還得放手，該死的人也一樣會死。」

「沒有人是應該死的。」杜春曉拿出一張死神牌，移至施常雲手邊，「死神的逆轉必將迎來新生，我查案素來不喜歡以多死人為代價。」

「這又由不得妳。」坐在身後一直埋首編織的朱芳華幽幽嘆道。

杜春曉看著死神牌上披了黑斗篷、手持鐮刀的死神，無端覺得它有股正面的力量，於是將牌收回，與其他二十一張堆到一起，洗牌，擺出大阿爾克那陣形……

「過去牌，正位的星星。說明是見財起意，終導致多宗血案的發生；現狀牌，逆位的皇帝與正位的力量，可見你們是群龍無首，終導致某些人漁翁得利；這張未來牌倒也頗有意思，竟

是正位的世界，那可是老天爺長眼，表明邪必定不能壓正的態度。施二少，這塔羅可有說對？」

「嗯。」施常雲點頭道，「算到個七七八八吧，不過要理順關鍵的一環，就得看妳的道行了，單憑裝神弄鬼絕對不成。」

「施二少，你沒有殺你大哥吧？」

臨走前，杜春曉神色淡漠的拋下一句話，將施常雲牢牢釘在了坐椅上。

……※…… ……※…… ……※……

見到花爺的時候，琪芸已經不再焦慮了。她戴精緻低調的黑色無邊圓帽，搽深紅色唇膏，手中的香菸散發清香的薄荷味，原本略顯平整的雙頰用胭脂打得微微隆起。

紅石榴餐廳的點唱機裡播放的爵士樂低沉緩慢，空氣依然寒冷，只是透過食客的呼吸焐暖了一些。

「他們再也等不了了，必須儘快。」琪芸怔怔盯著指間的菸，實際上每吸一口都令她煩躁，可就是怎麼也停不了。

「秦亞哲那邊的事情已經了結了，東西都有了，妳還怕交不了差？」花爺冷笑。

「你明知道那東西只能頂一時的，我必須找到那箱貨，否則……」

「否則妳就得被打回原形？」

她抬頭整了整腦後精心梳起的髮髻，顫聲道：「這不是打不打回原形的問題，關係到太多事情。」

「依我看，這最要緊的事情，是放畢小青回去，否則妳可還得這麼樣兩頭受擊，早晚會被壓成碎片。」花爺慢吞吞的攪動了一下杯中的咖啡，將面上一層薄脂搗得七零八落。

琪芸瞬間感覺如墜冰窟。

次日，秦公館門前又出現一個藤箱，與裝邢志剛的箱子從式樣到大小均如出一轍，所以底下人亦不敢貿然打開，只慌忙向秦亞哲稟告，遂抬進公館內的客廳。打開的時候，眾人都拚命忍住捂鼻的衝動，因前一次已嘗過被屍臭嗆喉的滋味。

所幸這一次，箱子裡裝的不是死了的舞廳老闆，卻是昏迷中的畢小青。這位秦家五姨太如砧板上的魚肉一般出現，只穿一件繡花圖案過於濃豔的短褂，每道走線都找不到頭的，別緻中帶有一些異樣的硬朗。她全身綿軟，彷彿體內已被掏空，只餘沉重的呼吸，除了那隻斷了一指的浮腫右手還纏著紗布，幾乎是健康完好的。

新聘的管家略通醫術，試過鼻息之後忙將五太太從箱內抬出，粗粗檢查了一番，抬頭對主

人道：「謝天謝地，只是被下了點兒蒙汗藥，暈過去了，過一會兒就好了。」

秦亞哲看著昏迷中的畢小青，一言不發。

三天之後，杜春曉出現在秦公館，只說是來要錢。

「這可奇了，人也不是妳找著的，憑什麼來拿錢？」

「就憑我們為秦爺拚過命呀！」杜春曉說得理直氣壯，「秦爺大抵是忘記了，當初是誰透過旭仔那條線找到了邢志剛的下落，又是誰用借刀殺人的法子讓邢志剛送了命？」

「借刀殺人？」秦亞哲當即有些激動起來，「杜小姐想來是記性不好，我要你們去贖人，結果賠了金條又折兵。那廣東人我是放了，目的是要透過他那條線找到邢志剛，誰知道他不知發了什麼瘋，竟對自己的老闆下了殺手。如今小青能回來，怎麼又成了你們的功勞？於情於理，這個錢我都不該付。」

這一番奚落，不但未讓杜春曉退卻，反而越發從容。只見她拿起盤子裡的一塊蟹黃酥塞進嘴裡，大口嚼了一陣，方才說道：「我記性不好，秦爺卻是腦筋不好！也不想想，五太太能平安回來，可不是邢志剛的善行，若非我們從旁周旋，您以為想找的人能平白無故出現在大門口？」

秦亞哲一對銅鈴般的大眼望住杜春曉，兩隻眼珠燃燒的火焰似要將人灼穿。杜春曉亦如此回視他，雖心跳如鼓，但她曉得，在「故弄玄虛」的遊戲中，神棍是絕對不能輸給任何人的。

「哈哈哈哈……」秦亞哲發出驚天動地的狂笑，「杜小姐夠膽量！這個錢，我給！」

「過一陣子，我跟您要的可不止是錢了。」杜春曉心裡這樣想著，遂也笑出聲來。

……※…… ……※…… ……※……

畢小青雖缺了一根手指，表情卻未曾露出半點痛苦。對鏡梳妝的時候，迅速而細緻，一丁點不似受了傷的人，描眉時裹紗布的手仍舉得高低有度，一板一眼，看得出她有些心急，但節奏卻很得當。娘姨要上來幫忙，均被她拒了，只說：「一邊去，這個活哪有教人替的？妳不如替我吃飯如廁？」

儘管臉上有些餘怨未褪，但無論是誰來問她被綁架的日子裡發生過什麼事，她總是搖頭，稱「不記得」。唯有秦亞哲隱約覺得，她並非不記得，只是怕一旦翻出這些事情來，誰都不能接受。從清白到尊嚴，哪一件都不容坦誠。

雖是半軟禁的境況，畢小青偶爾還是會抽空走出公館去買些衣物，另幾房姨太太在被送去杭州之前，不知怎麼都潛進她屋裡去過，順帶拿走了她極好的幾件行頭，於是只得重新去裁些衣服來。

秦亞哲竟也睜隻眼閉隻眼，由著她出去，兩人更沒有要再同房的跡象，甚至還要把從前的娘姨朱慧娟請回來，對方卻死活不肯。於是只得將月姐從廚房調撥回來，她略有些不情願，但做了幾日，發覺傳說中被嬌縱慣了的五太太並不如想像中那般刁蠻，便也沒了怨氣。何況月錢也跟著加上去了，那邊夏冰還不時從她那裡探聽些消息，給她些外快。

在月姐眼中，劫後逃生的五太太確實行徑可疑。譬如她只躲在自己房裡吃飯，吃得也極少，但三餐不漏，偶爾夜裡還要些綠豆糕之類的點心墊飢。這倒也罷了，好幾日清晨起來竟都要對著痰盂乾嘔，而且看似食量小，一日多餐這樣的吃法，加起來卻是不少了，於是盤算下來，便推測五太太怕是懷上了！

這件事自然不能讓秦老爺知道，尤其是推算了一下，五太太整整離家三個半月，那纖薄身板卻絲毫不像是懷了那麼長時候的，所以越發說不得。可說不得歸說不得，說還是要說，月姐於是巴巴兒找了新來的管家嚼舌根。

那姓李名治的新管家倒是有別於原先花弄影的姘頭，年紀不大卻極穩重，見月姐吞吞吐吐在那裡試探，便笑道：「之前我給五太太檢查過，有沒有懷孕不曉得，不過有一點可以肯定，如果誰敢動五太太一根指頭，或者嚼一次舌頭，老爺必定會對那人……卡！」他用兩根手指作剪刀狀在伸出的舌頭上比劃了一下。

自此，月姐才曉得李治與其他的下人完全不是一路的，秦亞哲這次也是慧眼，找了個了不得的人物。不過這位李大管家的狠毒與城府，月姐後來才真正領教。

隨時間流逝，畢小青漸漸開始顯懷，怪道她後來買的衣裳都要大兩號，原先月姐有些不解，如今知道她這個事體，亦只得順著。心知肚明，同時萬般糾結，要不要講出來也成了一樁難事，不講，怕東窗事發時被「連坐」，講了，恐怕知道太多的嘴碎下人也是府裡容不下的。

當然，畢小青也怕出嫌話，每個月都會剝下襠部有血跡的褲頭來叫月姐去洗，但同時手指頭上也總有割破皮的傷口。

女人要瞞這樣的大事，吃的苦頭是男人難以想像的。尤其半夜腹痛起來，不能叫喚，只咬牙忍著，喉嚨裡發出一點點壓抑的呻吟，睡在外屋的月姐其實聽得真真切切，卻只得裝睡，不敢進來揭破這層紙。

冬至那天，李治吩咐廚房下了湯圓，給秦老爺與五太太送去，這夫妻二人照例是各吃各的。不過畢小青只吃了一口便放下了，嫌芝麻餡的太甜膩，要換肉餡的。

不消一會兒，李治便叫月姐去廚房端鹹湯圓出來，她急顛顛去端了來，放到五太太跟前時，卻見那甜餡的碗裡六顆湯圓全不見了，於是脫口而出：「原來那碗呢？」

「都被我倒掉餵狗了，看了就倒胃口！」畢小青捂著嘴脣道。

月姐知她其實是吃光了，也不敢怎樣，便將鹹湯圓放下，出去了。

孰料到了半夜，畢小青連起了三次夜，一次比一次辰光待得長。後來實在忍不得，叫了聲「月姐」，月姐只得披衣起來，扶住在馬桶上已站不起來的五太太。

「要不要叫醫生瞧瞧？」

「妳這是放屁呢？不過拉個肚子，還要這樣興師動眾？」畢小青面色煞白，汗珠一顆顆爬過面頰，流得脖子上都是，雙手緊緊捂住肚子，眼裡滿是淚花。

「那……那要怎麼辦？」月姐已急得六神無主，雙腿不住打顫。

畢小青眉頭緊皺，已無力氣說出個字。月姐屏息將她的褲子提起，謝天謝地，尚未見一點血跡，於是放心的把人扶到床上。她一沾床鋪，果然整個人便蜷成蝦狀。

「五太太稍等，我去叫人來幫忙！」

畢小青「不要」二字還來不及出口，她已跑到外頭了。

月姐去敲李治的睡房，只敲兩下便開了，李治衣著齊整的站在那裡，劈頭便問出了什麼事。她結結巴巴還未將事體講清楚，他人已先她一步走出來，她只得跟在後頭解釋，但越解釋越亂。直等二人到了畢小青的屋子門口，他轉身只說一句：「妳在外頭等一下。」便進去了。

月姐僵立在門外，整整兩個時辰。

這兩個時辰裡，她思路也清爽了許多，已覺察出李治的異常。他的鞋子、長衫、就放在手邊的醫藥箱子，一切的一切，彷彿就是今晚為五太太準備的！

李治出來的時候，身上衣服像是換了，變成彆扭的赭色。

「五太太怎麼樣了？」月姐神色忐忑的問道。

「白天的鹹湯圓吃壞了，可能是肉不好吧。我給她做了些針灸，把她肚裡的東西清乾淨了。」

「清……清乾淨了？」她即刻背上發毛，彷彿有數百隻幽靈的手正貼在那裡。

「沒錯。」李治目光冰冷，浮起一絲輕笑，那笑裡是摻了殘忍的，「清得一乾二淨，絕無後——顧——之——憂。」

「李……李管家，五太太年紀還小……」

「年紀小就更要小心了，東西絕不能亂吃，否則像今朝那樣，吃得又甜又鹹，不拉肚子才怪。五太太過後倒沒什麼，只苦了咱們下人，秦爺若怪罪下來，誰擔得起？是妳？是我？還是那個據說在杭州療養，卻死於難產大出血的二太太？」

「二太太大出血死了？怎麼也沒……」

「怎麼也沒辦喪事是吧？秦爺的人，命都在秦爺手上，喪事也是他想辦才辦。換言之，他讓二太太活，二太太才能活，他要她死，或者死了不辦喪事，也使得。所以做下人的，在力所不能及的事情上頭，就得放手，但有一點可以肯定，要保自己，就得保住主子，自古宮廷裡就這規矩，這裡也是一樣。所以，把主子身上不太好看的事情都清理乾淨，才是做下人的本分。」

「你少說好聽話！」月姐已氣得怔怔的，「必是你當日給昏迷中的五太太檢查，就曉得她懷上了。可是家醜不可外揚，講給秦爺聽，少不得你自己也要遭殃，所以今朝才來下這個狠手？你還是不是人！」

「是不是人不要緊，重要的是得活著，到這種地方做事，妳還能把自己當人？」

李治一席話，將月姐的憤慨與憐憫統統堵回去了。她站在那裡良久不敢進屋，也終於看清李治那件顏色古怪的褐色長衫，實是原來那一件反了面來穿的，那是裡子的顏色。至於面子上是什麼光景，她早已不敢想。

……※……　……※……　……※……

上海老街的鴉片館，靠近最邊角的總是生意最興隆的。那裡原是長三書寓（注二十四）的地界，被包養的倌人均在自己的地盤設煙榻接待金主，後來南京政府要求娼館嚴查管制，一些私娼便漸漸沒了蹤影，只餘偌大的屋子，成了正宗大煙館。

唐暉常去的那一家，便是哪個出名的倌人留下的住宅，牆壁都是胭脂色的，煙榻骯髒不堪，連帶木頭窗上的灰都不曾揩一揩。他坐在窗口的位置，只覺灰塵不斷往鼻孔裡鑽。

之所以願意在這樣的地方久留，一是擺脫不掉癮頭，二是那一家去久了還能賒帳，三是一個叫張熾的夥計態度尤其親切，每每見他等煙管等得無聊，便會上來聊幾句。後來才知道，這個張熾原來在麵館做過，後來因禁不住煙館老闆出的高價，便跳槽過來。

張熾並沒有三頭六臂的能耐，只嘴皮子厲害，不管來客身分貴賤，他總笑臉迎人，所以特別招待見。唐暉喜歡他還有一個原因，便是他從不嫌棄他這樣手頭拮据的客人。

「唐少爺，今朝身上鈔票有了哇？沒有的話，我跟老闆也不好交代了。」

這幾日唐暉過來，張熾還是殷勤的為他撣一撣煙榻，招呼卻又打在前頭。

「怕什麼怕？不好交代，我自己去交代！」唐暉斷不敢理直氣壯的賴帳，只得涎著臉，只是形銷立骨的模樣已同鬼魅無異。

「嘿嘿……」張熾賠笑道，「要麼……唐少爺今朝不要在這裡抽了？」

唐暉這才惱了，一把抓起張熾的胸口衣襟，罵道：「小赤佬，儂敢趕我？」

「不敢、不敢呀！」張熾倒也面不改色，繼續道：「其實是為了唐少爺好，這個東西抽不得多。」

「我樂意抽，你管那麼多作甚？」

「唐少爺樂意抽，可樂意給錢？」

一提「錢」字，唐暉的氣焰頓時矮了半截，嘴裡雖仍是罵罵咧咧，卻再不敢大聲。只可惜

即便如此，也讓掌櫃的聽見了，對方大手一揮，將算盤往旁邊擼了擼，高聲道：「小張，帶伊出去！」

「我不出去，我要抽這個！」唐暉將鼻涕一抹，當即耍起賴來。

於是張熾那張媚俗的笑臉上皺紋擠得更深，忙道：「唐少爺誤會咧，不是要趕儂出去，是帶儂去另外的地方吃。」

「啥地方？我不去！」

「跟我去，那個不要鈔票。」

「做啥不收鈔票？世界上有這樣的好事？」

「有唉，如今有了別的規矩，就是每次新進鴉片，都要叫幾個熟客嚐嚐看，儂曉得，現在每批貨進來的管道都不一樣，所以一定要試過才可公售。唐少爺平常也算關照得多了，所以也輪到我們關照一下唐少爺，可好？」

唐暉半信半疑，將大衣披起，跟著張熾走進裡邊一個靜謐的房間。那裡的空氣明顯要潮濕許多，一張長桌上擺了幾個藤箱，都已經打開，裡邊密密麻麻整齊裝著兩排青綠色瓷瓶，瓶口都封了蠟。他一聞見瓶口那熟悉的香味便心中大喜，抬頭對張熾道：「小張，看來儂真是關照我呀！」

「就是，就是嘛……」張熾的笑容有些僵硬，他隱約覺得唐暉身上有一道光暈，卻又看不出是從哪裡放射出來的。

「快！去把我的煙槍拿來！」唐暉的聲音又急又喜。

拿到錢之後，杜春曉又終日蹲於黃浦江邊看死屍，有時好幾天沒見一個，有時一天漂過來好幾個。不過如今除夏冰之外，她又多了一個陪她看死屍的伴兒，那人便是埃里耶。

埃里耶一面緊緊盯住湖心，一面嘴巴還不停嘮叨：「杜小姐，我上個禮拜心血來潮查了一下施家大少爺的命案，看到驗屍報告上寫著，施常風雖身上被砍了幾十斧，但真正的致命傷卻是背後的一處刀傷，可見凶手是先從背後捅了他，然後……」

正說著，江中已有慘白起皺的浮屍被打撈上岸，埃里耶忙上前翻查一番，像是對死亡有異常的執著。這些屍體的特徵依舊大同小異，是長髮散亂的赤裸男性。

但是今天，似乎二人等到了「奇貨」，竟有一具短髮的屍首漂過。

埃里耶如獲至寶，擠到最前頭，站在負責打撈的巡捕跟前指手畫腳。因他是個洋人，那些巡捕當即也不敢怎樣，只得忍氣吞聲由他發號施令，只沒人聽得懂他半生不熟的中國話，所以並未答理。

杜春曉則懶洋洋跟在後頭，雙手環抱，心裡惦記的卻是那個包打聽小四。

「妳看，這個死人很特別呀。」埃里耶已不顧周遭的圍觀平民，徑直將手指伸進死者口

腔，掰開他的嘴巴看了個仔細，邊看邊喃喃道：「他的牙齒看起來像是定期去看牙醫的，而且頭髮起碼在一個月前也是修剪過的。」

因為埃里耶驚人的行為，身邊起鬨者、竊竊私語者不斷，幾個巡捕也對他偷偷翻起了白眼。唯杜春曉呆若木雞的站在埃里耶身後，兩眼呈現深淵一般的濃黑色。

「不用查了，我知道他是誰。」

她夢囈一般的語調，似是地獄冤魂。

唐暉……

這個令所有女人一見便會鍾情，繼而淪陷的奇特男子，他與她從相識那一刻開始，便已知道彼此該以什麼樣的身分來維繫關係。他為人坦誠，卻又有些秘密；他多情，但不代表不負責任，對諸多女子來講，他甚至都算不得一個好人，可又是那樣惹人垂愛。彷彿上蒼給女人心上打的一個死結，她們以為可以忘記他，實是永遠都會惦記著的。

四周已化作寒夜，冰冷、哀淒。杜春曉心如刀絞。

張熾對鴉片這東西保持一定的敬畏，他端著它們走到那些軟趴趴的熟客跟前，看他們清一色的頹靡、懶散，渾身骨頭均抽走了一般，所以他深深明白，這不是仙丹，竟是毒藥。而且如今走夜路回家時，終覺那老街特別長，有鬼魅在身後飄蕩不歇，彷彿要向他討還一個公道。

「別……別找我！」張熾壯起膽子，回頭吼了一聲。

其實身後並沒有什麼，唯冷風呼嘯，地上的青石板結了雪白的霜，一踏一個腳印。幾個尚未打烊的酒肆與花煙間都還亮著黃澄澄的燈，光線還不至於昏暗，卻無端照出他許多的影子來，於是越發像惡煞附體，嚇得他幾乎抬不動腿。

「我好冤哪……」

什麼聲音？

一記陰惻惻的呻吟在張熾耳邊掃過，他神經即刻緊繃，頭上的狐皮軟帽已擋不住發自內心的寒意。「誰？什麼人？」他試圖說服自己只是聽錯，於是繼續垂頭往前走。

孰料又傳來一連串淒怨的泣音，夾在風裡盤旋而過，宛若看不見的手，悄悄擒住了他的心臟。他在原地站了一會兒，斷不敢再回頭查探，於是兩眼一閉，繼續往前。

「我死得好冤哪……」

他再不敢前進，因為直覺這一次，聲音來自他的前方……不！那鬼該是就站在他跟前的！他用兩手捂眼，撲通一下跪倒在地，頭皮瞬間冰冷徹骨。

「饒命！饒命啊！」他這麼樣大叫，希冀此時有個路人能走過來拍拍他的肩，說一切只是幻覺。

「這位客人，可要買個人頭去？」那鬼聲線尖細，彷彿用鋼絲勒成圈，輕輕套在張熾的脖

子上，掌控一切，只等將鋼圈收緊。

「我……我……」張熾拚命搖頭，事實上他對那隻鬼的古怪問題完全無法理解，只能一味拒絕，至於在拒絕什麼，他自己也不明白。

「這位客人，可要買個人肝去？」那鬼繼續問。

「我不要！我什麼都不要啊！」張熾突然哇哇大哭起來。

那鬼發出一陣淒厲的尖笑：「這位客人，可要買兩隻眼珠子去？」

「冤有頭，債有主，不是我害你們，真不是我害你們的！」張熾一面哭，一面拚命磕頭。越磕腦袋越冷，令他深信自己半隻腳已踏進了鬼門關。

「那你就講講，是誰害死我們的呀？」鬼的聲音突然變得親切而熟悉。

張熾抬眼一看，只見從前因高文被害一案向他套過話的戴眼鏡的後生，如今正戴著從他頭上掉落的狐皮帽，笑嘻嘻的看著他。

「唉喲！」張熾拍著心口大聲喘氣，「這位爺爺唉，你可嚇死我了！」

「不是怕你嚇死，是怕你腦袋撞那青石板撞死了，變成冤魂向咱們索命哪。」

張熾背後傳來的女聲，教他寒毛再次豎起，忙回頭看，只見杜春曉正笑嘻嘻看著他。張熾從冰硬的石板路上站起，一個玉扳指從他腳下滾出老遠……

注二十二：元宵模子，指上海那些專吊富婆的小白臉。

注二十三：點解，廣東話，「為什麼」的意思。

注二十四：書寓，舊時稱呼高級的妓院為「書寓」。

第五章 祭司神的眞相

秦亞哲與施常雲面對面坐著，兩個人似乎都不想開口講話，只是盯住對方。在這樣靜謐古怪的氣氛裡，橫在他們中間的朱芳華的屍體像是根本不存在似的。

朱芳華怒目圓睜，兩隻手在空中擺出扭曲的抓撓姿態，雙腿大張，旗袍下襬一直蓋到脖頸下方，露出血津津的私處。

施常雲面無表情的看著這個女人，彷彿在看一張極普通的桌子。

「施二少，你應該曉得會有這樣的下場。」秦亞哲緩緩開了口。

「我曉得。」施常雲竟笑了，往嘴裡塞了一顆巧克力。「你要弄清爽，等一下我對付你可是要比對付她狠十倍，但願你吃得消。」

施常雲將巧克力嚼得更猛，嘴裡發出「吧嗒吧嗒」的巨響，像個全無教養的平民：「秦爺，是命躲不過。我施常雲既然栽在你手裡頭了，自然也不怨天尤人，要殺要剮，你自便。不過……想要回那東西，卻是不可能了。」

秦亞哲沉默片刻，對一旁正在拴褲腰帶的幾個小流氓道：「動手。」

只可惜，話音剛落，施常雲便已癱倒在椅子上不動了。嘴角的血痕與他豺狼般的冷笑搭配得天衣無縫，腳邊還落了幾塊未吃完的巧克力。

秦亞哲剛要發作，卻硬生生停住。因發覺施常雲那一雙滿是嘲諷的眼突然變得溫柔了，深褐色的瞳仁分明正瞟向地毯上死狀慘烈的朱芳華。朱芳華神情雖憤怒，那雙暴睜的雙眼，在彌留之際亦是望住施常雲的。

他驀地想起畢小青，都是那麼樣外柔內剛的女子，脾性倔如磐石。於是背上無端的刺痛起來，這種痛很微妙，像有人在他背上偷偷剮肉一般。每次只剮一丁點，只因那痛尚且忍得住，所以並未在意，但長久下去呢？

他未曾再往下想，只淡淡說了句：「給我再搜一遍，最好能找到施逢德。」

不消一刻，整個施宅已被翻得底朝天，連花壇和石板都被撬起，可惜一無所獲。

這一邊，李治正在處理兩具屍體，之前他一直守在門外頭，只等事情辦完，才進來收尾。他鉗掉屍體的手指，用刀從死人的下頜處一直往上挑剮將面孔割除，剝光衣裳，用石灰塊止血。一連串動作嫻熟得教人驚訝，最重要的是，臨走前他還命人將地毯抽掉，帶到車上。

於是，整座宅子便只是失蹤了兩個人，有盜賊進入過，除此之外，全無血光之災的跡象。至於鄉郊野外的哪個土墳像是被翻新修整過了，那也再正常不過，詫異的無非只有墳主而已。

操辦完畢之後，李治拉開車門，對秦亞哲淡淡道：「老爺，都收拾乾淨了。還在花壇底下刨出一具男屍，看年紀穿著，像是施家大老爺的，我也一併處理了。」

「怎麼死的？」

李治頓了一下，道：「舌頭都腐爛了，看不太清楚，瞧樣子像是中毒。」

秦亞哲腦中掠過施常雲面色汙濁的死相。

這樣的事，秦亞哲不是第一次做，但是最近他竟有些力不從心起來。尤其每每在畢小青面前，她看自己的眼神裡不是憎惡，竟有些同情與憐憫，這令他如芒在背。

「儂到底也不打算跟我講話？」他偶爾也會負氣問她，「儂做了這許多錯事體，我都沒有怪過儂，儂難道是鐵石心腸？」

她只是別過頭去，就此不再看他，那氣賭在哪個環節上，無人知曉。

更令他不服的是，如今與這位五姨太最親近的人，反而是她的娘姨。他雖偶爾也施些小錢，向月姐打探些情況，但對方講的無非是畢小青吃穿用度上的無聊事，他恍惚覺得自己在與她的消息共同生活，至於活人，可能連同她的心都飛在九霄雲外。

……※……　……※……　……※……

埃里耶跟蹤艾媚並沒有遮遮掩掩，兩人似乎是在心照不宣的玩遊戲。他走在她後頭，她便坦坦蕩蕩讓他跟，並沒有想方設法躲閃的意思，甚至出入斯蒂芬的公寓時都不避諱。偶爾的，斯蒂芬還會跑出來，主動邀埃里耶享用下午茶。不曉得為什麼，艾媚烤的鬆餅非常美味，令埃里耶極度懷念在法國鄉村的安逸假期生活。

「埃里耶先生，其實我的孤獨，是女人無法填補的。」斯蒂芬常常會這樣感嘆。

「那要什麼來填補？金錢？」埃里耶笑咪咪的，這樣的午後，這樣的陽臺，除了下午茶同伴不太讓他愜意之外，其餘部分幾近完美。

「難道錢這個東西能缺了？有了錢，才會有女人，有一切。」斯蒂芬啜了一口茶，陽光落在他金色的眉毛上。

讓周遭光線都圍著他轉，似乎是漂亮男人的專利。埃里耶隱隱有些嫉妒，但只要看一看艾媚走火入魔的神情，便很快釋懷了。

「有些女人，你沒錢她也跟你，那對你來講，不是最大的財富嗎？」

「你是指她？」斯蒂芬瞟了一眼書房，門虛掩著，露出艾媚翻書的側臉，旗袍上的金紫色芙蓉一團團盛開。

不知為什麼，她的少婦妝扮令埃里耶有些心痛。

「我應該說是天真呢，還是太善良？」斯蒂芬繼續冷笑，絲毫不曾在乎這些冷語會被艾媚聽見，「人與動物的相似之處在於，都知道自己要什麼，所以艾媚不是我要的女人。」

「只是棋子？」埃里耶咄咄逼人。

「嗯，有些人，只適宜做棋子。」

斯蒂芬直言不諱的態度讓埃里耶頗為意外，但他知道，對方如今從哪個方面來看都是清白的，審問他會非常困難。

「斯蒂芬，那兩個入室劫殺高文的俄國人說，你曾經講過，即便你沒在這樁凶案中分得一分一毫的贓款，你也是最後的贏家。這句話到底是什麼意思，我至今都沒想通過。」埃里耶深吸一口氣，道：「但是，你這番豪言倒是激勵我了，我最看不得罪犯在刑警面前自稱勝者。如果說你們都是藝術家，那麼刑警就是藝術品鑑定人，你們的作品完不完美，還得我們說了算。」

「沒錯。」斯蒂芬抹了抹嘴角，浮起一個蠱惑的笑，「那到時還望你多多指點。」

「要吃點鹹點心哇？」艾媚從書房內探出頭來問道。

……※……　……※……　……※……

在琪芸身上，俎仔聞到一股久違的氣息，嫵媚的、纏人的、貧瘠的，似進入尾調的香水，有訣別感。他緊緊抱住她，欲從她體內挖掘一點溫良。孰料她終是平淡如水，乳房平平的貼在胸前，身材魚一般修長，只在臀部微微滑出一個橄欖型弧度。

「我可一直當你對女人沒那興致呢，原來竟能厲害成這樣啊……」

她在他下面呻吟，他望住她的面孔，像觀察某個稀奇物種。

「來，再來。」她抱住他，用力往自己內部刺探起來，「你若能再來一次，我就服你。」

他有些激動起來，器官在她體內抽搐伸張，但腦子裡卻在推開她：「我不需要妳服我。」話畢，他竟真的從她身上抽離出來，旋即走進浴室，全然不顧她欲求不滿的憤慨。於是她跟著站起來，走入浴室，對正在沖洗的他恨恨道：「你以為這樣就能了結了？我告訴你，秦亞哲不會放過你的！他已經把施常雲和朱芳華都做掉了！」

他果然愣了一下，遂繼續清洗身上的汗液。

琪芸在他矮小健壯的軀體上，看見諸多陌生的東西，譬如情愛、妒意，以及疲憊。她承認自己終究也無法弄明白任何一個男人的想法，這大抵便是她與小蝴蝶的區別，後者總有辦法讓男人圍著她轉，她卻只能出現在銀幕上，遠距離釋放魅力，才能顛倒眾生。

導演馮剛曾經私下講過這樣的話：「我第一次看到琪芸，覺得她沒什麼吸引力，無非是臉盤子嬌小，特別上鏡罷了。但透過鏡頭去看她，她的氣質姿色是絲毫不輸上官玨兒的，真是奇怪。」

所以琪芸面對真實的男人，總是失些底氣，所以想著，或者與旭仔沒有肌膚之親會好一些？被對方這麼樣厭棄，著實令她懊惱，尤其是這樣今朝不知明朝事的小赤佬。

「儂講清爽，儂是不是想不認帳？儂殺得了儂老闆，就殺得了我！儂有本事，現在就殺掉我，大家都好過！」

這氣話一說出口，她便有些後悔，之前對邢志剛的痴，抵不過她對尊嚴的需求，於是便讓他這樣去了；但旭仔實際上有些像她兄長，也是傲慢而纖細的。童年在家鄉的時候，會一面吃她做的豆腐，一面眉頭緊皺，為這一年的莊稼收成操心。

這個憂慮的表情，終究決定了她後來的命運。

此時，睡房外「篤篤」兩聲輕響，將二人尷尬的僵持氣氛登時打散了。

娘姨在門外怯生生道：「琪芸小姐，有人尋。」

「啥人？」她邊問邊走出浴室，披了件晨褸，將腰帶繫緊。

外頭過了好一會兒才有了回覆：「是……是個記者。」

「先把他名片遞進來，我看一看。」

正說著，旭仔也已穿好襯衫長褲，將一把手槍插在腰後。那把槍自琪芸交予他之後，便像長在他身上的一塊肉。他埋頭穿鞋的時候，外頭姨娘又道：「伊講伊忘記帶來，報個名字可以哇？」

「不行唉，當我是什麼？誰都可以採訪的嗎？也沒個預約！」琪芸一面假裝動氣，一面迅速換上毛衣和長褲，同時與旭仔對望一眼。只是這一眼，便將先前的恩怨一筆勾銷了。

「伊講伊預約過的，是秘書忘記掉了。」

「哪裡會有忘記掉的事情？瞎搭糊塗亂講！」琪芸猛地將門打開，正欲對著神色凝重的娘姨一通吼。孰料那娘姨卻愣愣的看了她一會兒，突然喉間綻開一個洞，血漿噴濺在琪芸雪白的

面孔上……

琪芸沒有尖叫，卻是順勢將娘姨一抱，便疾速退後。幾聲槍響，那娘姨頭顱上又開了幾個血洞，遂被琪芸推到一邊。旭仔此時也已經拔槍向襲擊者開火，但對方動作異常靈敏，很快便閃過了，躲在門框外頭，只露一支槍管進行還擊。

火花在地板上不住彈跳，幾個空彈殼擦過琪芸的面孔，她已分不清哪些是自己的血，哪些又是娘姨的，只貓著腰躲在旭仔後頭。

「妳從窗口跳出去。」旭仔艱難的回過頭來看她。

「那你呢？」她看出他已受了傷，卻不知傷在哪裡，只得咬牙移至窗邊，將窗子打開。只聽得「啵啵」兩聲悶響，琪芸直覺肩部一陣灼燙，她跳下窗臺，重新與旭仔貼在一道。

兩個人這才發現，已經逃不掉了。

「撲街！」旭仔怒罵一聲，掙扎著將床墊豎起，迎著睡房口的槍彈前進，後邊的殺手也已跳窗進入室內。

琪芸抹開眼前的血汙，試圖看清楚對方，對方的禮帽帽簷壓得極低，遮住了眼睛。

「東西在哪兒？」那人已用槍抵住琪芸的眉心。

她肩部的熱流尚未褪盡，所以還感覺不到痛楚，一隻手下意識的搭在旭仔的小腿上，卻摸到一灘鹹濕的血液。他果然受了傷！

另一個殺手也已停止射擊，走進房內，一聲不響的開始翻弄。

「告訴秦亞哲，東西已經被我賣了！」琪芸恨恨道，她知道自己還在不停流血。

「賣去了哪裡？錢呢？」那個幹掉了娘姨的殺手追問，聲音裡有種別緻的鏗鏘感。

琪芸不再講話。殺手冷不丁往旭仔另一條健全的腿上開了一槍，旭仔遂大叫了一聲，雙眸噴出怒火。

「不……不曉得！」

殺手點頭道：「很好，最好所有人都不曉得。」話畢，將槍管再次舉向琪芸的眉心。

「我曉得！你們等一等！我曉得！我帶你們去拿！」

兩個殺手與琪芸一樣露出錯愕的表情，因那口口聲聲講「曉得」的年輕女子，站在一片狼籍的睡房門口，雙手抱在腦後，神色緊張而興奮。

旭仔勉強回頭去看，那女人很眼熟，像是從前在百樂門上過班的一個香菸妹。緊接著，從香菸妹身後又鑽出一個書生模樣的男人來，同樣神色惶恐。

兩個殺手面面相覷，幾秒鐘之後才反應過來。其中一個用槍管將帽簷往上頂了頂，露出一對極富朝氣的眉眼，左眼皮上有一塊指甲蓋大小的紅斑。

「哈哈！」那眼皮上有紅斑的殺手突然笑了兩聲，將槍口指向杜春曉與夏冰。

夏冰忙將身體擋在前頭，雖然已嚇得手腳打顫，行動還是英勇的：「我……我帶你們去！

但……但你們要……要放了他們！」

殺手剛要張口，突然胸口綻開一朵血花，他自己似乎亦有些不相信，抬手撫摸了一下不住流血的傷口，才緩緩倒下。另一個殺手顯然有些慌亂，對住夏冰猛烈射擊。

杜春曉忙將夏冰的頭顱摁下，二人一起撲倒在地。子彈在他們頭頂呼嘯而過，夏冰完全不敢抬頭，只在心中唸了幾百遍的「阿彌陀佛」，直唸到「記明快響亮的笑聲在上方響起：「哈哈！希望我沒有遲到。」

夏冰這才仰起腦袋，怒視著樂呵呵的埃里耶。

杜春曉這時站了起來，看著被撂倒在地的兩個殺手，長長的舒了一口氣。

「真奇怪啊，杜小姐。」埃里耶用輕快的語氣道：「按妳的個性，一定不會在意這兩個人的性命，怎麼在那麼危險的時刻跳出來救人了呢？」

「因為在阿嘉莎女士的小說裡，白羅偵探總要在好幾個嫌疑人面前解開謎底，揪出真凶。如果人太少，我會覺得自己還不夠像個偵探。」杜春曉答得理直氣壯，眼裡閃爍著希望之光。

……※……　……※……　……※……

畢小青站在客廳內，腰桿子筆直，面色鐵青。秦亞哲則坐於酸枝椅上，悠悠然喝一盞茶，他似乎一點也不急，只等答案揭曉的一刻。埃里耶東張西望，相比起案情，他似乎對琳琅滿目的古董更感興趣，可見財富在每個人心中都占據重要位置。夏冰已熟門熟路，便沒有太多拘束，只一臉正色坐著。

「也沒什麼，今朝過來，無非是想請五太太認個人。」

「昨兒不是去醫院認過了嗎？」畢小青穿的白色硬綢長棉襖，領子漿得極平整，讓她的下巴不由得抬高，講話顯得傲氣十足，「一個是大明星琪芸，誰會不認得？另一個臉上有疤的男子，卻是沒有見過的。」

「五太太誤會了，今朝要妳認的，是另外一個人。」杜春曉笑道，「一個死人。」

畢小青也不言語，只定定望住客廳大門的方向，似是已做好準備等著。

「五太太……哦不，是畢小姐……也不對，應該稱呼秦大小姐吧？」

「杜小姐，飯能亂吃，話不能亂講啊。」開腔的竟是李治，他不知何時已站在門前。

「我有沒有亂講，秦爺心裡頭最清楚了，是不是？」

「杜小姐，有話快講，不要耽誤時間。」秦亞哲背上如火燒一般，彷彿有隻蟲子在啃咬皮肉，所以恨不能當即離座，浸在雪水裡涼快一下。可同時，他的焦慮又來自於杜春曉那句「秦大小姐」。這幾個字預示著諸多秘密即將被揭穿，有他知道的一部分，更有他不知道的，所以他必須忍住疼痛，坐到最後。

「我一直奇怪，既然您的五姨太在外邊偷人的事情是鐵證如山，您又對她下了『毒手』，又緣何她死裡逃生的事情連我都查到了，您卻是不知道？更何況人還躲在那麼顯眼的地方，除非人脈廣闊，可布下天羅地網的洪幫二當家睜隻眼閉隻眼，否則又怎會放過她？您不是把您的另外三個小妾都處理掉了嗎？女人嘛，就是衣裳，脫了一件，可以再買十件新的。但女兒就不一樣了，那是您的貼心小棉襖，哪是說丟就丟的？」

「更何況，您這個女兒，講得好聽點兒是父親的心肝寶貝，難聽點兒，卻是您手下的爪牙。有些事情讓弟兄去辦放心，有一些更重要的，關係到身家性命的，卻還得讓血肉相連的親人去做，最無後顧之憂，可是這個道理？」杜春曉邊講邊蹲在地上，用塔羅擺出中阿爾克那的陣形。

中阿爾克那陣形共布十張牌，中間兩張牌十字交疊，上下左右再各擺一張，最後右側呈斜翅狀布四張。

「妳這話說得可奇了，我能幫秦老爺辦什麼事？」畢小青冷冷開了口。

「當然是大事！」杜春曉翻開十字狀交疊中底下的那張現狀牌——正位的隱者，「妳看這張牌，說明事情辦得還不太妙，該找到的東西都藏著，所以麻煩大了。」

說畢，她已翻開現狀牌上頭橫壓著的障礙牌——世界。

「我一早便跟施二少講過，邢志剛、斯蒂芬、高文與您之間，必須存在某種利益交易，所以才闖下大禍，這個禍端，還包括黃浦江上接連不斷的浮屍。我很早以前聽一個包打聽講起過，如今最賺錢的是紅土生意，大半個上海灘的煙土都從黃金榮那裡出貨，別人分不到半個子兒，上海老街上大大小小幾十個鴉片館，秦爺可都是有份照管的，這也不是什麼秘密。」

「可是人終會見錢眼開，這才出現了所謂的小八股黨，盤踞在淞江口一帶，專門打劫過往的潮州幫與兩廣幫運往英租界的鴉片。原本對於這樣的事情，大當家黃金榮黃老爺自然是要管的，他來管，誰來做呢？這任務便落到秦爺頭上。秦爺您後來搞出的大八股黨，便專門負責秘密沿途護送，一遇小八股黨作亂，便去擺平。」

「不過，張嘯林亦非等閒之輩，遇上旗鼓相當的對手，當與之結盟才是上上策，二人聯手做這些黑買賣真是再好不過。每個月不要多，劫兩三趟便可，其餘的自按正常管道流入上海，既能給大當家交代，又能中飽私囊，果然是一舉兩得哪！」

「但是秦爺手下的人，其實也是跟著大當家做事的，所以這個您親手組織的大八股黨，對您來講並不可靠，還得用盡辦法打點堵住那班弟兄的嘴。與其如此，還不如秘密招兵買馬，組成八股黨以外的新勢力，再與張嘯林合作。」

「這個新組織的人選當然不能從洪幫裡挖，他們必須是新面孔、新身分，最重要的是有一個不容生疑的背景。後來您終於找著了，他就是邢志剛。」

杜春曉清了清嗓子，翻開希望牌——逆位的倒吊男。

「正值日本人在中國搗亂，夜夜笙歌的太平日子維持不了多久了，邢志剛也在愁將來的生路，和秦爺您是一拍即合呀！可同時，邢志剛也有自己的問題，他除了旭仔之類的一群男保鏢和大堂領班，手下全是舞女，根本不能做劫匪，更何況，如果用他自己的人實在冒險，想要自保，就得出些奇招，比如用外國人。」

聽到這裡，埃里耶忍不住插話道：「的確，那幫俄國流氓很強悍。」

「沒錯，邢志剛的下一步計畫，就是從與洋人有關係的舞女身上開刀，結果找了一圈，唯有小蝴蝶的金主施二少，似乎與一個英國人有些牽連。這個英國人既能找到洋人為其賣命，甚至還有管道把紅土出掉，這可是做夢都想不到的最佳人選！小蝴蝶找到施二少，施二少便去找了斯蒂芬，斯蒂芬負責去貧民區招收俄羅斯惡棍。於是，人馬齊備，也打聽到那一晚有貨下來，發財就在眼前！」

「之所以我知道那些劫匪是外國人，完全是託秦爺的福，被作為贖出秦大小姐的人派出去，結果遭了搶，那些人頭上蒙著黑布，看不清面目，但口音很古怪。我想來想去，後來和埃里耶聊天的時候才想到，洋人講生硬的中國話就是這種腔調！只可惜……」

杜春曉翻開舊時牌——逆位的力量。

「只可惜這一次，你們劫到的紅土既不是潮州幫的，也不是兩廣幫的，竟是日本人的！當然，不管是從誰那裡搶來的貨，這幾大箱煙土等於滿滿幾箱鈔票，所以到了手便可以，其他一律都不是問題。可是，當這批煙土交到斯蒂芬手裡的時候，斯蒂芬卻沒有碰，他讓那幫俄羅斯人把貨拿去給鐘錶店老闆高文，想換成現金。」

「雖然高文是個守財奴，但考慮到通貨膨脹的問題，一般聰明的財主都會把鈔票換成保值的黃金珠寶，所以高文的老夥計孟伯說那幾個俄國佬是拿珠寶抵押給高文換現金，其實根本不對，事情正相反，是高文用珠寶換下了俄國佬手中的煙土。拿到珠寶之後，斯蒂芬扣除了他自己的那部分，並且將其餘的全交給了施常雲。」

「哦，忘記講了，施二少是個精明人，同時也是個鴉片鬼，在牢裡越吃越胖，是因為不能過大煙癮，所以當時他選擇要了一箱紅土，卻沒有要珠寶。」

「正當邢志剛打算將珠寶交給秦爺的時候，這些東西卻不慎落入小蝴蝶的眼，於是小蝴蝶將珠寶盜走，人也失了蹤。起初，我與邢志剛的想法一樣，覺得這舞女必定也是拜金女郎。直到唐暉與我說她當選了花國大總統，米露露也說她氣質優雅、談吐不凡，還會演奏西洋樂器，又有皇族後裔的背景，只是命運不濟，落魄到在長三書寓賣笑的時候，我才想到，興許那有蘇北口音的小蝴蝶才是偽裝，金玉仙則是真名，她確實是皇族後代，為掩蓋真實身分才裝成低俗的蓬拆小姐也未可知。」

「不過秦爺總是慧眼識人，當初百樂門裡想勾搭您的可還有姿色遠在小蝴蝶之上的米露露和琪芸，您卻偏偏選中了她，可見也是被她骨子裡的高貴吸引，曉得她是個寶物。」

杜春曉此刻臉上浮現惋惜的神情，緩緩翻開近時牌——正位的太陽。

「一位皇族後裔，看到宮裡的東西落到邢志剛手上，一時起意，意欲維護最後的皇族尊嚴，於是將它們拿了回來。可秦爺的眼線是無孔不入的，邢志剛也在到處找她，她在上海灘必定插翅難飛，除非將身分轉換回來，這才搖身一變，成了金玉仙。」

「慢著，妳又怎知這些珠寶是宮裡的？」秦亞哲冷冷追問。

埃里耶欣然舉手，用生硬的中國話說道：「因為我對貴國的珍奇古玩素來都很有興趣。」

「可是……金玉仙錯就錯在，行事過分招搖。她以為只要讓邢志剛他們堅定了『小蝴蝶只是與金玉仙長相相似』的想法，便會放她安然離開上海，所以索性拋頭露面，出席大小上流宴會。還得意忘了形，竟將邢志剛的珠寶中一對鑽石耳環戴出來了！被拍到後登在報紙上，這才惹來殺身之禍。」

「這麼說，小蝴蝶是邢志剛派人做掉的？」秦亞哲忍不住追問。

「不是。」杜春曉揭開未來牌——正位的女皇，「是另外一個人幹的，這個人屬於螳螂捕蟬、黃雀在後裡頭的『黃雀』。其實秦爺可以想一想，這批珠寶經過幾個人的手，也就是有幾個人看到過？無非是邢志剛、施常雲與斯蒂芬三人，所以能從報紙登的圖片上一眼認出來金玉仙就是小蝴蝶的，也只有那三個人中的一個。」

「但如果這『黃雀』是邢志剛，他無論怎樣都能從金玉仙身上撈到一部分的珠寶來交差，比如她與那幾個凶手一道出去郊遊時那身價值不菲的行頭，可是他什麼都交不出來，甚至腦子發暈殺了燕姐，想避過這一劫。施常雲呢？那時已經在牢裡了，更不可能有這個本事安排人來行凶，所以這個人……」

「只有斯蒂芬？」說到斯蒂芬，埃里耶便兩眼放光。

「也可能是與他認識的某個人。」杜春曉翻開過去牌——正位的女祭司，「剛剛是女皇，現在是女祭司，可見這個事情也只能是女人搞出來的了。秦大小姐，可是這個道理？」

眾人將眼睛都望向了一直端坐的畢小青。

「今朝讓妳來認這個屍，其實我也於心不忍的。」

杜春曉說畢，便將臉朝向門外張望，兩個巡捕抬了一具用白布蓋上的死屍進來，放於大廳正中。雖說天氣冷，聞不出屍臭，但還是讓在場者無不神情凝重。

杜春曉蹲下，揭開白布一角，露出屍體的頭顱。她轉頭對畢小青道：「秦大小姐可要過來認認他是誰？」

畢小青一聲不響的站起，徑直走到屍體跟前，略彎下腰瞧了一眼。這死人雖然面目慘白，左眼皮上的紅斑卻異常明顯。她站在那裡，胸膛略略有些起伏，面上卻是紋絲不動的，只看了幾秒鐘，便折轉身，道：「從來不認得。」

「怎麼會不認得呢？」杜春曉故作驚訝道，「這兒所有人都可以不認得，唯獨妳不能不認

得。」

「這話又怎麼講？」

「雖然他不是大名鼎鼎，與宋玉山不能比，可他也是梨園長大的，跑的是大龍套。妳看了多少回戲了，又到過多少回後臺，怎麼也該認得吧！」

杜春曉翻開右側第一張真心牌──戀人。

「自妳娘姨那兒聽說秦爺把妳掐暈後棄之荒野那件事，我就覺得奇怪，這一切太牽強了。首先，那張宋玉山的照片是哪裡來的？根據秦大小姐妳自己的講法，乃是其他三位姨太太中的某一位陷害了妳，可另三位太太又不是戲迷，縱使能託人買到流傳在市面上的宋老闆照片，也一定是戲服照，生活照必是沒有的。可見那張照片，少不得還是妳這位名義上的五太太自己弄來的，一來是為了演場戲逃脫某些危險，二來是為了在秦爺面前掩蓋自己真正的相好──就是這位沒有走紅過的小武生陸雲龍。」

畢小青嘴裡「嗤」了一聲，道：「妳可真會編！我何必演這場戲？再說了，萬一真被秦爺殺了呢？」

「不會的。」杜春曉翻開環境牌──高塔，笑道：「這本就是秦爺一番苦心，要讓妳逃離秦公館來著，又怎麼會真的忍心傷妳？」

「為什麼他要讓我假死逃離這兒？這可有趣了。」

「還不是因為那批貨？那是日本人運進的鴉片，恐怕與大當家早打過招呼了，貨物特殊，務必要安全送達。可惜貨已脫手，甚至還鬧出大事體來了。大當家不是糊塗人，自然對幫內出現吃裡爬外的事兒敏感，所以他給秦爺期限，要他把貨交出，他不要錢，要貨。」

「當然，秦爺您也不敢交錢充數，因這一交錢，就表示默認了自己與小八股黨暗通款曲的事兒。這就是您後來透過我演了一齣戲，找個由頭把三位姨太太秘密護送到杭州的原因吧？送去杭州大抵是為了轉移大當家的視線，好讓他的人在那裡撲空，即便你那三位夫人全部落入他手裡也無關緊要，重要的是你的女兒不能成為要脅你的工具，所以你們才在娘姨朱慧娟眼前演了這一齣。」

「杜小姐實在是講故事的高手。」秦亞哲拍手道。

「哪裡。秦大小姐，之所以我感覺妳在演戲，兼因妳將武生的戲服拿給裁縫改製有關。起初我也透過這戲服以為妳是與宋玉山有染，但看了那張小報上登了妳在車站為宋老闆送行的照片，便不再那樣想了。因為從照片上看，你們完全不像心有靈犀的情人，反而宋老闆側轉身體，有些避著妳。」

「大抵後來宋老闆也察覺了妳和陸雲龍的事，所以陸雲龍在舞臺上用真刀捅死他，因有那些『秦家五太太與大武生宋玉山有一腿』的桃色新聞打掩護，所以人人以為宋老闆的死是秦爺一手造成的。秦爺之所以也沒有澄清，是因為他正為那批煙土的事體忙得焦頭爛額，甚至因怕

事情敗露，殺了曝出小蝴蝶失蹤案的《申報》老闆月竹風一家。秦大小姐冰雪聰明，就在這節骨眼上說服秦爺讓妳假死，然後暗中調查那批煙土的下落，招數倒也高明。」

「想要回煙土，必須找到兩個人——斯蒂芬與施常雲。所以秦大小姐私下與斯蒂芬聯繫，想贖回那批煙土。斯蒂芬那時正好透過報紙看到，已搖身一變成為花國大總統的小蝴蝶耳垂上戴著的鑽石正是他從高文那裡換來的珠寶，於是他便將小蝴蝶的下落告知秦大小姐，跟她講唯有拿回原來的珠寶，才能從收貨人那裡換回煙土。這便是為什麼，秦大小姐會讓陸雲龍假扮一位叫周啟生的富家公子，將金玉仙約出來以便劫殺！」

「另一方面，施常雲身上還藏了一箱煙土的事，斯蒂芬必定也告訴秦大小姐了。所以當有人向施常雲討還這箱煙土的時候，施二少嗅覺靈敏得很，他曉得自己若不交出去，是要受苦刑的，交出去了也必死無疑。正犯愁的時候，卻碰上他老爹殺了自己的大兒子……」

「什……什麼？」這回輪到夏冰瞠目結舌了。

「沒錯，施家那位孝順能幹的大少爺是施逢德親手所殺。」杜春曉神色也隨之沉重起來，道：「我透過施家兩個兒子的照片，及從底下傭人打探的情況，得知他們不是親兄弟，換言之，施常風並非施逢德的親生兒子。施常雲卻簡直就是施逢德的翻版，所以扮成親爹絲毫沒有破綻。」

「這大抵早就是施逢德的一個心結，眼看自己年紀漸大，手裡的家產早晚是要交託出去的，但交給與自己沒有血緣關係的人，必定心有不甘，要把這大兒子趕出去，那自己戴綠帽子的事體便會大白天下，又不能把因病早逝的夫人從墳裡拉出來休掉，所以我猜想他的遺囑裡必定沒有施常風的名字。」

「可是施常風自然不會答應，尤其是他得知施常雲與洪幫惹上麻煩之後，便跟施逢德談判，要求家產分他一半，否則就把弟弟的事兒捅出來。施老爺必定是情急之下，從背後捅了那孽子一刀，施常風當場斃命。」

「而『虎毒弒子』的一幕恰被施二少看到，他靈機一動，便拿了斧頭對著已死的大哥屍體上亂砍一通，企圖掩蓋父親下的毒手，讓自己關進監獄候審。反正橫豎是死，待在牢裡反而安全，尤其是施老爺財力雄厚，為這個寶貝兒子上下打點，住單間牢房，還有獄卒照顧。恐怕秦爺縱有通天的本事，也奈何不得他！」

說畢，杜春曉翻開第二張願望牌——隱者。

「自然，藏在暗處的斯蒂芬知道金玉仙手頭有那批珠寶之後，原本也正打它的主意，這便是為什麼他會勾結洋人交際花珍妮。珍妮與他應該是俱樂部的舊識，起初斯蒂芬是想透過珍妮把金玉仙手上的珠寶撈到手，順便打探對方的來路。但是後來既然有秦大小姐出馬，他便以逸待勞，反正金玉仙的珠寶最後都會交到他手上，讓他贖回煙土的。」

「可是斯蒂芬並沒有贖回煙土，因為高文已經被他指使的俄國佬滅了口，就算沒有滅口，

這批珠寶他也斷無可能交還。不過……斯蒂芬與珍妮幽會的那個俱樂部，也是有名的地下賭場，在那裡一擲千金是常事，斯蒂芬大抵是早已在那裡輸得傾家蕩產，所以他分到的珠寶也必定是透過珍妮抵押給了高文。」

「因為是個交際花來典當原來就屬於高文的珠寶，高文自然也不會起疑心，只當是斯蒂芬生性風流，拿用煙土換得的珠寶來取悅女人。但是高文死了之後，斯蒂芬知道自己會被當作嫌疑人受審，那張抵押票是萬萬不能被發現的，於是他把東西交給自己的老相好珍妮保管。」

「可惜的是，風聲過了之後，珍妮卻沒有把抵押票交還給斯蒂芬，因為她發現斯蒂芬與餐館女招待艾媚有染，這讓她因妒生恨，於是斷然否認有收過這件東西。所以斯蒂芬才暗中指使幾個俄國佬挾持珍妮，對她動用酷刑，逼迫她交出抵押票。這就是為什麼從俄國佬手裡逃脫的珍妮嘴裡的牙齒被拔掉、身上有那麼多傷痕，但她不去治傷，卻首先衝入紅石榴餐廳找斯蒂芬報仇！」

「當時，我對珍妮的死充滿好奇，直覺這個女人一定是被動了酷刑，而且與斯蒂芬有關，她要追砍斯蒂芬，分明就是氣極了，卻不是氣瘋了。而一般受過酷刑的，必定是想從其身上挖掘到秘密，察覺這一點的，除了我之外，還有邢志剛。這便是為什麼某天夜裡，夏冰潛入珍妮居所找線索的時候，會碰上那廣東人旭仔。」

「不過，旭仔好似先行一步找到了那張抵押票，只可惜他被後來一步的斯蒂芬推進地下室，拿走了抵押票。因為高文已死，這張抵押票可以透過英國領事館，以取回寄存物的方式把這批抵押的珠寶拿回來！」

「怪不得他不要俄羅斯人從高文那裡搶來的現金和懷錶，卻仍然宣稱自己會成為大贏家！」埃里耶不禁驚呼道，「謝天謝地，我這幾天派了警察在他的住所外邊埋伏，他跑不掉的！」

杜春曉點頭道：「你派的警察其實也等於在保護他，這也是為什麼秦爺的人遲遲沒有動斯蒂芬的原因。」

「狡猾的傢伙！」埃里耶狠狠敲了一下桌子。

「自我的包打聽小四告訴我關於大、小八股黨在黃浦江上爭搶紅土的事，我便懷疑整件事情與這個有關。不過，搶紅土也是為了財，可秦爺難道不奇怪為什麼大當家一定要追回那批紅土嗎？按理講，這批貨沒了，再等下一批不就行了？」

秦亞哲背上的疼痛已然鑽心，只得勉強搖了搖頭。

「原先，我也想不明白這批紅土究竟有多重要，直待看到這些照片才讓我茅塞頓開。」杜春曉拿出一疊照片，舉起其中一張，上頭是一個打開的箱子，裡邊放滿了瓷瓶。

「從前運送的鴉片，好像都是論包裝的，為什麼這些卻是用瓷瓶的？當然，裝酒裝菜也可以用，不巧的是，好像日本人搞什麼毒氣研究也會用到這玩意兒吧！我曾經委託埃里耶先生查

過黃浦江上那些浮屍的死因，都不是溺水身亡，卻是十指泛烏，像是中了什麼不知名的毒。這些毒是從哪裡來的？中毒的為什麼偏偏都是流浪漢？這是我覺得最有趣的部分。」

杜春曉將那疊照片一張張攤於擺成中阿爾克那陣形的塔羅牌旁邊，道：「所幸，唐暉給了我全部答案。」

她又舉起一張相片，上面一個骨瘦如柴的煙客正軟軟躺在榻上，捧著煙槍的手上戴了偌大一個玉扳指：「這個人秦爺應該見過，他是月竹風公館的大管家老何。因我在唐暉的採訪簿上看到他最後記錄的雖是對琪芸大小姐的採訪，但是簿子最後頁記著的卻是一排地址，均是小東門幾個煙館的地址。於是我就想到，興許唐暉以客人身分潛入鴉片館在查一些事情，這些事情必定是與月竹風有關，因為他盯的那個人是老何。」

「按唐暉的想法，老何能在沒有經濟來源的情況下抽得起鴉片，必定是在秦爺那裡出賣過自己的主人。其實他的思路錯了，老何能抽得起大煙，兼因他一直在替這些煙館試煙。」

「試煙？」秦亞哲不由得挑了挑眉毛。

「沒錯。」杜春曉點頭道：「秦爺也許還不曉得您與張嘯林聯手做的第一筆大買賣，就要了那麼多人命吧？日本人把試驗用毒摻入鴉片，透過大當家那條線運送入上海，原就是用來做人體實驗的，所以這批貨不能丟。可是，當高文把這些煙土悉數賣給各個煙館的時候，卻有客人吸了這個東西一命嗚呼了！」

「鴉片館的人自然要找高文算這筆帳，死了的人也要他負責，所以某個鴉片館老闆才把死人燒成焦炭，裝入原先放鴉片的藤箱，送到高文處，以威脅他賠錢償命，這才是他躲進地下室以求自保的原因。」

「施常雲要我們找到高文要一個藤箱，其實想要的是一箱鴉片，他在被捕之前應該就與高文說好了，要他一箱鴉片來向秦亞哲的人交差，把兩人的命都保下來，否則他要出賣高文也是易如返掌。但是當我們去找高文要一箱煙土的時候，他那裡已經出事了，所以他抱著箱子逃命，兼因不想讓我們知道他私販的煙土出了大問題！」

「而這件事，老街上其他幾個煙館也都聽說了，於是他們每每有煙土進來，就先行在橋洞底下找些叫花子來試煙。抽了沒事就拿出來公售，死了便將屍體往黃浦江裡一拋了事，反正叫花子無家可歸，沒有親人，死多少個都不會有人管。這便是為什麼黃浦江上連續有浮屍出現！」

杜春曉又拿出另一張相片，上頭是面容扭曲，口裡塞滿黑色泥狀物的何管家。

「何管家的死很關鍵。他因為沒有錢，主動提出要給各大煙館試煙，連性命都不顧，才過得滋潤，但夜路走多，終要撞到鬼，他依舊難逃一死。不過那煙館不能把這樣有家有室的人丟進黃浦江，所以讓夥計張熾把他偷偷運回家中，製造他吞鴉片自盡的假象。您看這張照片上的屍體，手上已沒有那玉扳指，這東西我們後來在那夥計身上找到了。」

講到這裡，杜春曉的眼神遂變得黯淡，「唐暉也是拚死將這些真相都用相機拍下來，直到自己鋌而走險，奉上性命也要揭開內幕，他果然還是做記者的本性……」

她腦中又掠過從張熾交出的煙槍裡找到膠卷的情景，那是他用命換來的。

「所以我把在高文處的遭遇告訴施常雲的時候，他比我先行猜到這批煙土一定是有問題，所以秦爺才急著把它們要回來。同時……」杜春曉頓了一下，道：「秘密追要這批煙土的，除了秦爺與秦大小姐之外，還有日本人自己派出的間諜。」

她又抽出一張泛黃的舊照，舉過頭頂，上面有兩個穿和服的日本姑娘：「秦爺，這次您再來認一認，其中一位姑娘如今已紅遍上海灘——就是如今的大明星琪芸。還是託埃里耶先生的福，我們查到了琪芸的底細，她原名田中菊子，出生於日本群馬縣的小山村，十二歲被賣到偽滿洲國當慰安婦，在那裡被訓練成一名間諜，要她負責在上海配合田中隆吉與川島芳子的工作。」

「她的第一個任務就是用美色接近秦爺，可惜秦爺沒有吃她那一套，卻選了小蝴蝶。她只好另尋出路，離開百樂門，按上級的命令去參加女演員的甄選，這大抵是日本軍部想炮製第二個山口淑子……哦不，是李香蘭。」

「這位田中菊子辦事情果然比洪幫的人要細緻，她率先找到斯蒂芬想要回鴉片，但斯蒂芬交給她的卻是一箱殘缺的焦屍，告訴她那批貨有問題，但他可以幫她找到貨的下落。這個所謂的『下落』，自然是指施常雲留在手上的那一箱煙土。」

「田中菊子也是聰明人，她查到施家大少奶奶與這位施二少有私情，於是以施家大少奶奶的性命相要脅，想取回鴉片。大少奶奶後來頻頻給牢裡的施二少送吃用物品，便是要傳遞這樣的資訊。當施常雲交代朱芳華將鴉片交出之後，琪芸——也就是田中菊子，卻提出另一個要求，她要朱芳華把那箱子放在上官玨兒家中。這大抵是日本軍部的人也不曾想到的事情，此舉為的是順便給上官玨兒製造麻煩，於是用那箱焦屍換下了放在上官玨兒家柴房中的鴉片。」

「如此一來，上官玨兒因那『箱屍奇案』徹底暴露了自己與施逢德的不正當關係，這條桃色新聞加上血案的陪襯，搞得上官玨兒幾乎身敗名裂。在這樣的時機，製造她服毒自盡的假象，應該也沒有人會懷疑。反正上官玨兒在家用餐的碗筷都是獨一份的，在器具上下毒絲毫不會有人起疑心，把施逢德的車子弄壞，將她臨時送進日本人開的醫院，以便確保她會不治身亡也是這位日本女間諜的計畫。」

「這便是為什麼我在唐暉的採訪簿上，看到他問琪芸怎會知曉上官玨兒家的住址。因為照片的關係，他必定是早對她有了懷疑，所以才會藉採訪的名義試探她的底細。」

「那邢志剛綁架小青的事又怎麼講？」秦亞哲問道。

「他真有綁架她嗎？」杜春曉笑道：「邢先生躲在琪芸的住處，身邊已沒有一個人，能綁架秦大小姐是天方夜譚。唯一綁得住秦大小姐的只有她自己了。因為後來在船上搶贖金的就是

斯蒂芬秘密收買的俄國佬，所以我才想到，也許只是秦大小姐為了與情郎遠走高飛，臨時起意，假裝自己被綁，與斯蒂芬串通一氣要訛親爹一筆，順便把黑鍋罩在失蹤了的邢志剛頭上！」

「但是這種訛詐方式卻讓您識破了，所以秦爺在我們被那些俄國佬綁住的時候才沒有急著命自己的手下上前搭救，大抵就是要看看大小姐妳會玩什麼花樣！所以妳做掉邢志剛之後，不得不又回來了。我說的可對？」

「埃里耶詢問過《浮萍花》的導演馮剛和受傷住院的旭仔，旭仔說他本想在當替身跳入海中之後，迅速游回船艙，將躲在箱子裡的邢志剛處理掉，卻不想似乎已有人幫他先做了一步，把箱子推進海裡了。時辰倒是掐得剛剛好，所以他很快使做掉了邢先生。這個助旭仔一臂之力的人，應該就是妳秦大小姐吧？」

「是可以這麼說！那箱子可是很沉的，花了我不少力氣。」畢小青用漠然的態度接受一切指認。

「可是秦爺就在這個時候，與琪芸做了筆交易，琪芸向他提供一個情報，說有另一批日本人運來的煙土會在上海登陸，只要搶了來便可交差。秦爺這個當倒是上得不輕，其實那一批只是普通的煙土，潮州幫的貨，您卻為了這批貨，把張嘯林的人全都做掉了。正是中了日本人的計策，張嘯林的人沒了，斯蒂芬手裡的那批俄國佬也沒有了，小八股黨不復存在，秦爺您也從此斷了財路，以後吳淞口又恢復秩序，日本人那些殺戮的實驗也可以做得安枕無憂哪！」

秦亞哲背部如浸在煉獄的火焰之中，他幾乎想就此臥倒，讓冰涼的地板解放其痛苦。

「被琪芸耍了，也不能白耍，秦爺發現貨不對，自然又來找她。琪芸再次借刀殺人，將施常雲假扮施逢德的事體告知他，導致施常雲與朱芳華神秘失蹤，這個失蹤背後的真相，秦爺您應該知道得最清楚吧？」

「我當時一直奇怪，施常雲喬裝的事情，除了我、朱芳華與埃里耶之外，沒有其他人知道，如果有，那必定也是施二少的同謀。但回想起施二少臉上極為精細的老妝，我突然有些明白了，若非專業演員操持，根本做不了這樣的效果。必定是琪芸為施二少化的妝，只騙他說既然貨拿到了，便好事做到底，再助他一臂之力。」

「施二少聰明一世，到底也有糊塗的時候，最後還是死在了她手上。所以後來，當發現施二少那裡根本就沒有那批貨的時候，秦大小姐又派出自己最信賴的陸雲龍，專程去送琪芸上西天，這便是陸雲龍帶著自己的一個夥計去那裡送命的來龍去脈。」

杜春曉翻開最後一張結果牌——惡魔。

「等一等。」夏冰插話道：「為什麼秦大小姐要殺邢志剛？他已經什麼都沒有了。」

「那可就要問秦大小姐了。」杜春曉又向畢小青發起攻勢，「秦大小姐，妳是要復仇的吧？報燕姐的仇。」

「為什麼？」

「因為燕姐就是妳的生母，可對？」杜春曉道：「每次秦爺逼得邢志剛走投無路之際，都是燕姐出來打圓場才過去了，秦爺之所以賣她的面子，兼因念及舊情分。原本我也沒這麼想過，只是聽原來在百樂門做過的蓬拆小姐講，燕姐還有個女兒，而她那份公開的遺書裡頭，也署了她的真名——畢雪燕。怎麼就那麼巧呢？秦大小姐也姓畢。我一直奇怪秦大小姐為什麼這麼恨邢志剛，於是做了大膽的假設。」

「比方講妳以畢小青——也就是燕姐私生女的身分去參加『上海小姐』的評選，拿到第二名是妳的幸，也是不幸。幸的是妳一朝飛上枝頭變鳳凰了，不幸的卻是被親爹看中，要娶作五姨太。而且當時妳大抵也是蒙在鼓裡的，燕姐卻知道得一清二楚，只得向秦爺說明一切，於是秦爺明裡是將畢小青娶回來了，實際大概也沒有夫妻之實，只將她作為最親近的心腹安置在公館裡頭。秦大小姐也是一看母親的遺書筆跡，便曉得是有人偽造的，這個仇是不惜斷指也要報的。可是這個道理？」

「哼！」畢小青冷笑兩聲，道：「杜小姐果然是既能講故事，人又聰明，把什麼都猜著了。只可惜在上海的地盤上，不是靠推斷、講證據，就能天下無敵了。妳今朝在這裡講了這一通，也不能說明什麼。埃里耶先生，難不成，你要把秦爺和我當場銬了去？」

埃里耶忙連連擺手，笑道：「不敢，不敢呀！反正事情已經搞清楚了，我們也好回去交個差。秦先生保重，五太太也請保重。」

說畢，便令兩個人抬了那屍體，與杜春曉、夏冰一道走出客廳。

幾人還未跨出門檻，只聽得背後「撲通」一聲，回頭看去，秦亞哲已臉青唇白的倒在地上，嘴裡發出詭異的嚎叫：「有鬼！有鬼來了！有鬼！黑白無常要捉我去了！捉我去了呀……」

還未等杜春曉他們反應過來，李治已先跑到秦亞哲跟前，托住他的頭顱，將他亂揮的雙手緊緊壓住，衝著門外一個娘姨喊道：「快去叫大夫來！」

畢小青依然僵立不動，瞟向秦亞哲的目光仍是冷的。

「我要先走了，有急事！」埃里耶似是顧不得這混亂場面，抬步小跑往外衝去。

杜春曉也拉著夏冰跟上，與他一同上了車。

「急成這樣，可是要去找斯蒂芬？」上了車後，杜春曉也不由得緊張起來。

「對，因為透過大使館領寄存物需要一個月的流程期，所以斯蒂芬也沒有逃走，而是待在他的公寓裡等待時機。如果沒算錯，這幾天他應該已經接到人使館的領取通知了，必須趕在這之前截住他！」埃里耶擦了擦頭上的汗。

杜春曉藉機笑他：「可見你這刑警根本就不是伸張正義的主兒，不過想賭一口氣，才這麼死盯著斯蒂芬。洪幫和日本人，你卻是怎麼也不敢惹的吧？」

埃里耶轉過頭，看了杜春曉一會兒，正色道：「他們要受到的教訓，想來杜小姐應該早就安排好了吧。」

杜春曉笑而不語，只轉頭看向窗外，自言自語道：「希望我們能來得及。」

「杜小姐，我還有一點不明白，為什麼旭仔會殺了自己一直效忠的主人邢志剛？」埃里耶的好奇心從來沒有減輕過。

「你是不知道啊……」杜春曉回過頭來，「秦爺的四姨太花弄影，與旭仔是老鄉，據說感情好得很，若能雙雙回到家鄉男耕女織，倒也不錯。畢小青就是用花弄影的性命作威脅，讓旭仔背叛原來的主子。」

「那旭仔呢？」

「他傷好之後，必定會先去杭州救花弄影。」

「金玉仙就是小蝴蝶，她既然想換個身分逃出上海，又為什麼要把珠寶戴出來？難道她不知道這樣會讓邢志剛識破？」

「我覺得……她實際上一直在求救，向唐暉求救。」杜春曉翻出唐暉在抗日大遊行時拍的照片，上邊的小蝴蝶有一張模糊的臉，「大遊行的時候、扮金玉仙的時候，她都下決心拋頭露面，讓唐暉發現她，她其實時時刻刻都在想方設計求他搭救。可同時，她又抱了必死的決心，故意露了財。」

「為什麼她要尋死？」

「如果你站在她的立場上，一個皇族後裔，要卑顏屈膝存活於世，尤其是唐暉認出了她、接近了她，也幾乎要追查到她的真實身分。可能索性還是死了要好過一些，有些尊嚴能得以保留。」

「原來如此……」埃里耶深吸了一口氣，搖頭道：「女人的心思實在是太複雜了。還有，我總覺得畢小青與秦亞哲之間並沒有那麼親密……他們真是父女關係？」

「至少秦爺是這麼以為的。」杜春曉得意道：「畢小青為日本人做事也是一定的。」

「哦？」埃里耶不禁瞪大雙眼。

「我第一次去畢小青躲藏的住處找她，便看到她那裡有男人穿的鞋子，給我第一印象便是她有個男人。但很快，我又有另一種想法，會不會她女扮男裝在做些事情？比如扮成所謂的『花爺』，秘密追查那些鴉片的下落。小四幾次跟我提到這個花爺，我都搞不清楚那人是誰，但現在想來，那個人應該就是畢小青，她和琪芸有過合作。」

「那為什麼後來又要殺她？」

「因為琪芸辦砸的事太多，日本軍部對她的價值評估肯定很低，所以要殺琪芸恐怕也是上級的命令。」

「畢小青為什麼肯和日本人合作？」

「因為痛恨自己的父親吧。」杜春曉的表情又不知不覺變得痛楚，「如果秦亞哲在知道畢小青是自己的親骨肉之前，已經強暴了她，那麼一切就很好解釋了……我猜想，沒有認父歸宗，卻依舊以姨太太的身分入了秦家，應該是她自己的決定。有一點，她倒是和我一樣，喜歡裝神弄鬼，把秦亞哲身邊的人一個一個除掉，想是她早已打定主意要讓他眾叛親離。」

「所以，他們只是血緣關係上的父女，實際二人之間的羈絆更加殘酷。」埃里耶搖頭噓唏道，「真不知道這姑娘先前承受了多大的痛苦。」

「承受苦難的人多得很，那些漂浮在黃浦江上的浮屍便是。會把人變成惡煞的，絕不是痛苦，卻是仇恨。」杜春曉的聲音低沉喑啞如斷弦的小提琴，「上海灘最大的情報網其實是無處不在的叫花子組建起來的，他們是包打聽獲得資訊的命脈。小四必是與那些叫花子交情深厚，才會決定追蹤浮屍的事兒，所以別以為那些死人不值錢，自有人會替他們討回一個公道。」

「那個小四不是死了嗎？」

「是死了。」夏冰終於開腔，道：「不過又還魂了。」

「還魂？」

「對，還魂。」

埃里耶已是一頭霧水。

夏冰與杜春曉遂雙雙浮起神秘的微笑。

……※……　……※……　……※……

這是艾媚頭一次與斯蒂芬出來逛街，她挽起他的手臂，小心翼翼，似是怕驚醒了他，又會將她擇開。她曉得後頭有人跟著，這反而令她有些自豪，女人為心愛的男人做事，總是要赴湯蹈火的，否則那愛情就算不得圓滿。

二人兜兜轉轉，走在蘇州路上。上海的深冬季節，街道仍是乾淨的。她買了一塊鮮紅圍巾，放進包內，將那只斯蒂芬送她的鹿皮手袋撐得鼓鼓的。

「開心嗎？」她抬頭問他，一臉甜蜜。

他卻沒有作答，面容仍是緊繃的。

「笑一笑嘛！」她柔聲道，將胳膊挽得更緊一些。

「艾小姐！」

埃里耶極具親和力的嗓音從背後傳來。

「什麼？」艾媚彷彿早有準備，歪著頭問道。

「把斯蒂芬先生交給我吧。」一想到艾媚今後的悲慘人生，埃里耶便有些不忍，於是語氣越發溫柔。

「可是……」艾媚果然皺起眉頭來，突然又莞爾一笑，道：「可是他不在這裡呀！」

「他的確不在這裡……」

那假扮斯蒂芬的俄國佬還未轉過頭來，站在埃里耶身後的杜春曉已顫聲揭破了真相。

埃里耶一拳打在俄國人赤紅的面膛上，回頭對一個便衣巡捕大吼：「你們他媽的都分不清外國人的長相嗎？」

隨後，埃里耶匆匆往停車的地方跑去，後頭的幾個便衣正上前將俄國佬與艾媚扣押。

此時艾媚大叫一聲：「我不行了！」便整個身子蜷起，一條穿著厚襪的腿上流下一道可疑的褐色液體。

夏冰忙將兩個便衣拉開，衝著向汽車奔去的埃里耶大喊：「等一等！她需要送醫院！」

埃里耶氣喘吁吁的回過身來，看著面容痛楚的艾媚，狠狠跺了一下腳！

一路上，艾媚都在呻吟，她淚流滿面，兩隻手緊緊握住杜春曉的左腕，只說：「一定要保住孩子……一定要保住孩子呀！」

杜春曉突然伸出右手，摸向她的裙底，然後望著手上沾染的鮮紅血跡冷冷道：「不用保，因為妳根本就沒有流產。」

「什麼？！」被憤怒烤灼得滿頭大汗的埃里耶驚詫的瞪著杜春曉。

「血不是粉紅色的，她只是割破了自己的大腿。」杜春曉顯得異常鎮定。

「那我們回去追斯蒂芬！」

「追之前，還得把她送去醫院，因為她割的是主動脈，恐怕再不搶救會失血致死。」杜春曉從棉襖上撕下一塊長布條，繫緊艾媚流血的大腿。

「混蛋！」埃里耶用拳頭狠狠砸了車窗。

「這下……他可真成了大贏家了。」杜春曉想像衣冠楚楚的斯蒂芬已坐上通往俄羅斯的火車，再經由俄羅斯回到他的祖國，帶著這批價值連城的宮廷珍寶，真是天衣無縫的計畫！

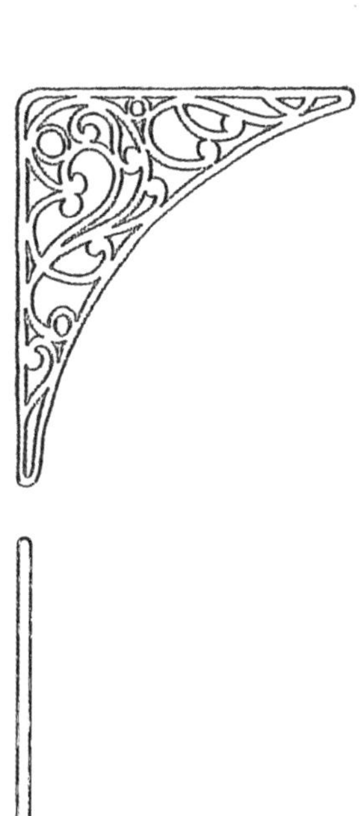

尾聲

李裁縫樂顛顛兒捧一鍋糯米粥過來找杜春曉拉家常的時候，夏冰正在滿臉不情願的收拾行李，杜春曉則像往常一般倒在沙發上讀報紙。

「儂看看，有了鈔票就不想著人家咧！報紙自己買了，把我李裁縫就忘記掉了。」李裁縫笑吟吟的將粥放到桌上。

杜春曉當即站起來，衝進廚房拿了兩個空碗出來。

夏冰看到了，氣鼓鼓道：「你們給我剩一碗，不要都吃光！」

「有的，有的。」

李裁縫與杜春曉坐到桌前，悉里索囉喝起粥來，問道：「最近看儂滿高興麼，有啥好事體哇？肚皮裡有了？」

「喏，這個好事體。」杜春曉點了點《申報》頭版的大標題——洪幫二當家「怪病」身亡，而另一版的標題則是——《浮萍花》女主角琪芸命殞上海大醫院，死因蹊蹺疑似情殺，主稿裡講的是琪芸在病床上被一神秘人割喉，引起軒然大波。

「唉喲，這兩樁事體我也曉得的呀。」李裁縫忙將一條腿架起，唾沫橫飛的說開了：「講是這個秦老爺背脊上生了個怪東西，爛穿心唉！估計這種人壞事做絕，從裡面爛出來了！儂講是哇？還有這個琪芸，儂講伊漂亮哇？我看是一點也不漂亮，比上官玨兒差得多咧！也不曉得怎麼紅成這樣，在醫院裡被人家打煞，難道是上官玨兒的影迷做的？哈哈！」

「是的呀。」杜春曉笑道：「聽講秦亞哲雖娶了那麼多老婆，卻是絕香火的，到頭來也就一個五太太給他送葬，罪過啊。」

李裁縫一拍大腿，道：「嘖嘖嘖……是罪過呀！」

他大抵不曉得，真正的罪過在於，如今畢小青一面被大當家黃金榮盯著，一面被日本軍部盯著，都在向她討要那批特殊的鴉片，她若再不想方設法逃走，恐怕是永無寧日。

「對咧，你們要回老家過年？現在就打包？」李裁縫見夏冰正將舊書捆起，便問道。

「是唉，回家過年的。」

「可回家過年要把書拿著做甚？」

「因過了年就不過來了。」杜春曉淡淡笑道。

「唉喲！怎麼回事體？」李裁縫臉上的惋惜多過於驚訝，他可能隱約預見到，這一對古怪的小夫妻在這裡住不長的。

「沒怎麼回事體，就是覺得不適應，還是走了算了。」此時夏冰急忙也去廚房拿了一個空碗過來，將鍋裡餘下的粥全倒出來，喝得極有滋味。

李裁縫驀地覺得，他們也許是做了什麼他不知道的大事，為了這樣的大事來上海，又為了同樣的大事離開。他便帶著千萬般的捨不得，離開了杜春曉的荒唐書鋪——也是夏冰的私家偵探社。

「我們要去哪裡，妳可曾想好？」送走這位熱心腸的鄰居後，夏冰一面繼續將舊書打包起來，一面問杜春曉。

「我也不曉得，走一步看一步吧。反正只要不讓黃金榮抓到，不讓日本人秘密槍斃了就成。」杜春曉訕訕笑著，手裡還握著唐暉的採訪簿。

「春曉，我問妳個事，妳可能認真答我？」夏冰扶了一下滑落在鼻尖的眼鏡，像是鼓了極大的勇氣才講出口的。

「什麼事？」

「其實……施二少是妳想辦法讓他逃走的吧？把鋼條放在巧克力盒子裡。」他吞了一下口水，問道。

「是，這是我跟他做的交易，他助我破案，我助他越獄。他以為琪芸拿到箱子就沒事了，所以要逃出來，也不排除他是想保護朱芳華。結果……男人遇上感情的事，可見與女人一樣，會變得愚笨。」

「還有……為什麼妳知道流產時流出的血是粉紅的？」

她頓了一下，面上浮起悽楚的薄笑：「你真想知道？」

夏冰咬了一下嘴唇，遂堅定的點了點頭。

杜春曉站起身來，她還是頂著一頭凌亂翻翹的短髮，穿著不合身卻寬鬆舒適的短褂，彷彿

從未離開過青雲鎮。

「我曉得要去哪裡了。」她眼神遂清明起來，「去英格蘭！去倫敦！」

「為……為什麼？」夏冰驚覺眼前的女人無端被神秘的光彩所籠罩，變得明亮動人起來。

「你去那裡尋找答案，我去那裡了結一些關於斯蒂芬的舊事。」

「可是，要怎麼去呢？」

「有小四……哦，應該是秦公館的大管家李治幫忙，有哪裡去不得？講不定，那位自尊心很重的法國老刑警，也在那兒等著咱們呢！」

「對了，果然如妳所料，旭仔從醫院逃出來了。」他說話語氣出奇的溫柔。

「哦？去會他的老情人了？」她也料定他的溫柔與愛情有關，於是一擊即中核心。

「是。但妳也弄錯了，他會的女人不是花弄影，而是米露露。」

「喲，總算有你知我不知的事兒了，恭喜呀！」杜春曉橫了他一眼，繼續埋頭喝粥。

「還有一件妳不知的事兒，可想知道？」

「什麼事？」

「妳可曉得琪芸死後，《浮萍花》女主角給了誰演？」

「誰？」

只見夏冰一拍大腿，拿捏著戲腔一字一句道：「正是那影壇新秀，朱——圓——圓！」

杜春曉一口粥順勢噴出，濺了夏冰一臉。他似乎沒有動氣，只用一雙溫和的眼看著她。她正手忙腳亂的將他頭上那頂鴨舌帽脫下，往自己那蓬亂短髮上一扣，蜜色光線恰好掃過帽簷，將她面孔照得線條明晰，英氣十足，宛若摩登的男裝麗人。

《塔羅女神探之名伶劫》完

下集預告
COMING SOON

杜春曉與夏冰為追蹤斯蒂芬，欲坐火車通過俄羅斯直奔英國，孰料因大雪封路，在中俄邊界處的遜克縣留阻。由於阻路的雪堆中掘出一具女屍，引發杜春曉的探案興趣，於是兩人帶著屍體暫留遜克縣，借宿在幽冥街。

幽冥街西街頭是女老闆潘小月開設的賭場，東街頭是莊士頓神父掌管的聖瑪麗教堂。二人在聖瑪麗教堂內暫宿時，被莊士頓神父收養的十二名男孤兒，竟然不斷被殺害，而且每具屍體都被摘去眼球，從眼眶到口腔串上枯藤，打了一個古怪的三角結。而與賭場有關聯的人亦紛紛莫名死亡，被做成人刺，在賭坊後院示眾！

陰森可怖的屍體，貧瘠的教徒生活，金碧輝煌的賭坊，生死相許的痴戀狂愛……交織成一曲黑暗的人性之歌。杜春曉一面憑藉著精湛賭藝深入賭場調查，一面與她淵源頗深的「老友」斯蒂芬進行終極的智慧較量；同時，杜春曉的黑暗過去，也漸漸浮出水面……

敬請期待精采完結篇《塔羅女神探之幽冥街秘史》

狂狷文庫 022

塔羅女神探系列 -02

塔羅女神探之名伶劫

出版者■典藏閣
作　者■暗地妖嬈
封面協力■Kanariya
總編輯■歐綾纖
製作團隊■不思議工作室
代理出版社■廣東夢之星文化
郵撥帳號■50017206 采舍國際有限公司（郵撥購買，請另付一成郵資）
台灣出版中心■新北市中和區中山路 2 段 366 巷 10 號 10 樓
電　話■(02) 2248-7896　傳　真■(02) 2248-7758
物流中心■新北市中和區中山路 2 段 366 巷 10 號 3 樓
電　話■(02) 8245-8786　傳　真■(02) 8245-8718
ISBN■978-986-271-491-1
出版日期■2014 年 5 月
全球華文國際市場總代理／采舍國際
地　址■新北市中和區中山路 2 段 366 巷 10 號 3 樓
電　話■(02) 8245-8786　傳　真■(02) 8245-8718
新絲路網路書店
地　址■新北市中和區中山路 2 段 366 巷 10 號 10 樓
網　址■www.silkbook.com
電　話■(02) 8245-9896
傳　真■(02) 8245-8819

☞**您在什麼地方購買本書？**☜

1. 便利商店（＿＿＿＿市／縣）：□7-11　□全家　□萊爾富　□其他＿＿＿＿＿＿

2. 網路書店：□新絲路　□博客來　□金石堂　□其他＿＿＿＿＿

3. 書店（＿＿＿＿市／縣）：□金石堂　□誠品　□安利美特animate　□其他＿＿＿＿

姓名：＿＿＿＿＿地址：＿＿＿＿＿＿＿＿＿＿＿＿＿＿＿＿＿＿＿

聯絡電話：＿＿＿＿＿＿＿　電子郵箱：＿＿＿＿＿＿＿＿＿＿＿＿＿＿

您的性別：□男　□女　　您的生日：西元＿＿＿＿年＿＿＿＿月＿＿＿＿日

（請務必填妥基本資料，以利贈品寄送）

您的職業：□上班族　□學生　□服務業　□軍警公教　□資訊業　□娛樂相關產業

□自由業　□其他＿＿＿＿＿

您的學歷：□高中（含高中以下）　□專科、大學　□研究所以上

☞**購買前**☜

您從何處得知本書：□逛書店　□網路廣告（網站：＿＿＿＿＿＿）　□親友介紹

（可複選）　□出版書訊　□銷售人員推薦　□其他＿＿＿＿＿＿＿＿

本書吸引您的原因：□書名很好　□封面精美　□書腰文字　□封底文字　□欣賞作家

（可複選）　□喜歡畫家　□價格合理　□題材有趣　□廣告印象深刻

□其他＿＿＿＿＿＿＿＿

☞**購買後**☜

您滿意的部份：□書名　□封面　□故事內容　□版面編排　□價格　□贈品

（可複選）　□其他

不滿意的部份：□書名　□封面　□故事內容　□版面編排　□價格　□贈品

（可複選）　□其他

您對本書以及典藏閣的建議＿＿＿＿＿＿＿＿＿＿＿＿＿＿＿＿＿＿＿＿

＿＿＿＿＿＿＿＿＿＿＿＿＿＿＿＿＿＿＿＿＿＿＿＿＿＿＿＿＿＿＿＿

＿＿＿＿＿＿＿＿＿＿＿＿＿＿＿＿＿＿＿＿＿＿＿＿＿＿＿＿＿＿＿＿

✌未來您是否願意收到相關書訊？□是　□否

✍**感謝您寶貴的意見**✍

印刷品

$3.5
請貼
3.5元
郵票
不思議信箱
FUSIGI POST

235 新北市中和區中山路二段366巷10號10樓

華文網出版集團　收

（典藏閣－不思議工作室）

塔羅女神探之名伶劫

TAROT FEMALE DETECTIVE

暗地妖嬈 著